U0932902

魅丽文化
花火工作室

越界招惹

江苏凤凰文艺出版社
JIANGSU PHOENIX LITERATURE AND ART PUBLISHING

图书在版编目（CIP）数据

越界招惹 / 傅九著 . -- 南京 : 江苏凤凰文艺出版社，2021.3
ISBN 978-7-5594-5571-0

Ⅰ . ①越… Ⅱ . ①傅… Ⅲ . ①长篇小说 - 中国 - 当代
Ⅳ . ① I247.5

中国版本图书馆 CIP 数据核字 (2020) 第 260640 号

越界招惹

傅九 著

责任编辑 张 倩
特约编辑 夏 沅 余叮咚
装帧设计 苏 茶
出版发行 江苏凤凰文艺出版社
南京市中央路 165 号，邮编：210009
网 址 http://www.jswenyi.com
印 刷 湖南凌宇纸品有限公司
开 本 880mm × 1230mm 1/32
印 张 10
字 数 278 千字
版 次 2021 年 3 月第 1 版
印 次 2021 年 3 月第 1 次印刷
书 号 ISBN 978-7-5594-5571-0
定 价 45.00 元

目录

CONTENTS

目录

CONTENTS

温弦，
如果这个世界不温柔，
可以让我试试吗？
让我做你的世界。

——陆枭

第一章

一撞陆队误终身

温弦这一路过得挺难的。

一辆改装后的黑色奔驰大G在公路上疾驰，从格尔木沿青藏公路南进，穿过昆仑山口，就进入了可可西里地域。

公路两侧是一眼望不到头的戈壁滩、扭曲而不倒下的胡杨以及零零散散的野牦牛。

这一路随着海拔渐高，她的高原反应越发强烈，胸口闷闷的，喘不上气。

越野车里，温弦拿来氧气瓶准备吸氧，没什么耐心地听着蓝牙耳机里传来的声音："哎哟，我的姑奶奶，你跑到哪里去了？你下个月要拍的电影快开机了，还有几个国际大牌的代言，我们都跟人家签了合同的啊！"

白天的公路，烈日明晃晃的。远处是标志性的断裂开的骆驼草带，成板块分裂开来。

温弦听着经纪人的声音觉得越发聒噪，单手撑着方向盘，打开氧气瓶盖子，对着吸气罩深深吸了一口氧气，这才缓解了些，开口道："都推了吧，我早就进藏了。"

"什么？！"

一嗓子号了一声从电话那边传来，不过却不是她的经纪人了，而是一个男人的声音。

听见对方的声音，温弦的眼角隐隐一抽。

她再清楚不过，这个男人是霍启。

霍启是个极为有钱的"富二代"，一直在追求她。霍家中有两子，他排行老二，所以圈里人称他为霍二。

"温弦，你为了躲我都跑到那破地方去了是吧？你可真行！"霍二骂骂咧咧着。

车窗没关严，强风从车窗口呼呼灌入，在车里回荡。

温弦拨动了下额头微乱的发，懒洋洋地笑道："追得可真紧啊，霍二少爷，你都跑到我的经纪人那里了。说认真的，你一个大男人就不能爷们点吗？天天纠缠追着我算怎么回事啊？"

霍二："什么算爷们的？"

温弦顿了顿道："不是你这种就行了。"

"噗……"

霍二那边差点被她怼死："你个疯女人，你想找死吗，敢羞辱我？你以为本少爷是你的备胎吗？！你能处就处，不能处就说清楚！"

温弦："那你愿意当我的备胎吗？"

极有骨气的霍二："我愿意！"

他要当"舔狗"舔到极致，让别的"狗"无处可舔。

温弦一阵无言。

手机里继续传来霍二的声音，听那意思他是想来找她，不过温弦没太注意听了，因为她的视线瞥向后视镜时，浑身一个激灵。

只见奔驰大 G 所在公路一侧的黑色戈壁滩上，一群野牦牛正在追逐自己的车。

"真的是见鬼了！"

她刚才还奇怪怎么感觉好像大地在震动呢。

这一路上她真的是什么恶劣的环境都经历过了，坚硬的盐碱壳、戈壁滩的滚滚沙尘、万种姿态的魔鬼城雅丹，眼下竟然还被野牦牛群追逐！

什么运气……

她一踩油门，骤然加速到 160 迈。

而此时，另外一边。

一辆牧马人从高低起伏的戈壁滩上开下来，前往公路的方向。

对讲机里传来声音："陆队，陆队，库姆塔格无人区昨天被几个人入侵，人跑了没抓住，按逃跑路线应该是往我们这边来了。"

库姆塔格接近于国家核试验区，会有想假装混进去拍照的违法犯罪分子。

男人拿着对讲机，冷硬沙哑的声音应了下："知道了。"

他开着车，短发利落，背影挺拔笔直。眉眼极黑，鼻梁挺拔，大概是光线太暗的缘故，他的轮廓隐没在远处山峦的阴影中。

“什么情况，老大，有犯罪分子跑到这边了吗？！”后座的跟班小伙子桑年凑过来问道。

他们是可可西里管辖队的，只要有犯罪分子出没、违法打猎，什么大事小事都归他们管。

然而，他们的老大的身份却不仅仅这么简单。

“情况可能不简单，先回——”

“老大，你快看那边公路上！”不等他老大说完，桑年不知看到了什么而连忙大喊道，瞪大了眼睛，指着不远处公路的手都在微微颤抖。

只见不远处的公路上，一辆越野车在疾驰。而那辆车的后面，是狂奔追逐的野牦牛群。

这一幕简直令人惊奇，气氛格外令人血脉偾张。

若不是知道野牦牛群容易被激起与车辆赛跑的习惯，他们还以为是这人率领野牦牛大军想要做点什么。

桑年忍不住拿出手机，偷偷拍了一张照片。

可刚拍完，他就听一道冷硬的声音传来：“不想着救人，在做什么？”

桑年的手一哆嗦，连忙藏好手机，冲着公路上的车辆招手大喊：“喂！停车，停车！我们来救你……”

他们从戈壁滩开了下去。

温弦看见了一辆牧马人开下来，也看见了一个男人在招手呼喊。

可是现在她还不能停车，一停下来就感觉那些野牦牛会扑上来。

开车的男人看公路上的那辆车不停下来，一脚踩油门加速，一个飞跃冲上了公路。在距离那辆车还有二十来米的地方，男人把方向盘猛地打死，越野车瞬间横在了公路中间。

疾驰的车再不停下来就会撞上去。

“温弦、温弦，你听见本少说话了吗？”偏偏这时姓霍的还不知道她在经历着什么，像个乌鸦那般聒噪。

“闭嘴！”

温弦彻底失去耐心，迅速摘下蓝牙耳机扔到一边，视线从后视镜上收回，然而看到前方突然冒出来的车时，蓦地瞪大了眼眸，急忙去踩刹车，连忙打方向盘。

还是来不及了……

“吱——”

轮胎与沥青地面尖锐的摩擦声响起，车子擦着前方的车冲出公路，轮胎擦出火花，谁能料到公路下方有道沟。温弦只觉得一阵天旋地转，脑袋一震，意识瞬间就变模糊，整个人眩晕了。

痛、晕，让本就缺氧的她感觉呼吸更加艰难了。

安全气囊弹了出来，挤压着她的身子。

霍启，这个名字没白起，还真的是“祸起萧墙”！

她竭力地睁开眼睛，缓缓转过头，透过完全已经翻了个跟头的车窗，模模糊糊地看到有人走来。她看不见对方的脸，只能看见穿着黑色裤子的长腿和黑色战地靴。

那一刻，她嗡嗡作响的脑袋里闪过了几个字：罪——魁——祸——首！

这种时候每一分、每一秒都变得格外漫长，她艰难地呼吸着，咬着牙，脑袋越来越沉。

那人终于走来，俯身打开车门。

温弦努力地偏头想去看他的模样，想把这害了自己的人深深地记在脑海里。不过随着他的身影遮挡了光线，他的五官藏在黑暗里，温弦直到昏迷的那一刻都没看清他的模样。

青海可可西里，无人区管辖队。

感觉有湿润而柔软的东西在擦拭着自己的脸和脖子，衬衫领口的扣子正在被人解开，迷迷糊糊之中，温弦察觉到危险而下意识地皱起眉头，伸出手去抵抗。

“别、别碰我……”脑袋很痛、很沉，对方是谁，为什么在脱她的衣服？

很快，她伸出去的手被人制住，压在她的脑袋边，对方继续去解开她的衬衫。意识不清的温弦终于急了，下意识地猛地一挥手——

随着男人的一声闷哼，三道痕迹瞬间从他的侧颈部划到耳根。一秒、两秒后，被划过的皮肤变得血红。

男人没有动作了，不知过了多久，看她躺在床上又不动了，他这才目光冷然地盯着她，随后俯身继续手中的动作。

这一次，因为之前动作过于激烈的她不知刺激到哪儿了，现在又陷入了昏迷，狼狈地躺在那里一动不动，任他动作。

温弦是被气醒的。

她以为自己做了一个令人很愤怒的梦，但醒来后，才发现那是真实的！

"你醒了？"一个穿着传统藏族服饰的阿妈冲着她露出和蔼的笑容。

迷迷糊糊捂着脑袋坐起来，攒了一肚子气的温弦听到这声音后突然愣住。她扭头看着这个身穿右开襟、长袖、下摆至脚面、腰间束带的阿妈，眉头皱得更紧了，问："他人呢？"

害她翻到沟里的人呢？这又是在哪里？

她环视着房间里的一切。

这是典型的藏式房子，夯土墙、木质的地板，金丝织成的挂毯还悬在墙壁上做装饰。

那个阿妈看她脸色不好也不介意，依然和蔼地笑着道："姑娘，你说的是管辖区的陆队长吧，他出去办事了，估计一会儿就回来。"说着，阿妈又凑过来，看看她的脑袋安慰道，"伤口好多了，陆队长给你包扎的，他的技术很好，肯定不会留下疤痕。"

陆队，陆队？！管辖区的陆队？！

就是这个人害得她那么惨吗？！

温弦咬牙，霍然就要起身找这个所谓的陆队算账，却在起身的时候被肩胛骨的伤疼得龇牙咧嘴，倒吸一口凉气："嘶……好痛！"

"哎哟，姑娘，你快好好坐下，你的肩膀也受了伤，阿妈赶来的时候，陆队都帮你处理好伤口了。”藏族女人说着连忙扶她坐下。

温弦面色有些苍白地坐下来，这才想起她昏迷的时候有一段模糊的印象，有个人在脱她的衣服，还擦拭着哪里。她下手重，好像还狠狠地挠了他一把。

温弦轻抿唇瓣，再开口时攥紧了拳：“别告诉我，我身上的衣服也是他脱的。”

那阿妈的表情顿时有些微妙起来，她有几分尴尬地笑了笑：“姑娘，上午也是情况特殊，没办法，距离这里最近的诊所都有四十公里啊。这个管辖区都是一群小伙子，还有那一个门卫大爷，阿妈当时也没在，所以只能陆大队长来帮你了。并且队里的小伙子受伤，一般都是他们队长给……”

“我和那些男人能一样吗？我是一个女人！”还不是一般的女人。

她是谁，她是娱乐圈当红的大明星，承受着无数光环的时候也承受着不知多少压力。不知多少人盯着她、嫉妒着她呢，重点是她怕自己被认出来，再被人乘人之危，拍了不好的照片。

大队长，说得好听，谁知道他的真实面目啊。

温弦越想越觉得气愤，气得脸色发青。

谁料，眼下说曹澡，曹操就到。

“你找我？”

就在这时一道声音出现在门外，冷得不带丝毫情绪。

一个男人出现在门口，还有一个很年轻的小伙子跟在后面探头探脑。

温弦听到声音怔了下，侧坐在床边抬头看过去。

男人站在那儿，身躯挺拔修长，穿着一件冲锋衣、黑裤子，光是站在那里就有种不动声色的冷厉气势。

他的冲锋衣领子竖起，拉链拉到最高，贴着喉结，隐隐挡住了什么痕迹。露出的喉结，莫名显得有几分禁欲。

他——就是脱了自己的衣服的男人？

陆枭看了她一眼，随后对旁边照料的藏族女人道：“阿妈，你先出去吧。”

“好的，陆队长，我这就去食堂给你们做饭。”

藏族阿妈离开后，陆枭走进来，身后的小伙也跟着进来了，顺便转身把门关上了。

温弦顿时脸色微变：“你们这是要做什么？关什么门？”

她死死地盯着陆枭，害她出车祸受伤、看光她的事，她还通通没跟他算呢！

陆枭的眉眼极为修长，眼眸漆黑，他一步步走近她，这个房间本来就不大，他那么修长挺拔的身躯顿时让整个空间都逼仄起来。

他紧盯着她，像是在审讯：“我们发现你的车途经了无人区的禁地，你去那里做什么？”说这话时，他周身的空气之中多了几分凛冽之意。

温弦一听这话，先抬眸上下细细地打量着他，然后忍不住嗤了声：“你知不知道你是在做什么？你是来追问我的个人隐私吗？你是我的什么人？我凭什么要告诉你？”

此话一出，小伙子立刻站出来说道：“这位小姐请你认真配合工作，不然我们会将你列为违法窃取机密的嫌疑人，将你送往专门的审查区域，到时候对方可就没有我们那么好说话了。”

不过这话说是说了，桑年看着床上这个脑门儿上裹了两圈纱布、长发松散，穿着他们这儿宽大的红色藏服的女人，怎么越看越觉得好像哪里不太对劲？

唉，这女人怎么……他好像在哪里见过？

之前脸上的血迹擦净了，他越发觉得这女人眼熟。

温弦一听他这话，顿时瞪大了眼睛，觉得无比可笑般嗤笑着道：“你们疯了吗？把我列为窃取机密的嫌疑人？！”

她倒不是拿自己的身份说事，只是觉得荒唐可笑，完全就是诬蔑！她是一个公众人物，怎么可能去做违法犯罪之事呢？

被他们害得出了车祸，还要被当成犯罪分子，她越想越憋屈，可说的话却让人误以为仗势欺人：“拜托你们好好睁大眼睛看看我是谁，我可是——”

“可是什么可是？！我们最讨厌有人拿架子了，你是谁了不起啊？你是谁也逃不了你有违法的嫌疑！”小伙子先涨红了脸，直接打断了她的话。

这些人永远都是“你知道我是谁吗”，谁管她是谁，长得美了不起啊，有钱有势了不起啊？他见多了这种人，她以为她是什么大明星吗，所有人都认识她？

温弦向来口齿伶俐，毒舌善辩，可这会儿竟然被这个小伙子怼得目瞪口呆，脸上憋得通红，指尖都在发颤：“你……你、你、你……”

“够了！”一道冷漠的声音无情打断她的话，陆枭扫了她一眼，眼神冷冰冰的，“既然你不愿意配合，那你就在这里等着执法部队的人来！”说罢，他直接转身离开。

温弦气得从床上蹦起来，也顾不得伤了，往门口冲去，结果她这个伤残人士直接被“砰”的一声无情地关在了里面。

温弦狼狈地拍着门大喊：“开门，快开门！放我出去，你们没有权力限制我的人身自由！”

门外传来不近人情的声音：“这些话你留着跟执法部队的人去说。”

温弦简直气炸了，听着门外的人离开的脚步声，泼妇上身般展开骂街模式：“你给我回来！你是个队长就了不起啊，再牛的男人也是女人生的，你给我装什么装啊？！”

她的泼妇骂街透过门板清楚地传到了走廊上。

“咚——”

十八岁的小伙子脚下一个趔趄，一头撞在了门板上。

这个女人太厉害了，他们惹不起，还是将她交给执法部队吧。

执法部队是国家禁区那边的人，落在他们手里，她是真的没好果子吃了。

温弦气得在房间里来回踱步，胸口剧烈地起伏着，都顾不上伤口了。

这样一折腾她的头发凌乱着，额前柔软的发丝垂落下来，她没耐心地一撩，咬牙开始四处找自己的贴身物品。

这可倒好，房间里什么都没有，手机、钱包、车钥匙通通不见了。

温弦深深吸了一口气，生怕被气死。她多少年没受过这种气了？她走到哪里都是无数人簇拥着，往那里一坐，一群人就端茶倒水，按摩揉肩；把烟一拿，一群男人就凑上来给她点火。

娱乐圈里，虽然她火，但是没人真的敢和她作对，谁都不是她的对手。

如今自己却沦落到这个地步，栽到了那个什么陆队长的手里。

温弦气了好一会儿，脑瓜突突地跳，直到从床头的抽屉里翻出一包便宜香烟和一个齿轮打火机，这才消了点气。

这会儿她的伤口开始隐隐作痛了，脑袋也嗡嗡地响，她却不在乎。指腹擦了两下打火机齿轮，擦出火花，微亮的火光燃起，她这才咬着烟嘴低下头。

管辖区的大厅内，粉刷的白色墙壁上挂着川藏线的一些照片，茫茫的金顶雪山，一望无际的大草原上奔跑着黄羊、羚羊、鹤类等保护动物；绵延不绝的公路，还有湖色各异、深邃诡秘的咸水湖。

这个季节风有些大，吹得窗户有些漏风，不过都被他们拿塑料布给密封上了，胀得有些鼓。

快到晚饭的时间了，食堂里饭菜飘香。桑年和藏族小伙子扎西从食堂阿妈那里卖萌讨好地先拿了个大肉包子来吃，这会儿边吃着，边往收发室走。

收发室的李大爷正在嗑瓜子，看电视剧，看得目不转睛。

“阿年，听说你和老大上午带了一个遇难的女人回来？”扎西操着不太流利的普通话问着。

桑年嘴里的热乎肉馅包子还没咽下去，他摆了摆手，含混着道：“别提了，那个女人虎得很，跟野牦牛赛跑，那么飙车很容易出事的。”虽然说的是事实，可他也绝口不提那凶巴巴、趾高气扬的漂亮女人是因为他们才翻进沟里的。

两人跟着李大爷一起坐下来看那台小电视，电视机里正在播放一部宫斗剧。此时大抵是宫里的妃子在争宠，看到激烈处李大爷还激动地一拍大腿。

桑年的眼角隐隐抽搐了下，他扫了眼电视屏幕咬着包子继续道："不过她有进入禁区的嫌疑，刚好有一帮在核试验区附近偷拍的违法分子逃了，正在抓捕中，那个女人还不配合工作，一会儿老大就把她交、交……"不知看到了什么，桑年一下子就愣住了，瞪大了眼睛，嘴里的话却怎么都说不出来了。

藏族小伙扎西就那么眼睁睁地看着刚咬一口的包子从桑年嘴里掉落。他摸了摸后脑勺，错愕地看着电视屏幕，又看看桑年，有些不明所以："怎么了，你结巴个啥？要把她交到哪里？"

"她、她、她……"桑年指着电视屏幕的手在颤抖，"这、这个女人她、她、她……"

"哎？这不是温弦吗？哈哈，你前段时间还跟我说你很喜欢她，怎么了？她拍个古装剧，换个样子你还不认识啦？"扎西也很喜欢温弦，她是娱乐圈的当红大明星，长得超美，时而温柔时而妩媚，别提多撩人了。

这时门突然被人推开，一阵凉风蹿进来，吹得桑年整个人一个激灵。

看见来人，他直接蹿起来，冲上去抓住陆枭的手臂，惊慌失措地道："老大、老大，不好了！"

陆枭身上还带着凉意，他看着冲上来的桑年，皱眉："干什么，什么不好了？准备下，执法部队的人一会儿就来了。"

桑年一听这话，脑袋就要爆炸了："老大，你看电视，看电视——"

陆枭轻拧眉头，视线看向了电视。

电视上的宫斗剧里，一个坐在高位上穿着华丽凤袍的美丽夺目的女人正大袖一挥，对着跪在地上的几个人怒斥道："一群废物！都给本宫拖出去杖毙！乱棍打死！"

躲在陆枭背后——刚成年的桑年偷瞄到电视上的那一幕，顿时浑身一紧，止不住地颤抖，仿佛那跪地求饶、被无情地拖下去的小太监是他似的。

他是打死都想不到，那个电视上风光无限——在国际红毯上性感美艳的大明星竟然就是刚才在房间里撒泼的女人！

陆枭看到这一幕，身躯也僵了下。

收发室的李大爷拍着大腿发出了洪亮的笑声："哈哈哈，干得好！就该这么治他们！"

藏族小伙扎西："嘻嘻，'老婆'真帅！"

扎西正沉浸在自己家"爱豆"的绝世美颜中，突然看他们队长的视线扫过来，默默放下了拍着的手："怎么了，队长？"

陆枭："谁是你老婆？"

"啊……啊？？"扎西蒙了，他们的老大平常不苟言笑也就罢了，这种玩笑不懂也太落伍了，这要他怎么解释？

陆枭也没等他解释，直接从他身边经过，桑年赶紧屁颠屁颠地跟过去。

楼上，陆枭将一个带着"H"标志的皮包拎了起来，噼里啪啦地掉了一堆杂物在桌子上，护照、口红、皮套、防晒霜，最后掉出来两片——卫生巾。

就怕空气突然安静，桑年面色一窘。

陆枭的视线越过那两片粉色包装的东西，他再次拿起了温弦的护照。

他之前查过了，身份信息是真的。

桑年到底是个刚成年的小伙，他们这种地方来了这么一个人物，还是他喜欢的大明星，内心不安又躁动。

他喃喃道："老大，现在我算是明白她之前的话的意思了。她是一个大明星，尽人皆知，怎么会去做那种偷拍的事情呢？那种多数缺钱的人才会——"

"够了。"陆枭打断他，顿了一下，沉声道，"我就是不知道她的身份，我们也不能因为她的身份就掉以轻心，谁都可能——"

"她的资产九位数。"

"闭嘴，这不是钱的问题！"

这的确不是钱的问题，不过即便如此，陆枭也不得不承认这样一来她便没有了动机。

吃好的，喝好的，享受着高水准的待遇，有名有利，这种人怎么会再去做那种事？

陆枭皱着眉，视线看向空阔的窗户外。

桑年这边乱了阵脚，因为他刚才凶了温弦啊。怪不得当时他觉得她那么眼熟，可谁能想得到她会来这种渺无人烟的地方呢？谁又能想到在大众眼里温柔美丽、气质出众的她会像一个骂街的泼妇呢？！

“老大，我们把她放出来吧？”桑年小声道。

倒不是因为温弦的身份，而是因为他们可能真的冤枉她了。嫌疑人的逃跑范围很大，又是团伙作案。

陆枭收回视线的时候，将桌上的东西一一放进她的包里，最后放的是她的手机。他拿起时无意触碰到了手机屏幕，锁屏骤然亮起，一张照片映入了眼帘，他的手微微一僵。

桑年看见手机亮了，下意识地看过来。陆枭摁了一下手机，直接将其扔进了包里，将包递给桑年，自己率先走了出去，嘴里撂下一句：“不要再动她的东西。”

桑年应了一声，低头看了一眼手里的包，刚刚老大看到了什么？表情似乎有些微妙……

温弦是在二楼。一楼都是处理各种事情的房间，二楼有休息室，她现在正是被锁在那里。

陆枭他们再上来的时候，门一开，就看见裹着红色藏族衣服的温弦靠坐在窗台上，一脚赤足踩着脚下的床，一脚踩在窗台上，手里拿着一根烟在吞云吐雾。

那姿态，跟惹不起的二大爷似的，房间里乌烟瘴气的。

陆枭一进来就微微皱起眉头，在空中挥了挥手，桑年也跟着咳嗽。

这位大明星是抽了多少烟？不，准确地说……她怎么还会抽烟啊？在网络上她被媒体采访的时候不都是甜美可人、性感温柔的人设吗，怎么私下是这个样子？

温弦看他们进来，继续抽着烟，眼皮子都不抬一下，只是从鼻息间轻溢出一声淡淡的冷哼，心底清楚是怎么回事。

陆枭走到她面前，伸出手，桑年赶紧将温弦的包递上来。

陆枭有一说一，有二说二，如果做错了不会死不承认；如果没做错，也会按照规定办事。

“这是你的包，出来吧，现在不会限制你过多的人身自由。”

“嗬，别啊！我就是嫌疑人，继续关着我啊。”她斜睨了他一眼，懒洋洋地讽刺着。

陆枭眉目英挺，他看着她，神色不变：“我知道你心底生气，但这也是我们的工作。”

“哦？那你脱掉我的衣服，给我换上这个也是你的工作了？”她揪了揪自己现在宽松的衣服领子。

什么？！

桑年瞪圆了眼睛。

老大给她换的衣服？老大给这个一线大明星换了衣服？那老大岂不是把她给……看光了？

桑年陡然听到超级大料，一时间内心简直难以平静。

下一秒，陆枭看了一眼桑年。桑年顿时干咳了声，讪讪地转身先出去了，还不忘捎带上门。

房间里此时只剩下他们俩了。

外面有炊烟散开来，黄昏袭来，远处可以眺望到绵延的山脉和落日，颜色分外鲜明，像是一幅极好的油画，将藏区的风景凸显得淋漓尽致。

金色的光从窗户倾泻下来，陆枭一步步靠近温弦，俯身，男人鼻梁挺直，被日暮之时的光影分割出了峰影。他轻抿着唇瓣，下颌坚毅，看起来成熟、冷漠，不可侵犯。

他一字一顿道：“这位小姐，我不管你是什么人，还是什么身份，我们一切都是按照规定来的。虽然我说你自由了，但你心底不清楚吗？你受了伤，我们想再抓你轻而易举。”说到这儿，他顿了下，“除非你想一直留在这里。”说罢他微微抬起下颌，身躯站得笔直。

他的皮肤属于健康的麦色，下颌的弧度紧绷，线条流畅完美，喉结便更明显。冷硬、英俊，还有一股说不出的饱经风霜的帅，他浑身散发着强烈的男性荷尔蒙气息，是和娱乐圈那种白白净净的小鲜肉完全不同的。

温弦本来听他说那些话还挺生气，但他刚才靠得那么近，强烈的雄性气息充斥在她周围……竟叫她攒了一肚子的气莫名消散了些。

她表面上不动声色，嗓子却不争气地滑动了下。

陆枭眼皮子一垂，撞上她的视线。

温弦收回了视线，故意白了他一眼，嘴里嘀咕："明明做错了事还这么横，我还就赖在这里不走了，看你能把我怎么样……”

陆枭神色淡定："我不会把你如何。食堂阿姨刚做好了饭，你可以下来吃。”说罢，他转身就要走。

温弦一哽，本来折腾了那么久，她饿得不行了，可她到底是个要面子的人："我才不去！我就是饿死也不会吃你们的饭！”

陆枭脚步一顿，可也只是停顿了一秒，随即就继续前行，打开门头也不回地离开。

门外，桑年冲着温弦露出几分友好又不失尴尬的笑容："那个……吃饭在一楼哈，我们食堂阿妈做的大肉包子老好吃了。”说罢他赶紧跟着他们的老大离开了。

"咕咕……”温弦的肚子叫得更响了。

温弦咬牙，这个人是故意的吧！

走廊里。

"老大、老大，她真的不吃吗？你看她本来就细胳膊细腿的，好歹是个大明星，把人饿坏了怎么办？！”显然听到了什么的桑年担心地道。

陆枭走在前面的身躯突然定住，桑年差点撞上。

他以为他们的老大会做些什么，却见陆枭脸色严肃，冷冷地道："我不管她是什么身份，在这里没有大明星！不管什么人一律正常对待，不能有任何徇私行为！”

随后，他扫了一眼门：“她爱吃不吃，又没拦着她。”

桑年看着他们的老大离开的身影，眼角隐隐抽动。不管她是什么身份，可她好歹还是一个女人啊！如此不怜香惜玉，怪不得他没有女朋友！

食堂在一楼，因为他们的工作都是轮换的，每天在食堂吃饭的不过十来人。

陆队长一般吃得晚，现在才去食堂窗口打饭。

坐在食堂一角啃着大馒头的桑年这会儿冷不丁一抬眼，突然就愣住了。饿死也不会吃他们的饭的温弦，下来了？

“阿年，你看啥呢？”扎西坐在他对面问着，说着也扭头看了过去，可这一看，立马瞪大了眼睛，顿时惊得直接“嘭”的一下摔在了地上。

这一番动静也让其他队员看过来，在看到那道身影时，一个个都怔住了，傻眼了。

只见出现在这里的是一个女人，准确地说是一个极美的女人。微卷的长发，她穿着一件米白色的宽松毛衣，领口斜着露出了性感的锁骨以及一侧白嫩圆润的肩，藏蓝色的牛仔裤紧紧包裹着她纤长笔直的腿，脚上穿着黑色的高筒靴。

她正抬手拨弄着自己的长发，将其轻别过耳后，眉眼之间皆为风情，一举一动，皆是魅惑。

“我的天……”队员里有人发出惊叹，他们这种地方，女人本来就少得可怜，这是从哪里冒出来的大美女？！

不过很快就有人从震惊中逐渐察觉出来：“这……这个女人好像温弦啊，怎么那么像那个大明星温弦？”

“天哪，还真像！”

“她不会就是吧……”

“不、不可能，人家现在可能正在走红地毯呢，怎么会出现在我们这儿？”

就在大家越发激烈地讨论着，就差冲上去围着她问的时候——

“都安静！”陆大队长一声令下，瞬间食堂里鸦雀无声。

陆枭端着托盘回身，冷厉地道：“都吃完了吗？吃完了赶紧撤！”

本来他们先来的人就吃得差不多了，可此时却一个个都安安静静地低下头狂扒着饭，生怕队长让他们滚蛋。

温弦看着这一幕，扫了一眼正打饭的陆枭，嘴角轻扯出一抹笑。她上前两步，一脸关切地看着扎西，柔声问：“你没事吧？”

啊啊啊！扎西觉得自己要死了。

不等她继续动作，他赶紧爬了起来，手忙脚乱，整个人无措极了，面红耳赤地说：“我、我、我没事。”他是在做梦吗，开饭前还看着她在电视上，美滋滋地叫着人家“老婆”，现在她竟然出现在了他面前？

扎西真的感觉自己像是做梦了。

“我、我在做梦对吧？你真的是温、温弦吗……”说着他掐了一下自己的脸。

温弦却“扑哧”一声笑了起来，绝美的视觉冲击让扎西站都站不稳了。

她没反驳，也没有答应。

“扎西，你吃完了吧？外面的院子还没扫，出去把外面的院子扫了。”陆枭冷声道。

“不，老大，今、今天不是我值日……”

食堂里的全体队员嘹亮地异口同声来了句：“是！”

紧接着又有人道：“赶紧去吧，今天就是你这小子值日！”

大美女亲自扶他，还冲着他笑，嫉妒使他们面目全非！

扎西只好委屈地一步三回头，心不甘情不愿地出去了。

温弦笑着冲食堂里的大家也挥挥手，甜甜地打了个招呼：“你们好！”

“你好，你好——”一群小伙子争先恐后地说。

陆枭再一回头，他们瞬间又老老实实地坐了回去，齐刷刷地吃着饭，哪怕盘子都刮得干干净净了。

温弦拿起一个托盘，不紧不慢地来到打饭窗口。

“哎呀，姑娘，你终于下来了，今天炖了羊肉汤，我给你来碗汤补补身子吧。”之前的阿妈在里面边忙活边说道。

“谢谢阿姨！”温弦一改之前的态度，对她笑着道。

其实倒不是因为她不生气了，而是她知道真正该气的人是谁，其他人是无辜的，他们有的人没准还是自己的粉丝。另外一点，这是公共场合，她在公共场合永远都保持甜美的笑容。

看见那阿妈去里面的厨房弄汤了，温弦这才逐渐收敛了笑容。她瞟了一眼陆大队长道貌岸然的冷厉样子，轻嗤道：“装什么正经，脱我的衣服的时候动作倒是毫不犹豫。”

陆枭眉头一皱：“你——”

“你什么你？怎么样，都看见了吧，我很大吧？”

陆枭语塞。

温弦淡定地看向食堂打饭窗口，仿佛刚才说出那话的人不是她。

阿妈端着她的汤过来了，顺便又把刚出锅的热乎乎的馒头给了陆枭两个。陆枭谢过后，转身时面无表情地说了句：“我闭着眼睛处理的。”说罢，他走到长饭桌的最边上，坐下来吃饭。

温弦回头盯着他好一会儿，这才微微皱眉，咕哝了句：“可拉倒吧，男人只有挂在墙上的时候才是最老实的。”

她知道自己有多性感，否则一线明星说笑呢？她才不信他一眼都没看。

陆枭正低头咬着馒头，迅速地吃着饭，突然感觉眼前一暗，温弦坐在了他面前。

陆枭的动作停顿了下，随即他眼皮子都没抬一下地继续吃着。

温弦旁边是一个空位，扎西出去了，对面是陆枭，还有桑年。

桑年这会儿哪里还像之前凶她时候的样子。他有几分羞涩内敛地将装着大馒头的盘子推过去，另一只手抓了抓脑袋，红着脸道：“晚上只喝一碗羊肉汤不能饱吧？中午你也没吃东西，给你吃馒头，阿妈刚蒸好的，好吃！”显然，在知道她就是自己一直喜欢的明星温弦时，他的态度有所变化了。

温弦面前是一碗羊肉汤，香喷喷的，里面有一块羊腿骨、几块肉，漂点油的汤面撒上了一层香菜、葱花，闻起来香气扑鼻，着实是太香了，让人食欲大开。

不过她身为一个明星，向来自律，会严格控制自己的饮食。所以她直接拿起一个馒头咬了一大口，又低头捧着碗“咕噜咕噜”地喝了几口汤，咽下去的那一刻觉得自己爽到上天。

陆枭和桑年一时有些语塞。

刚才说就算饿死也不吃他们的一口饭的女人呢？

桑年看她吃得那么香，惊呆之余连忙道：“我再给你拿个肉包子吧？”说着他就要起身——

“坐下！”陆枭打断了他的举动，冷冷地抬眸，“她自己没长手？想吃不会自己拿吗？”

温弦一听这话就不乐意了，索性先吃小半个馒头、喝半碗汤下去垫了垫肚子。她拿着纸巾优雅地擦了擦嘴巴，然后笑着对桑年说：“不用了，小帅哥！我不吃了，馒头是我小时候喜欢吃的。”

桑年一听她叫自己小帅哥，顿时那张脸红得跟猴屁股似的，他们这边哪有这么直白的称呼，一时间都有些飘，支支吾吾地道：“啊，是吗，那现在是不喜欢吃馒头了吗？”

温弦看着陆大队长面容冷漠的模样，嘴角微微一扯，捏着手中半个又白又软的大馒头，不紧不慢地道：“现在长大了，我更喜欢玩儿。”

“噗——”邻桌有个伸长脖子偷听的小伙子直接一口水喷了出来。

玩儿？

桑年还小，思想单纯，还想再问：“啊，好、好玩儿……”吗？

不等他最后一个字问出来，陆枭突然“啪”的一声将筷子重重地拍在了桌子上，大声斥道：“都吃完了吧，还不赶紧滚？！”

“哗啦”一声，其他座位上的小伙子纷纷起身，逃离现场，似乎怕再晚一步就会被他们的老大宰掉！

只有桑年，反应还慢半拍。

陆枭把头转过去看向他，冷冰冰地问："还不走？"

桑年慢慢举起手中的馒头："老大，我还没吃完呢……"

陆大队长："滚！"

桑年这才拿着馒头慌忙跑出去。

一瞬间，这个小食堂里就剩下他们两个人了。

所有人都走了，陆枭这才逐渐平息了怒火。不过他一眼都没看对面的女人，继续迅速吃饭，似乎想吃完赶紧走人，不想在她面前多待。

温弦微微挑眉，嘴角似笑非笑，这才继续慢条斯理地吃着饭。

嗬，就他们也想跟自己斗？自己要是输了，怎么能对得起城市里的那么多心机和套路？

陆大队长很快就吃完了饭，起身拿起托盘放到指定位置。

温弦看似一门心思地在吃饭，可眼神却忍不住时不时地往他身上瞟。别说，这个陆大队长虽然冷厉了些，可那身材还真的是带劲，尤其是——

"姑娘，你看阿妈这里刚弄熟了一些地瓜，你要不要吃？可甜了！"食堂阿妈热情地走过来，拿出一个个用报纸包裹着的红薯让她挑选，顺便中断了她大胆的注视。

温弦连忙收回视线，笑眯眯地谢过，挑了一个香甜的小红薯。

温弦送完托盘后，拿着小红薯边吃边走到了一楼管辖厅的门口，去看看这里四下的环境。

门外，陆枭正在抽烟。

天色已晚，天际赤色和墨色相接，像是水墨画一样晕染开。他站得笔直，一只手插入裤兜，另一只手上修长的手指间夹着一根烟在抽着。

猩红色的烟头明灭闪烁，指尖时不时轻点燃尽的烟灰，他望着远方，不知道在想什么。

温弦站在门口，看着他冷漠的侧脸，浑身散发着不近人情的气息，莫名地心痒痒，偏偏心底想招惹他。

管辖区的院子里设施并不是非常好，除了干净些，设施还是有些陈旧。红砖砌成的大门光线昏暗，在掉落的泥灰之间，还能隐隐看到它原来的黄色油漆。

院子的角落里还堆了两个破轮胎、老式自行车，几卷发黄的报纸扔在车筐里。

温弦环视一圈，故意“啧啧”了两声，冲着陆大队长唏嘘道：“不是我说，你们这里这么破旧吗？我看你那么跩，还以为你们挺牛的。”

陆大队长闻言，淡淡地扫了她一眼，不带丝毫情绪地说：“你不想待可以走。”没人拦着她。

温弦走到他面前，盯着他：“我走可以啊，我的车呢？拜陆大队长您所赐，我的大奔驰都翻到沟里了，还不知道现在成什么样子了呢，总要有个人负责吧？”她说到这儿，还不忘咬上一口甜甜的红薯。

陆枭的眼神淡淡地落在她身上，他刚要说什么，却见管辖区的院外突然进来一个人。

半昏暗的傍晚，收发室的老李头回来了，身边还跟着一只小狼狗崽子，嘴里叼着个什么，小短腿颠颠地跟过来了。

“哈哈，陆队，你看我可算把这个狼狗的小崽子要来了，这个小东西就爱吃红薯，你看它吃得多香啊。”李老头逗着那只小狼狗崽子，满脸褶子地笑道。

听到这句话，吃红薯吃得正香的温弦顿时一怔，随即低头，默默看向了手中的红薯。

无人区教她做人了。

温弦在原地默默看着手中的红薯僵了一分钟，就直接进屋了，一个字也没多说，连回头看一眼都没有。

“嘿！陆队，刚刚这姑娘是谁啊，怎么我一来她就进去了？”收发室的李大爷好奇地看着温弦离开的背影道。

陆枭收回余光，来了句：“没什么，就是她手里也拿着一个红薯。”

“啊？她也拿着一个红薯？”

李大爷是个人精，顿时就反应过来怎么回事，连忙后悔道：“哎哟，陆队，你怎么不提醒我一下啊？！这让那姑娘多尴尬啊！”

陆枭沉默了下，再开口时语气淡淡的：“没什么，你说得挺好的。”

李老头满脸问号。

陆枭没再说什么，只是视线落在了那条小狼狗崽子上，看着它正吃得狼吞虎咽的，眼底难得地多了几分柔和之色。

嗯，小狼狗崽子是吃得挺香的。

楼上。

温弦站在窗户边看着下面跟那条小狼狗崽子在一起的男人，攥着窗帘忍不住微微咬牙：“你才是小狼狗崽子，你们全家都是狗崽子，你最像狗了！”

下面的陆枭似乎隐隐察觉到了什么，突然抬头看向她的方向，温弦咬牙的模样被他撞个正着。

她瞬间恢复了面无表情的模样，还“砰”的一声直接关紧了窗户，“唰”的一下又把窗帘给拉上了。

陆枭的眼底波澜不惊，视线再次落在脚边刚出生没多久的小狼狗崽上，他俯身摸了摸它的小脑袋瓜，又挠了挠它的下巴。

小狼狗崽子圆溜溜的大眼睛望着他，兴奋地摇着小尾巴，舔着他的手，在他的手心蹭来蹭去，似乎喜欢极了。

陆枭冷酷的声音都温和了：“乖！”

楼上陷入一片漆黑，温弦也没开灯，直接倒在不大的床上。

说实话，这里的住宿条件虽然很一般，但胜在干净整洁，外面天然的藏区景色又极好。

一天没怎么碰手机了，她想也知道在自己出事的这一天里，得有多少人找她。

她从包里翻出手机，屏幕陡然一亮，一个穿着比基尼的女人映入眼帘。女人刚从湖蓝色的水里上来，浑身湿透，湿漉漉的长发紧贴着她白皙娇嫩的肌肤。

出水芙蓉，魅惑又娇嫩欲滴，魔鬼的身材更是不用多说，不说是个男人，就是个女人也都垂涎。

温弦望着屏幕，嫣红的唇突然就凑过去来了一下："我天下最美！"

面部识别成功后，瞬间"唰唰唰"好多微信消息和未接电话映入眼帘。温弦躺在床上开始面无表情地刷着消息，不过刷着刷着，突然觉得哪里有些不对劲。

片刻后，她的手顿住。她想到了什么似的，把手机屏幕摁灭了。

屏幕再亮起时，上面穿着比基尼、拥有魔鬼身材的女人的眼神正勾魂地看过来——

"啊！"温弦骤然一个鲤鱼打挺坐了起来，一瞬间心底如有鼓在密集地敲动着似的。

好家伙！她就说哪里不太对劲呢。

啊，他看见了吧！他会不会在检查她的手机的时候，已经看见了她的锁屏？！

温弦抓着自己凌乱的发，足足愣了好一会儿，然后攥着手机，双手环胸，默默地陷入了沉思。

他……到底看见……还是没看见？还有，他在给自己处理伤口的时候，难不成真的是闭着眼睛的？如果他看光了她，那不该是现在这个态度不是吗？

他面对自己时还是一脸冷静、一本正经，仿佛她的魅力在这个男人面前完全消失了。

这怎么可能呢？！这个世界上有哪个男人能在看到她的这种照片后不蠢蠢欲动、心猿意马？

温弦琢磨了一会儿，暗自咬着唇，拿出手机去找一个人了。只有男人才最了解男人，她要问问霍启，男人都是怎么想的。

她一打开微信，经纪人、霍启等的无数条消息映入眼帘。

她顿时皱眉，一看这么多消息就好烦，这个时候还是觉得这里最好，四下皆空，让人心静。

不过眼下……她打开霍启的消息对话框，看到他发了二十多条信息的画面。

“姓温的，你故意躲着本少是吧！”

“弦弦？你生气啦？怎么完全不理人家啦？”

“……”

一条接着一条，最后他干脆发来一句：“还活着吗？”

温弦看到最后一条消息真的是活活气笑的。说真的，她现在还跟霍启生气，若不是他影响了自己开车，她也不会落得如此狼狈的境地。

不过此一时彼一时，她现在是有问题想请教他。于是，她直接发了一个一脸乖巧坐姿的表情包过去。

霍二秒回：“你没事吧？谁都联系不上你，吓死本少爷了！”

温弦又发了一个乖巧坐姿的表情，来了句：“哥哥，人家问你个事情呗。”

霍二沉默了下道：“说吧，是什么让你突然变得这么不像你？”

温弦的眼角隐隐一抽，她也不装了：“滚！我就是想问你，这个世界上有不会对我动心的男人吗？”她就像是一个恶毒的王后，在问魔镜这个世界上谁最美。

温弦缺乏同情心，毒舌又极度自恋，表里不一，做什么都只考虑自己，逍遥快活，没心没肺。

在大城市里，由于她的美貌和能力，她遇到的那些男人个个捧着她，然而在这个陆大队长面前，却似惊不起什么波澜。

这让温弦格外不爽。哼！欲擒故纵的臭男人，想吸引她的注意力。

霍二迟疑了下，认真地说：“除非是不喜欢女人？”

温弦对这个答案很满意。不过她纵横娱乐圈多年，火眼金睛，一眼就能看出来陆大队长是个身材强劲有力的直男。

再比如霍启，别看是个纨绔贵少爷，可他那脸蛋简直了……啧，很漂亮！

他一直追求自己，送这送那毫不手软，她不是没想过他们两个人发展感情，可她对这些白净漂亮的男人根本没兴趣，反而觉得更适合和对方当姐妹。

她也一度觉得自己是性冷淡，直到遇见——

咯，不得不说，陆队长虽然不近人情，但那强劲结实的身躯、冷硬英俊的容颜真的是让她……

温弦的喉结滑动了下，她突然就觉得口干舌燥，渴了。

夜里，温弦做了一个梦，梦里具体是什么就不说了，总之隔天早上她再醒来的时候，面色潮红，一个人在床上辗转反侧羞臊了好一会儿，还有几分扭捏。

这属实难得。

毕竟温弦素来不知羞耻为何物，能让她这样的，一定是梦里经历了什么不可言说的东西吧。

她今天穿了一件宽松的白色衬衫、黑色紧身铅笔裤、一双白色的阿迪小白鞋。

她一米六八的身高，体重才47公斤，按理说女人体重不过百，不是平胸就是矮，可她偏偏要身高有身高，要那啥有那啥，不仅如此，还格外凸出。

所以哪怕是简单一穿，她还是美得不可方物。

不过温弦还不满足，在娱乐圈玩儿透了那些女明星的小心机，将宽大白色衬衫的下摆在腰一侧打了结，顿时露出她那一截白嫩纤细的腰肢，细得似乎一手可握，还有隐隐可见的马甲线。

皮肤又白又嫩，长发被保养得柔滑飘顺，她在镜子前照了半天，这才喷上了迪奥香水，美美地走了出去。

昨晚，霍二问她为什么突然变化那么大，她也想知道。

“小伙子，你们陆大队长呢？”温弦下了楼，拦住了一个小伙子，那人冷不丁地看见她，眼睛都瞪圆了。

“啊，陆、陆队啊，他……我们老大今天去其他地方办、办事了，一早就走了。”小伙子紧张极了，看着她那么美，眼神都不敢落在她身上。

温弦一听，脸色顿时变了。她再低头看自己今天的打扮，顿时低咒了一声。

白浪费她的时间了。

小伙子看她的表情变了，急忙道：“找我们队长有事吗？急的话，我去打电话跟他说。”

一听这话，温弦继续沉默。

她说什么，说让他回来，就为了看她今天又是怎么撩他，不，撩人？

“不用了，我没事，随口一问。”温弦面无表情地把自己打结的衬衫放了下来。

呸，他不配！

她说完要走，那个小伙子突然伸出手想要拦住她，温弦回身：“嗯？”

那个小伙子把手收了回去，漆黑的眼睛亮亮的，小心翼翼地试探着问道：“小姐，您、您是温弦吗……就是那个大明星温弦？”

温弦一听，眼底逐渐闪过了一抹玩味神色。

下一秒，她直接走到他面前，抽出了他衬衫兜里的记号笔，在他的藏蓝色T恤衫上大笔一挥，“唰唰唰”几下，留下了她霸气的名字。

他一低头，看着衣服上写着明晃晃的俩字：温弦。

小伙子感觉腿一软，连忙扶着墙壁站稳。

天，还真的是她啊！他要赶紧把这个消息告诉他的兄弟们！

他再看向温弦时，她刚好给他来了个电眼。

“扑通”一声，小伙顿时酥得瘫坐在地上，起不来了。

傍晚，陆大队长回来了，他在协助执法队抓捕嫌疑人违法踏入西部禁区一事。

虽然那伙人是团伙作案，可在后来四处逃散，还差一个人没有抓获。

管辖队外面不远处停着一辆黑色奔驰大G，那正是温弦的车。而眼下，陆枭冷不丁一扫，突然发现那辆车底下似乎有个人影，他顿时眼神一凛。日暮之时，一抹人影在管辖区外面的车底下做什么？

陆枭蹙眉，一步步走过去。就在他距离车十几米的时候，一个移动躺板突然从车底下滑了出来，人影也随即映入他的眼底，让他顿时微微一怔。

移动躺板上的人不是别人，正是温弦……

温弦从自己的奔驰大G车底滑出来，松软的长发被她利落地扎成了一个简单的丸子头，似乎在底下折腾得有些久了，几缕细软的发丝掉了下来，落在颈窝上。

这个角度让她侧脸的轮廓更加鲜明，她本身长得就漂亮，侧脸更是精致极了。她穿着一件白色衬衫和黑色裤子，手上戴着一副线手套，脏兮兮的，沾满了机油，手中还握着一个开口扳手。

陆枭看到这一幕内心惊了一下，她……会修车？！

这会儿有人从院子里跑出来了，桑年给她又拿了一些她要的工具，还顺便给她拿了一瓶矿泉水。

温弦起身接过了水，摘下手套拧开瓶盖直接仰头“咕嘟咕嘟”喝起来。

她的脖颈又细又白，她似乎渴了，喝得有些急，有液体顺着白净的下颌滑下来，一直往下，擦过锁骨，没入她的白色衬衫里。喝完，她用小手臂蹭了蹭嘴角，不过没太注意，脸上一不小心就擦上了少许机油。

桑年连忙拿出纸巾递给她，温弦抬眸突然冲他甜甜地笑了一下。

傍晚呈现瑰丽的渐变色，光线洒落在周围年代已久的房屋砖瓦的缝隙里，渗出闪闪的红色斜晖。

她的笑容明媚灿烂，眼底像是盛着闪闪的星光。

她真的是太漂亮了，陆枭就那么站在不远处望着这一幕，望着她对桑年笑。

虽然她是在对着别人笑，那笑容却似乎如一颗飞速运行的子弹，直接擦破空气，狠狠地击中了他的心脏。

温弦要继续干活了，撸起袖子，纤细白嫩的手腕露了出来，戴着脏兮兮的线手套的手中拿着扳手。她回身的时候，看见不远处一抹身影从拐角处离开。

她顿时怔了下，哎？刚才那个转瞬即逝的人影好像是陆枭？温弦扭头问桑年："年年，你们老大回来了？"

桑年明明是一个刚满十八岁的帅气小伙，愣是被她叫得脸红，纯情地摇着头，眼睛明亮得像头小鹿："啊，没、没有啊，我们老大的事可多了，不到晚上不会回来的。"

温弦挑眉，随后耸肩："好吧。"人躺在移动躺板上又滑了进去。

其实她的确是想看见陆枭，不过却不是因为别的，而是关于她的这辆车。

翻到沟里后，现在她的车明显是被修理过了。外表多了一些剐蹭倒是无关紧要，只是温弦怎么都没想到，自己的奔驰大G底盘的一些设备被他重新修理更换了。

是的，桑年跟她说，是陆枭亲自修理的这车。

本来她还下意识地以为是陆大队长怕去修理店浪费钱才自己动手的，可钻入车底检查的时候，傻眼了。

黑曼巴的高压氮气减震是减震器里的扛把子，还是压缩回弹双可调的，一个得好几万元，更别说其他的设备重载弹簧、加装绞盘，他甚至帮她全部加满了油，在后备厢里又扔了几个军用油囊。

他不是挺冷冰冰的吗，这怎么对她……咯，不，对她接下来的行程还挺上心？

他这是干什么啊？

温弦嘀咕道："这个人啊，真是的，把人家的车安排得明明白白的，是想人家一路走好吗？"

她话是这么说，有几分埋怨似的，可是嘴角却忍不住微微弯了起来。

这几天陆枭早出晚归的，温弦想见他一眼都没机会。

不过在这养伤的几天里，她倒是跟食堂阿妈、收发室李大爷，还有大多数管辖队里的小伙子混熟了，热热闹闹地打成了一片，甚至连那条刚出生没多久的小狼狗崽子都认识了她。

收发室的李大爷在知道她就是电视上的那个大明星后，彻底傻眼了。震惊、错愕、难以置信过后，他激动地开始跟她聊起了宫斗剧里她的戏份，说到带劲处还绘声绘色，手舞足蹈，唾液横飞。

他最后还让队里的小伙子给他拍了他和温弦的合影，一直捧着手机看得笑得合不拢嘴。

温弦早上跟李大爷做做小学生第八套广播体操“雏鹰起飞”，中午吃完饭美美地睡一觉，下午再去跟阿妈学做藏区的酥油茶。

每天她看日出日落，云卷云舒，日子都变得冗长，安然又惬意。这是快节奏的大城市完全不能给她的。

转眼间，一周就快过去了，她的伤已经彻底好了，她还在这里多赖了两天。

她计算着时间，觉得明天就该离开了。一直看不到陆枭，她已经不抱希望。

再说她可是大明星，哪有她主动去要陆枭的联系方式的？那不是她的作风，绝对不是。

早上九点，温弦打着哈欠下楼，上身穿着一件蓝白色条纹宽松衬衫，下身是白色破洞牛仔裤，脚下踩着一双AJ，又美又酷，气质十足。

她的作息向来不是很好，睡得晚起得早，好在阿妈习惯了她这样。早上队员们先吃完了，她和阿妈还有李大爷才一起吃。

温弦一屁股坐在椅子上开始喝粥，剥着茶叶蛋时，她耳边听着李大爷脸红脖子粗地在讨论谁家的八卦：“哎哟，你们是不知道，那闺女才二十来岁，说嫁给一个五十多岁的男人就嫁了，那都能当她爹了！就是为了那个钱！”

食堂阿妈喝了一口粥，这才唏嘘着回应道：“真的是可惜了，这年纪轻轻的，以后不得伺候人家啊？”

李大爷素来被称为“妇女之友”，此时拍桌，情绪激动地问温弦：“温小姐，你说是不是白瞎了那闺女？我看温小姐这辈子都不可能会做这种事！”

岂料，温弦这时一边美滋滋地吃着茶叶蛋，一边不紧不慢地道：“别啊，我哪有那么好，没别的意思，就是感觉五六十岁还是有点小了，有没有八十多岁的，能直接送走，让我继承财产的？”

她这话一出，李大爷顿时被口水呛到，扭头剧烈地咳嗽起来。

温弦的嘴角噙着笑，眼底带着几分玩味。

可是就在这时，对面阿妈看向了温弦身后，惊讶地问：“哎呀！陆队长，您回来了！”

瞬间，温弦嘴角的笑容就那么一点一点地僵滞……手里的茶叶蛋顿时就不香了。

她怔怔地坐在那儿，手里的食物机械地往嘴巴里塞，食不知味。她始终没有回头，似乎还是格外淡定，坦然地坐在那里。

可没人注意，她的眼角都在隐隐抽动。

阿妈笑着起身，和蔼温柔地看着陆枭：“这几天怪忙的，肯定累坏了吧？你等着，阿妈这就给你准备吃的去。昨天我和温小姐专门一起做了你最爱吃的糌粑、酥油茶，一会儿如若你还要出去的话，就随身携带着些，走到哪儿饿了吃一点。”

这话一出，不管陆枭有没有听出什么，温弦倒是浑身一僵。

等、等等……她做倒是做了，可怎么就成专门给他做的了？

或许是她有些心虚了，所以怎么听这句话都不大对劲。

温弦继续低头吃着饭。只是不知道是不是她的错觉，在阿妈说完那句话之后，她似乎察觉到一道视线正盯着她，突然让她有些如坐针毡。

可这还不算什么，她埋头一言不发的时候，后面某人的脚步声却过来了！

温弦默默把脸转向一侧，表情有些一言难尽。

有没有搞错？！这个男人该出现的时候不出现，偏偏在她说完那句玩笑话后出现，还真的是会赶时间！

因为这个时间队员们早就吃完出门了，她和阿妈、李大爷在一张四四方方的小桌子前还吃着。

桌子上摆放着粥、糌粑和各种奶制品、藏包，还有李大爷手边的青稞酒。

陆枭来吃饭，那必然是只能来这里坐了。

眼前倏然被高大的黑影覆盖，他坐在了她的对面。温弦一直没抬起头看他，只觉得他周身的气场似乎过于强大，雄性荷尔蒙气息扑面袭来，让她的小心脏发颤，仿佛有一头发了疯的小鹿在里面狂撞。

偏偏这个时候，李大爷被她之前的话弄得脸色一阵红一阵青的，没察觉出来她的异样，再三欲言又止后，还是忍不住对她一脸认真地道："我说小温啊，虽然你是一个大明星，但对这未来另外一半的选择可也要慎重再慎重啊！"说到这，李大爷顿了下，"是，像你这样的，我觉得嫁给富豪不难，但就是这个年纪，倘若你真的要找个七老八十的想继承人家的遗产，啧，那万一人家命长呢？那你岂不是要守活寡啦？！"

温弦差点原地炸裂，李大爷怎么哪壶不开提哪壶？！

她十几亿身家，需要嫁给糟老头子吗？！

她竭力忽略对面人的气息，硬着头皮干扯了下嘴角，一时间竟无言以对。

李大爷的眼神非常无奈，他叹息了声道："你这孩子啊，就是年纪还小，不知道守活寡的滋味，追求那么多钱有什么用，不如找个身强力壮、年轻帅气的小伙子划算！"

温弦的眼角隐隐一抽，她努力给自己找着借口，嘀咕着："哪有说的那么简单，你看我们圈里的男人一个个都和我们女孩子争奇斗艳。"

李大爷"哎哟"一声："谁说一定要找你们圈里的人了呀，这种男人在我们这地方很多啊！"说着，他突然就看向了身边的男人，"你看！比如我们陆队就是一架战斗机，男人中的男人——"

李大爷说着似乎还嫌不够，伸出手就在陆枭的肱二头肌上拍了几下，赞叹道："瞧瞧这结实劲儿，我看这胳膊你坐上去举起来都轻而易举！"

李大爷那自豪的模样，不知道的还以为说他自己的胳膊呢。

然而，在这一番话之后——

温弦怔住了，缓缓抬头……

陆枭沉默不言地刚给自己用茶水溶了一碗酥油糌粑，在手臂膀子被拍了几下后，他的动作也是一僵，微微皱眉，看了一眼李大爷正拍着的自己的胳膊，又似乎察觉到了什么，眼皮微抬，看向了对面。

空气之中瞬间弥漫起了微妙的气氛。

温弦愣愣地看着他，她的眼眸本来就像是含着一汪春水，格外惹人爱怜，此时和陆枭对视，她看着他，他看着她……

陆枭身影挺拔，一头利落的乌黑短发，脸部轮廓棱角分明，眼眸漆黑，下颌坚毅，哪怕只是那么简单地坐着都气势凛然，更别提是在这种环境下。

两个人对视着，复杂而微妙的气息萦绕在他们周身，温弦只觉得身上的温度一点点地攀升，从体内的每一个细胞蔓延至肌肤然后蒸腾开来。

她感觉自己的耳根在发烫，率先避开了那眼神，竭力按捺住自己内心那头狂躁的小鹿，垂下眼眸，拿着勺子往嘴里送了一口粥，这才缓缓开口："坐就不坐了吧，我怕把他的手臂给坐成杨过。"

"哈？杨、杨过……哈哈，你这孩子夸张了，这哪能啊？你这是埋汰我们陆队呢！"李大爷被她弄得哈哈大笑。

"真的，我挺沉的。"温弦一本正经地咕哝着，一直低着头，都没敢抬眸再看他一眼。

"哈哈哈，可得了！就你这细胳膊细腿的，你信不信，陆队能轻轻松松提起两个你？"也不看看他们陆队是什么人，是两年前从特种部队退役下来的大队长！

要知道陆枭身为特种部队的队长，那实力可是非常恐怖的。只是如果不是当初发生了那些事，他也不可能会来这里。虽然是他主动来的，可还是非常令人惋惜。

温弦哪知道陆枭的曾经，只是在他修长强韧的手臂上多瞄了几眼，半信半疑。

岂料，那有些怀疑的眼神被陆枭逮了个正着。

阿妈又拿了一些吃的过来，还专门给陆枭送上了一盘新的手抓羊肉。他拿起羊肉蘸了点酱汁后，直接塞进嘴里。虽是手抓，却一点都不粗鲁，反而透着一股子说不出的野性。

陆枭的眉眼极黑，挺拔的鼻梁仿佛高不可攀的山峦。他一言不发，只是盯着温弦，缓慢地咀嚼着一块羊肉。

温弦：他吃肉就吃肉，一直盯着她算怎么回事？

这莫名让她浑身都不自在，仿佛她就跟他手中那美味鲜嫩的手抓羊肉似的，让她浑身觉得……好燥！

偏偏这会儿工夫，李大爷起身了，温弦连忙看过去："大爷，你还没吃完呢，咋就走了？"

李大爷端起他的酥油茶，摆了摆手："你就搁这儿坐着吧，你演的那部宫斗剧要开始了，我可不能错过！"说着他就离开了，那姿态优哉游哉的，就差手里再拿一把大蒲扇了。

转眼，阿妈从旁边路过，温弦又连忙拉住了她的手："阿妈，你怎么也不吃了呢？！"

阿妈笑着道："小温，你快吃，我儿子今天要过来找我，我现在去前头接他。"说着也匆匆离开。

温弦默默收回了手，在身子坐正的时候轻咳了声，仿佛什么事情都没有发生过。

小食堂里转眼就剩下他们两个人，温弦的内心一时间有说不出的感觉，心脏剧烈地跳动着，尤其是在李大爷说完那些话后，让本来就馋陆枭的身子的她更馋了，脑海里不由得回忆起了自己之前那个令人难以启齿、羞涩脸红的梦。

气氛是如此微妙，让人禁不住想避开，可她还是舍不得离开。

是的，她当然舍不得。

来了快一周的时间，都没见他几次面，并且今天过后她就走了，这么帅气冷峻的大队长估计就是看最后一眼了。

如此一想，温弦心底竟还有几分说不出的……遗憾？现在这种时代，如果他们没有留下什么联系方式，那真的转身就是一辈子。

就在她的眼神忍不住瞟向他的手机时，她突然听到对面的人开口："你想试试？"

"啊，什、什么……"温弦抬头看向他，对上他那双漆黑的眼眸，一时间没反应过来他在说什么。

陆枭依然面色冷静，看不出什么情绪，只是眼眸微垂，在自己强劲结实的肱二头肌上扫了一眼，意思不要太明显。

啊？！

温弦心头的小鹿一下子就炸了。

他、他、他……这是在干什么？他邀请她试试坐在他的手臂上吗？！

温弦哑然地望着他，心跳得更快了："真、真的可以吗？"

这话一出，陆枭再次将视线落在她的面容上，语气淡淡地道："我的臂力可以承重 90 公斤，应该有两个你那么重。"

温弦霍然瞪圆了眼睛，这——

他是大力士吧？！ 90 公斤啊！

她印象中的这种人应该只有专业运动员，或者非常优秀的特种兵才能达到这种程度，而且他的手臂看起来又不像运动员那种练就的肌肉非常发达。

具体什么样子她是看不到了，都被他的冲锋衣挡住了，真的是太不够意思！她对他的诚意都已经体现在把他当成梦里的幻想对象了，他却穿着衣服防着她！

温弦实在是忍不住，悄悄地伸出了手指，在他的胳膊上戳了戳。

陆枭盯着她倾过来的身子，外面的光线洒落进来，投射在她的身上，她那又卷翘又浓密的长睫毛承接着晌午最强烈的光。

温弦的指尖感受着硬邦邦的肌肉，嗓子没出息地滑动了一下。再开口时，她的声音平添了几分确定之意："我想试试。"

陆枭："你想得美！"

空气寂静了一秒、两秒后，温弦的身子又坐了回去，她低着头往嘴里塞吃的，一边恶狠狠地咬着，一边含混着说：“当我什么都没说。”气得她心头的那头小鹿这会儿又发狂了。

他是不是在耍她，还是她太不矜持、太流氓？

温弦低头生着气，嘴巴两边塞满了食物，吃得鼓鼓囊囊的，活像一只小松鼠，喜感极了。

陆枭扫了她一眼，那模样落入他的眼底。

他低头继续吃东西，嘴角却似乎轻扯了一下。

后面两个人没再说话，温弦表示她要先生气二十分钟再勉强搭理他。

两个人吃得差不多了，收拾盘子去厨房。

本来她是不想收拾的，但看见陆枭起身去厨房，她也假装是个勤劳的主，跟着他一起去了。

虽然两个人见面的时间不多，但这里是他的地盘，她决定还是跟他说一下她明天要走的事情。她其实也可以神不知鬼不觉地离开，毕竟这里的人一转身就是一辈子不见，走就走了，不说又怎么样呢？反正她就是那么没心没肺。

但她不知怎的，就是想跟他说一下。

或许……她是想看看，他会有什么反应？

她跟在他后面拿着自己的盘子、碗筷，路过他的时候瞪了他一眼，凶巴巴地道：“别以为你有肌肉就了不起，别人没有啊？阿妈的儿子要来了，人家可是藏区的小伙子，肯定威猛雄壮，那肌肉肯定比你强多了。”

听到这话，陆枭的脚步一顿，没人知道他想到了什么。

他都懒得转过脑袋来看身侧的她，直接淡淡地蹦出了俩字：“所以……”

温弦冷哼了一声：“还能‘所以’什么呀，你不让我试试你的手臂，那我就试试他的手臂！”

所有人都喜欢她，就他跟自己不对付，这是为什么？这还不是他的欲擒故纵？！

只是眼下，在温弦那句话音落下后，陆枭终于把头转过来，视线落在她的脸上，轻嗤了一下："你还是先试着做个人吧，阿妈的儿子才七岁。"

啊？！她再也不想跟他说话了！

陆枭打开水龙头，温弦"哗啦"一声把自己的碗筷都扔进洗碗池，扭头就走，脸上青一阵红一阵的，不知是羞恼还是窘迫。

陆枭看着池子里她用过的盘子、碗筷，静默了一下，倒了点洗洁精在抹布上，身躯高大的男人就站在后厨的水池边，低头认真地擦洗着碗筷。

阳光投射在他的身上，水池里只有他和她的碟子以及碗筷。

温弦这会儿心情格外不佳，一个人跑到院子里的空地上抽闷烟。

她望着这片蓝天，望着这辽阔的大地，望着远处的山脉，脑袋里想的却是一个人。

这种偏僻的地方，陆枭是怎么来的呢？他一看就不是本地人，倒是像北方的冷酷大帅哥。

她细白的指尖点了点快要燃尽的烟头，烟灰随风消逝。

院子外好像传来了什么动静，温弦皱着眉看过去，从这个角度看大开的院门不知看到了什么，顿时身子一僵。

待外面的人越发走近时，温弦的指间还夹着烟，眼角隐隐抽动了一下。

外面来的人正是阿妈和……应该是她的儿子。

温弦微微眯起了眼眸，从老远就盯着那个结实的小胖墩蹦蹦跳跳地过来——她忍不住轻扯嘴角，好笑般扶额。

看来她刚才没完全说错，这不光藏区的小伙子长得个个威武雄壮，这花骨朵儿也是结实得很。

不过这手臂她还是不用坐了，毕竟他还年幼。

陆枭从里面走了出来，今天是周末，他忙了一周似乎终于空闲了。不过对他来说，不分周末，一有事情出现立刻就会赶过去。

他看着温弦在抽烟，眉头微蹙，却没说什么，随即冲着厨房那侧的方向过去。

温弦的余光似乎察觉到他的身影，她缓缓转过身，盯了过去。

他干什么去？

温弦想着自己还要跟他说离开的事情，犹豫了下，跟了上去。

厨房靠后挨着墙壁的地方有一个自制的铁火炉，炉洞大开。

温弦想，这如果冬天用来取暖、烤东西，猛烈的火舌跳动一定很带劲。她刚这么想着，就见陆枭拿出放在一边的手套、刀具打磨器具等准备继续开工。

“这是你做的？！”温弦诧异地道。

男人随手脱掉了外衣往旁边的架子上一搭，身上只穿了一件黑色的T恤衫，袖子随意地撸起，露出了他接近于古铜色的强劲修长的手臂。

他的手臂非常结实，温弦看见他拿起打磨器具的时候，小手臂上隐隐有些青筋暴起。

温弦看着他那强劲有力的古铜色手臂，再低头看了一眼自己细白的小手臂，突然就有些讪讪的，喉结滑动了下。

这颜色的强烈反差，这结实有力和纤细柔弱的反差，这男人和女人的反差——

陆枭拿出了一盒几块钱的烟，随意抽出一根塞进嘴里衔着，扫了她一眼，再开口时声音多了几分含混：“怎么？不行？”说话间，他的手去找打火机。

不过摸摸兜里，打火机似乎没了，他扭头看向了温弦。

温弦正看看他，又看看他脚下的铁火炉子，干笑着道：“行，怎么不行？”

也是，他们这里的男人和繁华大城市的不同。大城市里什么东西都是现成的，而他们这里大多数的时候需要什么东西得自己动手。

这也就使得他的动手能力超强，什么都会做。陆枭，还真的挺行的。

温弦正低头欣赏着那个铁火炉，突然察觉到他走了过来。

她抬眸，顿时一愣。她的唇齿间还咬着一根烟嘴，细长的万宝路烟头闪烁着点点红色的光。而他突然俯身，低头凑了过来。

温弦愣愣地看着他突然近在咫尺的面容，浑身僵住了，一瞬间脑海里嗡嗡的，好像老旧的闪烁着雪花的黑白电视机。

陆枭漆黑的眉眼微垂，淡漠的视线落在两人交会的烟嘴处。他嘴里叼着的那根烟，通过她的那根细长烟头，点燃。

时间似乎在这一刻静止了，温弦望着他浓密漆黑的睫毛，望着他微垂的眼睑，望着他的鼻梁……

这是两个人第一次距离这么近，却那么意外，那么猝不及防。

她看清了他脸上的每一寸肌肤，甚至看清了他额角的黑色碎发微微挡住的一抹小疤痕。

有风吹来，撩乱了她的发丝，似乎也撩动了她的……温弦眼底有光闪烁了下，难得地流露出一抹难明之意。

烟头被引燃，隐隐泛起猩红色的光，他离开的时候，烟雾从他的鼻息间溢出。他的嗓音似乎都被烟熏过了，再开口，声音又沉又哑："借个火，谢了！"他说完转身，烟又塞在唇齿间衔住，手上继续开始忙碌。

温弦一直都没有动，就那么望着他。

他穿着黑色的T恤衫，撸起袖子，手臂微微一用力，就浮现出那青色的筋脉，握着打磨工具的手修长又有力，骨节分明。

温弦盯着那双手，突然想起有人跟她说过那样一句话，手指粗长的男人……哪里都不一般。

温弦退后了两步，那双勾人的眼睛微微眯起，黑沉沉的，仿若深处潜藏着什么汹涌的暗流。

她一只手环胸，一只手的指间夹着烟深吸了一口，竭力地压制着自己内心的某种欲望。

陆枭，他看起来是真的很行，她领教过了。

可实际上行不行，她也想……领教一番！

• 第二章 •

无人区的野玫瑰

温弦每次想跟陆枭说要走的事情，都被莫名其妙地打断了。

到了晚上，队员们也都回来了。食堂阿妈的小儿子又来了，还有院子里的小狼狗崽子，这一切相较于整个无人区的荒芜和寂寥，是难得地热闹。

下午温弦没再和陆枭说话，他一直在忙。

她从楼上窗户那里，能看见衣着单薄的他热得时不时蹭一下额头上的汗。到日暮之时，阿妈做饭的炊烟袅袅，他也彻底完成了最后的工作。

晚上开饭了。

温弦从二楼下来的时候，陆枭也刚刚从院子里回来，容颜冷峻帅气，只是乌黑的短发有些被薄汗打湿了。

大家都在餐桌旁坐得差不多了，阿妈看见他进来后，连忙递给他一条干净的毛巾："哎呀，忙了一下午，快去擦擦洗洗，吃口热乎饭。"

陆枭接过毛巾抹了一把脸，刚要往里走，突然看到二楼下来一抹身影。

那身影，让人微微一怔。

温弦今天晚上穿得特别漂亮，明天一早就离开了。此时她穿了一条酒红色吊带裙子，裙子是"一"字肩的款式，露出了大片精致的锁骨，细细的吊带挂在圆润白嫩的肩膀上。量身定制的裙子顺着她白嫩的大腿垂下来，堪堪盖住了膝盖。

她迷人的长发微卷，肌肤和复古的酒红色裙子形成鲜明的对比，显得她的皮肤更白嫩了。一点红唇，诱惑至极。此时的她，美得不可方物。

陆枭就站在原地，看着她一步一步走下来。

她就像是一朵娇艳欲滴、鲜红又热烈的野玫瑰，进入西部无人区，以一种不可抵挡的强势姿态，冲击着他的视线。

温弦也没想到一下来就撞上他，望着他，嘴角微勾。不过也仅仅是一眼，她就转移开了目光，看向了大家聚在一起的餐桌处。

这件衣服是她本来想要在有沙漠的地方，拍几组沙漠大片用的，不承想在这里第一次穿上它。

至于为什么穿，她就不多说了。

那边在餐桌旁坐着的一个个小伙子，本来热闹得不知在聊什么，但眼神扫向楼梯那边的时候，都缓缓放慢了手中的动作，愣住了……热闹的餐厅瞬间变得鸦雀无声，一个个都瞪大了眼睛，震惊又惊艳地望着她。

美。

太美了。

虽然知道她就是电视上那个大明星，是超级大美人，可当他们目睹她穿着酒红色吊带裙子走下来的时候，还是再次被她的美镇住了，简直美得令人窒息……

她的一颦一笑，皆令人痴迷。

她走下来后，就在离陆枭几步之遥的地方，冲着他们弯起嘴角，来了一个璀璨明媚的笑容。

“咚！”有人“嘭”的一下从椅子上摔了下来。

“啊啊啊！是弦姐，是我们的弦姐，快点坐在这里！坐我们这里！”小伙子们一个个都沸腾了，抢着给她让位置。

眼前的小伙子们要冲过来，桑年和扎西连忙先一步冲到温弦面前阻拦住：“别激动，别激动！你们这群臭汉子都赶紧回去坐好了！别吓到我们弦姐！”桑年仗着平时跟她没少说话，这大声嚷嚷的气势都不一样了。

小伙子们还有些亢奋，都想让温弦坐在他们旁边，可就在这时，一道冰寒的声音一字一顿地传来——

“你们当我是死的吗？”陆枭就站在离温弦几步之遥的位置，手里拿着一条毛巾，用凛冽犀利的目光望着他们。

因为刚干完活儿，他身上的黑色T恤衫领口和胸口的地方都有些被打湿，浑身男性的荷尔蒙气息更浓重了。此时他微微攥着拳头盯着队员们，手臂上的筋脉微微鼓起，仿佛肌肤下还蕴含着无尽的力量。

队员们一看他这个架势，顿时一阵风似的麻溜地跑回去了。

开玩笑！他们的老大的拳头可不是吃素的，在他们的老大刚来的时候他们就领教过了，半成力气就能把人打翻，十成力气就能送人上天！

温弦看着队员们一个个老老实实地回去了，顿时微微挑眉，转头看了陆枭一眼。

那一眼意味不明，跟要人命的钩子似的，她的嘴角微微勾起，笑容耐人寻味。

陆枭拿着毛巾往卫生间的方向走，在对上她勾人的眼神时，也目光犀利地扫了她一眼。

温弦看着他从自己眼前离开，周身都泛着一股说不清道不明的冷意。她忍不住轻咬唇瓣，直到他的身影消失，才收回视线。

这个男人可真带劲！

他——她试定了！

陆枭简单擦洗完再出来的时候，他们都已经入座了，还剩下一个位置，就是温弦的对面。

温弦的一侧是阿妈，另一侧是阿妈家的儿子。

桑年本来想跟女神坐在一起，但奈何小胖墩达娃第一次看见这么漂亮的姐姐眼睛都直了，一边拿着大鸡腿，一边在阿妈身边脸红地扭捏着，说想跟漂亮小姐姐坐在一起。

桑年哪里争得过这孩子，温弦直接让小胖墩坐在自己的另外一侧了。

大家都热闹得很，对温弦格外热络。而温弦这个性格有点障碍的女人，在这会儿也将表里不一的特征发挥到极致，在公共场合那叫一个嘴甜，那叫一个笑容甜蜜。

陆枭再出来的时候，盯着她和大家其乐融融的画面，目光微微闪烁了下。

“陆队来了！来、来，快坐这里！大家都赶紧吃，想吃什么后厨里面还有。”阿妈和蔼地笑着张罗着。

还没看见陆枭，温弦就能感受到后面有他的气息传来。不过她一直没回头，只是将自己的长发往肩后拨弄了下，有意无意地露出了自己白嫩的肩膀。

可是没等两秒——一件外套突然稳稳地落在她的肩上，她下意识地转身，衣服顺着滑落，温弦一把抓住。

随即她就见陆枭在走回座位的时候，看也不看她，说了一句："天气降温了，越来越冷，大家都注意防寒。"明明衣服单独丢给了她，话他却是对所有人说的。

温弦低头看着那件衣服，微微挑眉。

那是他的外套。

温弦抬眸望着他，嘴角似笑非笑："陆队长，我现在不冷。"

陆枭已经坐了下来，端起一碗饭夹着菜，眼皮子都没抬，不带丝毫表情地说："不，你冷。"

桑年"噗"的一声，差点笑出声。

陆枭冷冷地扫了他一眼，桑年顿时清了清嗓子，正襟危坐。

不过……怎么回事？他怎么感觉他们队长和弦姐两个人之间的氛围，今晚有些说不出地……微妙？

桑年的小眼神在他们俩身上来回地瞄着，想着今天晚上弦姐穿得那么美，老大难不成是不想她暴露太多？

自己编想着八卦，他越想越激动，最后忍不住意味深长地笑着对温弦道："弦姐，我们队长说得对，你还是穿上吧，身体刚好，别再感冒了。"

穿，她当然穿，怎么能不穿？这可是陆大队长的衣服。

温弦就那么盯着陆枭，不急不缓地穿上了他宽大的冲锋衣外套，瞬间，属于他身上的男人气息萦绕在自己的鼻息间。

冷冽的松木气息，夹杂着一抹淡淡的烟草味以及属于他身上独特的那股男人味，混合在一起，充斥着她的鼻间，格外令人躁动。

他的黑色冲锋衣于她很大，她里面穿着酒红色吊带裙，白嫩的肌肤和强烈的颜色反差带来别样的视觉感官，比之前似乎更加有冲击性了。

陆枭一米八八，身躯强劲结实，一身的腱子肉，这件冲锋衣他穿着自然是正好，可她才不过一米六八，还不到一百斤，骨架小，肉也长在了该长的地方。

所以他的黑色冲锋衣，松松垮垮地穿在她的身上，竟还平添了几分说不出的慵懒妩媚感。

陆枭吃着饭，冷不丁一抬头，视线扫在她身上的时候，似乎有一瞬间的停滞。不过转瞬之间，他就恢复如常，低头吃着饭，一言不发，只是攥着筷子的手似乎更紧了些。

大家都开动了，小胖墩达娃坐在温弦身边吃得特别香，眼下手里拿着两个大鸡腿，一手握着一个去撕咬，吃得小嘴油光锃亮的。

温弦边吃边看着“七岁小壮汉”，一时间忍不住抬起手，老母亲般慈祥地摸了摸他的小脑袋瓜，幽幽地来了句：“看把这孩子饿得，跟十分钟没吃饭了似的。”

“噗——”大家都哈哈大笑起来。

七岁小壮汉一听，小胖手拿着大鸡腿，中气十足地辩解：“没有！我十分钟之前在吃羊腿！”

这话一出，大家又是一阵哄堂大笑。温弦忍俊不禁，捏了捏他胖乎乎的小脸蛋：“是、是、是，姐姐还错怪你了！”

阿妈给大家拿来了青稞酒，听到这话，笑着故意“啧”了声：“小温，你咋说话呢？！”

陆大队长扫了温弦一眼，淡淡地道：“她尽力了。”

桑年又忍不住笑了，肩膀止不住地抖动。看来老大还挺了解弦姐的。

温弦似笑非笑，眼神直勾勾地盯着陆枭。在莹润的暖灯之下，她原本就似含着一汪春水的眼眸更动人了，漆黑水润，像是一块上好的宝石，熠熠生辉。

此时，外面夜幕彻底袭来，夜凉如水。

管辖区内的食堂里，哪怕吃着普通的餐食，大家的兴致也很高。

温弦感受着这一幕，心底一时间不知是何感想。平常工作忙得很，自己是强行从上海那边离开，来到这里偷得浮生半日闲。

虽然她赚很多很多的钱，可是像周围这样真挚的快乐却很久很久没有感受过，又仿佛从未有过。

虽然明天要走了，但她并不打算告诉他们，仅仅想告诉陆枭一人罢了。

陆枭……

今夜，他应该……有空吧？

周围一片热闹，陆枭从来都是话很少、很严肃的一个人。通常情况下，他满脑子想的都是各种工作。

现在大家正热闹着，他准备一会儿通知一件工作上非常重要的事。然而，就在他皱眉认真思索着一会儿要怎么安排工作的时候，不知感受到了什么，身躯一僵，嘴里嚼着肉的动作都停止了。

他缓缓抬眸，看向对面。

温弦正一手拿着小勺子搅拌着眼前碗里的青稞酒，一手撑在下颌上。此时他看过去，她冲着他微微勾起嘴角，笑得格外纯情无害。

而陆枭却身躯僵硬，下颌紧绷，握紧了手中的筷子。

桌子底下，一只白嫩的脚伸到了对面，蹭到了陆枭的腿上。

西部管辖区的食堂里，餐桌旁的队员们都在热闹地说着什么。李大爷披着件大褂在喝酥油茶，阿妈在吃奶酪饼，就连七岁的小胖墩都在津津有味地啃着鸡腿。

桌面以上，灯光晃动得明亮，热闹不已；桌面以下，像是另外一个世界，昏暗，幽秘。

温弦能清晰地感受到他的小腿裤子下，有炙热的温度传来。那条腿同他的胳膊一样，结实强劲。当然，她也能感受到他的肌肉变得更加坚硬了。

她在桌底下做着那样的事情，偏偏眼神在望向他的时候，要多纯情有多纯情，无辜得像是林间小鹿。

陆枭死死地盯着她，下颌的弧线绷得更加坚毅，攥紧了拳。

突然有人掉了筷子，连忙低下头要捡起来。

“咚——”

一声闷响传来，温弦的身子迅速倾斜了下，差点重心不稳要摔倒。

“啊，弦姐，你没事吧？！”桑年他们赶紧问，连阿妈都吓了一跳，赶紧扶住她。

温弦狼狈地扶着桌子，调整了下呼吸，再看向他们的时候，冲着他们温柔地笑了笑："没事，只是我没坐稳罢了，不碍事！"

"没事就好，看来这个破凳子该换了，差点摔到我们弦姐！"桑年有些生气地说着。

不得不说，现在他这个小迷弟拍马屁的手段越来越熟练了。

说完这些，温弦坐直身子，视线看向对面的男人的时候，她原本纯情的眼眸变得犀利而勾人，明晃晃地彰显着她的情绪。

陆枭则是一边面色平静地和她对视，一边继续嚼着食物，一脸淡定，仿佛刚才什么都没有发生过似的，仿佛刚才有人要低头捡筷子的时候，迅速把她的脚挡开的人也不是他。

哼，这个臭男人！

温弦攥紧了手中的勺子，这一刻在他们的对视之中，仿佛有激烈的火花在碰撞。谁也不想退让，谁也不想认输！

温弦只觉得自己还就偏不信这个邪了，他是个男人，面对自己的时候怎么可能一点感觉都没有？！他是个冷酷大队长又如何，是男人都会被女人吃得死死的，更别提她这种风情万种的女人。

今天晚上，她就要尝尝这个大队长的味道！

温弦轻扯嘴角，溢出一抹淡淡的冷笑。她倒要看看，他到底有多么正人君子！

不得不说，越是这样冷硬又不为所动的男人，她越是想要征服。

两人的对视，被扎西突如其来的一句话打断了。扎西问："队长，下午的时候有藏民在西南部区域发现了一头受伤的白唇鹿，已经送去兽医那里医治，但情况不是很好，我们明天要不要——"

这话一出，餐桌上原本热闹的气氛瞬间变得安静了，众人都要听他们队长回话。

陆枭看向他们，神色认真严肃："既然你们先问了，都先放下手中的东西，我要给你们说的就是这件事。”说到这儿，他顿了下后才又道，“那只白唇鹿的受伤没那么简单，初步判断是有几个人团伙作案，专门猎捕国家稀有保护动物。

“他们割了白唇鹿的鹿角，现在网络上有眼线发现有他们的人在贩卖红隼、金雕，明天一早，我们就按照计划开始行动！”

说到这儿，陆枭开始分配任务了。

“桑年，明天你跟着噶卓在线上装成交易的买家，中间会有人牵线，商谈好出售价格，约好交易时间，在你们见面的时候我们会对他们进行抓捕。”

桑年不是藏族人，而是汉人，这些盗猎分子多数会将东西卖给外地人，所以桑年对那些人脸生，交易的成功率会大一些。噶卓则是经验丰富的当地男人，三十多岁，对他们当地的所有珍贵保护动物都很了解，可以在暗中辅助、参谋。

“收到，老大！”桑年收到任务后，立刻斩钉截铁地应了一声。他生平最恨的就是那些盗猎贼！

为了钱，他们无恶不为。

就拿白唇鹿来说，是国家一级保护动物，是分布在青藏高原特有的、稀有的物种。可正是因为它们的珍贵，那些盗猎贼竟然在抓住它们后，活生生割断它们的鹿角，拿走鹿角去卖钱。青藏高原的气候一天恨不得上演一个四季，遇到狂风暴雪的时候，那些脑袋上鲜血淋漓的白唇鹿都得在荒芜的地带被冻死。

更别提那些翱翔于广阔天地的珍贵鸟类，那些人不是打着吃美味野味的旗号去猎食，就是把它们私养在笼子里，让它们无法再自由翱翔于天际。

那些人都被自己的一己私欲蒙瞎了眼！

不论是人，还是动物，生命都是弥足珍贵的。直到如今，在严格的管控下，大规模的盗猎群才有所收敛，但不代表完全没有。

西部一共分布着四大无人区，狩猎分子随时都可能出没。这是一个漫长而持久的抗争。

吃完饭，大家解散。

夜里起了风，外面很冷。温弦出来的时候，被一阵凉风灌入宽大的衣服内，顿时一股凉意从脚底蹿上脊椎末梢。她冻得裹紧了衣服，摸了摸陆枭的外套，果然在兜里摸出来一盒香烟以及一个齿轮打火机。

温弦拿着齿轮打火机陷入沉思，嗯？他有打火机？

突然，钉着棉布条的门被人打开，一抹身影出现了。

夜晚，天空漆黑如墨，光线很暗，那人又背着光，五官藏在了黑暗之中，只有一双眼眸明亮如曜石。

温弦手中拿着他的烟和打火机，陆枭看着她手中的东西，空气之间瞬间弥漫着几分说不清楚的微妙气息。

此时无声胜有声。

再开口时，陆枭直接走上前一步，将那包烟和打火机拿了过来，随即视线看向被黑夜吞噬的管辖区大门，淡淡地开口："这烟太冲，不适合你。"

温弦盯着他冷漠的侧颜，哪怕是猜测到了什么，也不再去询问，只留暧昧在他们之间回响。

她的嘴角微微弯起，漾出一抹淡淡的笑："陆队，我明天就要走了。"

她突如其来地开口，空气间似乎有风凝滞住了。男人没有立刻说话，只是走到了旁边小狼狗崽子的狗窝处。

小狗窝那里有一个小铁盆子，里面沾着一些食物的痕迹。

陆枭给刚出生不到一个月的小狼狗崽子在小铁盆里倒入羊奶混杂着的食物。他高大的身躯单膝半蹲在那儿，搅拌着铁盆里的黏稠物。

高悬的冷月，在他的身上洒上了一层冷冷的银辉。

小狼狗崽子听见动静，顿时摇着尾巴从狗窝里钻出来，开心地围在他的脚边打转，还咬着他的裤腿。

陆枭拎着它的后脖颈调了下位置，让它的脑袋埋在奶盆里，这才起身，沉声道："可以的，只要你觉得自己的身体恢复得差不多了，就可以离开。你的车子我也给你修好了，随时都可以出发。”他一脸淡然地说着，仿佛她的话没有掀起任何波澜，像是投入湖中的小石子，再无回响。

陆枭说完之后，转身就打开门进屋了，只余温弦一个人站在夜空之下。不，准确地说，她身边还有那只小狼狗崽子。

他就这么……走了？温弦只感觉周围更冷了。

那只小狼狗崽子皮实得狠，此时看陆大队长走了，就用小短腿颠颠地跑过来扑近了温弦。小爪子踩上她的鞋子，龇牙咧嘴地对她叫唤。

温弦本来见陆枭没有一点反应，内心有些憋得慌，此时见小狼狗崽子又过来招惹她，顿时走到了它的奶盆边，忍无可忍，伸出脚故意恶狠狠地威胁着它：“你这个小东西还挺凶残，信不信姑奶奶把你的奶盆一脚踹翻？！”

她就把奶粉给它扬了，奶盆打翻，窝给它掀了，让它知道这个社会的险恶，看这个小东西还嚣不嚣张？

这个小东西从第一天见面起就跟她不对付，一看见她就扑上来撕咬，也不掂量掂量自己几斤几两。

小狗看着自己的奶盆被威胁，顿时不敢过来了，只是奶凶地“呜汪汪、呜汪汪”叫唤着，急得在原地打转。

“我看你还敢不敢咬我？不让你长点记性，你不知道我是谁……”

无情残暴的温弦刚一抬脚，还没踹过去，“吱呀”一声门被人从里面再次推开，一抹黑色的高大身影出来了，他手中还端着一碗干净的水。

此时出来的男人看着这一幕，怔住了。

小狼狗崽子看见陆枭出来，顿时跑到他身边上蹿下跳，可怜巴巴地冲着他叫，仿佛在说，它虽然是条狗，但她真的不是人。

陆枭低头看了它一眼，把盛着干净的水的小碗放在地上，顺便摸了摸它的小脑袋瓜。小狼狗崽子再冲着温弦叫嚣的时候，“汪汪汪”得更加有气势了，似乎让她知道了，谁才是这里的老大！

而温弦看着陆枭的身影，伸出去的脚僵了一瞬后，立马假意在空中前后来回踢腾了两下，背着小手“哈哈”干笑了两声，胡言乱语道：“别说，你看这小别致长得还挺东西！”说完，她一眼都没再看他，冲到门口，打开门慌忙进入。

陆枭盯着她忙不迭冲进去的身影沉默半晌。

“小别致”？“挺东西”？

温弦感觉自己从来没有这么尴尬过！她太尴尬了。

她很少在意别人的想法，虽然她表面一套、背后一套，但脸皮厚，纵然被发现后也是云淡风轻，跟什么都没有发生过似的，可是这一次……她只觉得自己的耳根都在发烫。

她在做什么？！欺负一条刚出生不久的小狼狗吗？！她怎么能跟一条小狗一般见识呢？还人赃俱获地被陆枭逮了个正着！

不行了，这地方她是待不下去了。温弦开始麻溜地收拾行李，准备明天一早就离开。

她收拾完，洗个澡再出来的时候，时间已经很晚。

深夜里总是会令人想入非非，她穿着睡袍躺在床上，辗转反侧。四仰八叉地在床上折腾了一会儿，温弦还是抓着头发坐了起来。

不行，这姓陆的家伙工作那么忙，整天神出鬼没，罕见踪影。

她在这里一周，总共只有两天见到他，如果明天早上出发的时候也见不到他，该怎么办？

他的联系方式自己一个都没有！关键是这个陆队长还真的能忍住不管自己要。

思索半天，她还是爬了起来。

她拉开窗帘，看着这天际之间一片静谧，隐隐只能听见蛩鸣声。

这夜黑风高的，一看就适合办事——

至于办什么事，那就不用她多说了。

马上就要离开了，不握到他的把柄，她心有不甘！

深夜的走廊里安安静静的，大家都入睡了，外面的清辉洒落进来，徒留一地银霜。

女人脚步轻轻，来到了二楼靠近楼梯的一个房间。这几天心怀不轨的她早就打听清楚陆枭住在哪个房间了。

温弦来到了他的房间门口，抬起细白的手，虚握成拳敲了敲。

夜晚很静，可是她的心脏却越发躁动着、跳动着，内心深处像是有鼓在敲。

她不知道这三更半夜的，陆枭看见自己出现在他的房间门口会怎么想，又会……怎么做？

他一个血气方刚的男人，身强力壮，这里又很少有女人出没……他肯定憋了很久很久吧？

敲门声在黑夜里响起，透着几分说不清的暧昧，令黑夜里的人心底躁动不安，像是有不安分的小虫子在啃噬，痒得难耐。

温弦低着头看着他的房门，有昏黄暗淡的光从里面钻出来。

这么晚了……他还没睡，在做什么？

就在她低头思索，攥着拳头，内心忐忑的时候，突然有脚步声隐隐从里面传了出来。

她顿时屏住呼吸，目光落在那个门把手上。里面的脚步声越来越近，最后走到门口，和她只有一门之隔的时候，停了。

温弦眼睁睁地看着门把手下压，门被人从里面直接打开——一抹高大的身躯蓦然映入眼帘。

陆枭的身躯遮住了房间里的昏黄光线，她整个人都被他的黑影覆盖住了。

温弦就那么望着他，抬起的手还举在空中，可是视线却怔住了。

他、他竟然——

“是你？”陆枭低头蹙眉看着她，似乎没想到来人会是她。

他目光沉沉，落在她的身上。

温弦穿着晚上那条漂亮的吊带红裙，细白的皮肤，美艳的红裙，微卷的长发，妩媚惑人。

深更半夜的，她就这样出现在他的房门口？

陆枭神色微变，握着门把手的手都握紧了些。

“你来做什么？”他的嗓音在晚上有些低哑，像是含了口烟，在这样别有用心的夜晚，那低哑的烟嗓令她的双腿莫名发软。

温弦细白的手指捏在了门框上，她望着眼前的画面，呼吸都有些紊乱了。

她早就猜测到陆枭的身材很好，是冷酷又帅气的硬汉，但是没想到当亲眼看到这一幕时，还是有些被惊到了。

他大抵是以为门外谁因为紧急的事来找他，下身只穿了一条宽松的灰色运动裤，上面是一件黑色的衬衫，但是衬衫的纽扣却没有系上。

他就那么赤裸着胸膛，下面的八块腹肌延伸着人鱼线，一直到腰间的裤腰下……

温弦的喉间滑动了一下，眼神几乎有些贪婪般盯着他强劲结实的身躯。

陆枭蓦地太阳穴突突地跳动。

她像勾人的妖精，声音魅惑，不急不缓地反问着他：“陆大队长，你说这三更半夜的，我来找你是为了什么？”你说，还能为了什么？

她说着，曼妙的身段越发靠近他。

陆枭像是一堵墙站在那儿，一动不动，冷冽的眼神死死地盯着她。

温弦在他的眼皮底下，就像是一朵极为惹人的野玫瑰，有着绝美的姿态。

陆枭不蠢，他是一个男人，知道这样一个女人在深更半夜出现是为了什么，甚至——晚上吃饭，她的脚蹭到他的腿时，他或许就摸透了这个女人的心思。

只是——

陆枭深呼吸了一口气，盯着她，毫不客气地问：“你向来如此不矜持吗？大半夜随随便便进入陌生男人的房间？”

温弦媚眼勾人，娇嫩的红唇轻启：“可惜，我们早就不陌生了哦，陆大队长，你可都把人家看光了呢。”

“你——”陆枭顿时喉头一哽，耳根似乎都有些臊了。

温弦盯着他脸上的每一个细微表情，似是察觉到了什么，突然就坏笑着眨眨眼：“果然看光了，是吧，陆队长？”

陆枭的舌尖抵住了后槽牙，下颌紧绷，他抹了一把脸，在内心低咒了声。

黑夜横贯长空，外面似乎起了风，往日迢递的浮云都被吞没，风越发猛烈，拍打着窗户，不用想就知道外面现在有多冷。

可是此时的室内，却因为她的到来而变得分外燥热。空气似乎都蒸腾着，在一点点蒸发他的理智。

陆枭捏紧了拳头，再看向她的时候，微微咬牙道：“你是不是觉得所有男人都会喜欢你？”

温弦听出了他话中的那点讽刺，却毫不在意，灼热的眼神直勾勾地盯着他：“是又如何？可我只看中了你。”

我只看中你。

只有你，陆大队长。

陆枭的眼瞳骤然紧缩，眼眸之中隐隐泛起猩红。他握紧了拳头，不知是被她的话气的还是刺激的，腹部的肌肉线条绷得更紧了，结实的八块腹肌更加清晰明显。

温弦浑然不觉他周身的凛冽之气，又靠近他一步，细白的手腕突然被攥住了。他的力气大得惊人，温弦闷哼一声，直观地感受到了他炙热的肌肤烫得惊人。

不过，他始终没有迈出下一步，反而几乎是咬牙切齿地对她道：“温弦！我告诉你，我不是你们圈子里的人，更不是你随随便便就能勾搭的男人！别把你那自以为潇洒的浪荡用在我身上！”他的耳根和脖子都涨红了，筋脉微微鼓起，或许是受到了她的诱惑。

说罢，他一把丢开她的手腕，自己转身进了房间，站在窗户前，呼吸紊乱，胸膛剧烈地起伏着，似乎着实被她气得不轻，没人知道他到底在想什么。

温弦被粗暴地甩开，细白的手腕上青了一圈，留下他的指痕。

他真的很无情，竟然说她浪荡，随随便便勾搭男人？

温弦动了动唇瓣，刚想说什么，可话到嘴边，就控制不住地变成了另外一番恶狠狠的话："你以为你是谁？！不过是一个鸟不拉屎的管辖区的队长，你横什么横？！你管我随便不随便，只要我一招手，无数男人会扑上来，你是不是还真的把自己当成什么厉害人物了？！"

温弦真的要气炸了。她承认，她是主动上门，也承认陆枭是这辈子唯一勾起自己欲望的男人。

她那话音落下，陆枭冷笑一声，转过来盯着她："彼此彼此，你半夜三更来我的房间，你又是什么好人？"

温弦顿时气血上涌："我本来就不是好人！"那些表面功夫都是装的，她就是没爱心、没善心、没有同情心，这样的她怎么可能是个好人？

可偏偏他刚正不阿，铁面无私，正直的一面衬托得她像一个可笑的跳梁小丑。她讨厌他这样一副高高在上、嘴里充满道德的模样。

她气得眼眸都泛红了，指尖隐隐轻颤。

陆枭竭力平息着自己的情绪，漆黑的眼眸之中压制着跳动的怒火。他一只手指着门，对她道："走！"

温弦死死地望着他，陆枭失去了耐心，又指了一遍门，随即转身："赶紧走！"

别让他看见她，否则他怕自己会控制不住地把她给撕碎。然而，就在陆枭以为她会离开的时候，却不承想一抹身影突然袭来，一把抓住了他的衬衫领子，他被迫低头。毫无预兆地，她狠狠地、不客气地咬在了他的唇瓣上。

时间在这一刻静止了，外面狂风呼啸，猛烈地拍打着门窗，像是一群野兽在号叫，要将整个天地都给颠覆。

温弦咬着他的唇，满眼怒火和挑衅，似乎想让他知道，他根本没那么高尚，他还是会被她沾染。

陆枭看着近在咫尺的女人，浑身的血液都凝固了，像是心脏都停止了跳动。

可是下一秒，他推开了她，胸膛起伏着。他抬起手，蹭了下被她咬破的嘴角，再看向她的时候，目光冷冷的。

温弦被他一把推开，狼狈地撞在墙壁上，疼痛刺激着她的神经，被激起的愤怒让她的眼神变得锐利而冰寒。

好，很好。

突然，她活动了下手腕，踢掉了鞋子，两手抬起，迅速将自己的长发高高盘起。陆枭的脸色再次骤然变化的时候，是温弦一个侧旋踢狠狠地踢过来，力道又狠又准，直接踹中了他的胸膛，这次换他被撞在墙壁上。

温弦像是变了一个人，狠厉又狂妄。

陆枭震惊地看着她，似乎根本没想到这个女人竟然有身手。

温弦冷笑了一声。不好意思，她是全国女子散打组冠军，她摊牌了。趁着陆枭难以置信的时候，她再次走上前，两只手不客气地揪住他的领子，踮起脚——

陆枭再一次推开她，可是温弦再次扑上来。某一刻，他内心深处压抑到极致的东西似乎终于爆发。他漆黑的眼底像旋起了气流，仿佛有风暴在凝聚，黑压压的，像是龙卷风一样席卷而来。

终于，这一次——

他突然一个转身，将她牢牢地按在墙壁上，俯身低头狠狠攫住了她的唇舌。他咬了她一下，酥麻的电流瞬间席卷至脑海里，陡然炸开。他的大手扣着她的后脑勺，他有些报复发泄般在她的唇齿间疯狂掠夺。

他要让她知道，他不是好惹的，他能凶狠地将她撕碎。

两个人再分开的时候，胸口都剧烈地起伏着，呼吸急促而紊乱。

温弦舔了一下红肿的唇瓣，盯着眼眸猩红的陆枭。她勾起嘴角，语气带着讽刺："陆大队长，喜欢一个人是藏不住的，就算嘴巴闭着……"她扫了一眼他的灰色运动裤，眼底流露着不明的意味。

她一把推开他，走到自己的鞋子旁，弯腰捡起鞋，直接走人。

陆枭低头看了一眼，原本攥紧了拳的手往脸上用力地抹了一下，往上穿过黑色的短发。

在房间里踱步两圈，他一拳砸在了墙壁上。

“该死！”

深夜里，狭小的浴室内充斥着雾蒙蒙的水汽。

男人站在花洒下，任由水流冲刷着他的身体。

不知想到了什么，他抬起了头，仰起下颌，咬紧了牙关，颈部的线条紧绷。

翌日清晨，炊烟升腾。

外面天色还处在半明半暗之中，远处赤色和金色的光已经晕染了远方的地平线。

现在快八点了，温弦难得起来这么早，不过一夜都没有睡好。

她觉得是她做错了，不该去招惹那个男人。

他一身正气，严肃凛然，不是装的。

他当然也不是对她没有感觉，相反，昨夜他穿着灰色的裤子，那感觉瞅着可真的是太强烈突出了……只是他控制住了自己，没有碰她的身体。

她真的是长见识了，在花花世界的泥石流中，他真的是一股清流。

有人说过，在当代的社会里诱惑太多，而自律则是最高的禁欲。他这样控制着自己，不得不说，她反而更喜欢这样的他了。那种高强度的自律，更加令她觉得性感……

昨天她就知道他们今天要去执行任务，准备按照计划去抓捕盗猎者。所以她就等着他们的车纷纷出动，他们离开后，她再下楼，不想面对陆枭。

而陆枭没准早就走了，以后没有意外的话，两个人不会再有任何交集。

眼下，外面的车辆纷纷启动离开，温弦看下面没有车影了，这才准备下楼吃口饭。下面果然没了他们的身影。

她的心底松了一口气，却也有一些莫名的怅然若失的情绪。

阿妈还热心地给她拿吃的，李大爷还在跟她吐槽八卦，她难得没有再和李大爷互怼，只是耐心地听着，时不时捧场地假笑两下，最后吃了个半饱就上楼了。

而在她上楼后，阿妈拿着抹布一边擦碟子，一边瞄着楼梯跟李大爷说："小温这是怎么了，怎么感觉好像霜打的茄子似的，整个人都蔫了？"

李大爷也思索着："好像真的是那么回事，今天不太对劲。"

这时，管辖区大厅的门突然被打开了，一抹身影走了进来，身上还带着外面冬日的冷意，脚下还跟着一只上蹿下跳的小狼狗崽子。

阿妈看见来人，眼睛顿时亮了，上前道："陆队、陆队，你知道温小姐怎么了吗？"

后者听到某个名字，浑身一震。

陆枭目光沉沉，低声问："怎么？"

李大爷这会儿也上来道："小温好像生病了似的，有气无力的，脸色也不好，今天都不怎么搭理我了，好像被谁欺负了似的。你知不知道有谁欺负她了？"

这话一出，陆枭沉默了半晌。

她被人欺负？她欺负别人还差不多吧。

陆枭眼神冷淡，直接道："谁能欺负她？她马上要走了，可能是舍不得你们吧。"

话音落下，阿妈和李大爷倒是惊了一下。虽然他们知道她肯定要走，但没想到说离开就要离开了。

尤其是阿妈，急切地道："竟然这么仓促，这个孩子真是的，我还没给她拿点吃的路上备着。陆队，你等我一下，我去后厨给她拿一些吃的，你帮我给她。"说着阿妈就赶紧去后厨拿东西了。

陆枭站在楼梯口，上楼也不是，不上楼也不是。

那边李大爷一听温弦要走了，长吁短叹："又剩下我们自个儿了。"

到底是年纪大了，喜欢热闹，他们又喜欢小温，她虽是一个大明星，却一点也没有看不起他们这些普通人。

李大爷正失落着，突然听到陆队说："李叔，你觉得她这个人如何？"

听到这话，李大爷瞥了他一眼："怎么能在背后议论人呢？"

下一秒，李大爷凑上前，一脸认真地道："虽然小温表里不一，怼我的时候也不客气，可我还偏偏就喜欢她这个性子，你说奇不奇怪了？一天不用她那惊世骇俗的观点跟我犟几句，我都觉得这日子太没意思了！"

说到这儿，李大爷又摆了下手："她有些心眼儿，但不坏，对比犯罪分子，她那就是过家家。"

到底是活了大半辈子的人，谁说生活在他们这里的人就一定是淳朴善良的？

她啊，被众星拱月地捧着，还嫩得很呢。

温弦摊开行李箱，装着最后的东西，就在这时敲门声响起："咚咚咚！"

温弦一怔，还以为是阿妈，下意识地开口："门没锁，进！"

这话音落下，门被人打开。

温弦还蹲在地上低头收拾着，可拾掇着拾掇着，就缓缓放慢了手中的动作，最后……僵住了。

沉稳的脚步声传来，最后在距她两步远的地方，站定。

温弦屏住呼吸，缓缓抬起头。

一个低头看着，一个仰头看过去，两人的视线在空中相撞。

陆枭的眼眸漆黑又幽深，看着别人的时候，似乎自带一种浑然天成的迫人气场。不过两秒，温弦就避开了视线，低头继续收拾，动作却僵硬了些。

他不是早就应该走了吗？

陆枭手中还拎着一个袋子，声音淡漠地道："这是阿妈给你拿着路上吃的，她的一点心意。"他的语气听不出任何情绪，仿佛昨晚什么都没有发生过。

温弦瞟了一眼那个袋子："谢了！"

今天的她，相比之前格外冷淡。大抵是知道，他是一块难嚼的硬骨头，放弃了。

陆枭望着她，语气没有丝毫波动："收拾好就可以走了，我在门外等你。"

温弦没说话，只是淡淡地"嗯"了声。

陆枭出去了，直到他的脚步声消失，温弦这才停下手中的动作。原本蹲在地上的她，深吸了一口气，抓着头发坐在了地板上。

她突然有些说不出的颓然感，他还是那么冷静，甚至可以坦然地出现在她面前。只有她，烦躁、颓败不堪。

她起身去了洗手间。等她再打开门出来的时候，傻眼了——

"喂！你是不是疯了？！"温弦直接大喊了一声。

她看到突然冒出来的小狼狗崽子把她的行李扯得乱七八糟，尤其是蕾丝内衣、内裤，竟然都给叼出来撕扯得稀巴烂。

她只觉得一阵血气上涌，要被气得身亡了！

在走廊里抽烟的陆枭听见动静，迅速走进来。

这一进来，他就看见温弦正追着那只小狼狗崽子，小家伙四处乱蹿着，嘴里还叼着一件……黑色的胸衣……

看着这一幕，陆枭的眼角隐隐抽动了下。眼看温弦一脚就要踢到小狼狗崽子了，陆枭连忙冲上去拦住她："等等，别动手！"

温弦被他拦住奋力挣扎着，大喊："它把我的内衣都给撕烂了，让我穿什么？我怎么能不揍它？！"她气得发丝都凌乱了。

"冷静，你先冷静点！"

温弦的胸前横着一只结实的手臂，她挣扎着，踢着腿，可是越挣扎，越感觉哪里有些不对劲。结实的手臂拦在自己身前，极为有力地阻拦着她。

"冷静？你让我怎么冷静？！你天天不穿内衣裤吗？！"她气愤地挣扎着大喊，挣扎之间，身体与手臂之间擦起强烈的触碰。

温弦还生着气，当不知感觉到了什么时，顿时怔了下，随后那竭力挣扎的身子不再动弹了。

她看着横在她身前的手臂，再缓缓抬头，看向陆枭。而陆枭似乎也察觉到了什么，闪电般迅速收回了手，并且转了个身，将手虚握成拳放在嘴边咳了一声："这是我的狗，它犯的错都算在我身上，我赔给你新的。"说话间，他的耳根出现可疑的一抹薄红。

她是看错了吗，怎么好像看见他的耳根红了？

温弦低头，看了一眼自己傲人的胸部……

再开口的时候，温弦的眼神也有些不自然，她没好气地道："赔新的，赔什么新的……"本想狠狠怼他，可是反应过来他的这句话后，她后面的话顿时卡在了嗓子眼儿里。

等等！赔偿她新的内衣内裤？他赔？他亲自去买？

这个想法浮现在脑海之中，一秒、两秒过后，她原本生气的脸上，嘴角突然缓缓地勾了起来，流露出几分邪恶、几分猥琐的笑。

嗯，是的，她的笑容逐渐变态。

陆枭这时也意识到，自己为了救这条狼狗崽子而说出了什么话，顿时脸色有些发青，下颌紧绷，唇瓣紧抿了下，然后道："我给你钱。"

"不行！"温弦连忙开口，走上来，义正词严地道，"陆大队长，你开什么玩笑？这无人区连个人影都没有，你让我上哪里去买？"

"我……"

"反正我不管，如果你不能把我需要的贴身衣服交到我手里，我不仅要揍它，还要吃了它呢！"说到最后，温弦张牙舞爪，表情凶残地威胁着、吓唬着那只小狼狗崽子。

小家伙顿时汪汪直叫，在陆枭身边求救似的打转。

陆枭挺拔的身躯站在原地，他深深吸了一口气，最后头疼地扶额，蹦出几个字："行，我答应你。"

温弦双手环胸："这还差不多。"转身后，嘴角得逞似的咧开，笑容肆意。

温弦收拾好行李后，拎着拉杆箱出了门。

陆枭站在门口，直接从她手中拎过箱子，半句废话都没说，率先走在前面。这里都是楼梯，他拎着她的箱子下楼，手臂绷紧。这点重量对他来说，似乎毫不费力。

温弦在后面望着他的举动，心底莫名起了一丝涟漪。他虽然固执、死板了点，但倒是个真男人。

陆枭将她的行李以及阿妈给的食物都帮她一一放在车上。

"陆队长，你说要给我赔，怎么赔偿？"温弦站在自己的车前，微微眯着眼看他。

今日的她穿的正是起初为了勾搭陆枭时的穿着，白色的宽松衬衫、黑色紧身铅笔裤、一双阿迪小白鞋。

虽然简简单单，可穿在身材高挑纤细、美艳夺目的她身上，就是说不出地好看。

只是这一次她没有把衬衫下摆打结，而是领口的扣子松开两颗，戴了个黑色项圈，平添了几分性感。

陆枭微皱着眉头，抬手看了一眼手表，问："你准备往哪边走？队里去执行任务了，我还得尽快跟他们会合。"

这倒是实话。

温弦"嗯"了声，脑袋里迅速转了一下："我是想去看扎陵湖的，还有鄂陵湖，听说那边是黄河的发源地，美得不行。"

陆枭怔了下，去那边……

他的视线落在她的身上，温弦的眼神有些躲闪，她忙装作拿手机查看信息的样子。

她才不会说，自己昨晚上楼前下意识地问了一下桑年，问他们这趟执行任务的地方在哪儿。

她一听，就开始翻手机，查查那里的景点，虽然那几处地方大得很，但是都在一个方向，万一有机会碰上呢？

温弦咳了两声，再抬头的时候，一脸认真地问："怎么，是不顺道吗，你准备去哪里？"

陆枭："没有，顺道。"刚好是一个方向。

这会儿阿妈和李大爷都出来了，还有那只摇着小尾巴的小狼狗崽子。

"哎呀，小温，你这路上多多注意安全，有空常来看看，阿妈一直都在这里。"

"就是，就是啊，别一天到晚老顾着你那工作，黑白颠倒、日夜不分的，多回来看看我们！"

说好的不送，但临走了他们还是没忍住出来送送她。

温弦最受不了这种场景，不是因为经常有，相反，是因为几乎没有……所以那种被人真心关怀的滋味，反而让她心底很不好受。

那是一种难以言喻的感觉，别扭，又发闷。

她摆了摆手："我知道了，阿妈你们快回去歇着吧，还有老李，我回去给你邮寄点国外防脱发的产品，看你那脑袋秃的……快进去吧，风大一吹，那几根头发都快刮没了！"

她一说完，李大爷顿时"嘿"了声："你这女娃——"

阿妈拦住他，忍着笑对她道："快走吧，路上注意安全啊！陆队，你也要出门，顺便捎她一段！"

他们说罢，这才三步一回头地离开。

眼下，只有他们二人了。

温弦望着他，一本正经地问："陆队长，开一辆车，还是两辆车？"

这话音落下，陆枭几乎想都不想，答道："你开你的，我开我的。"陆枭转身就往自己的那辆牧马人走去。

她直勾勾地盯着他的背影，嘴角轻扯，他现在是怕跟自己处于一辆车里吧？她只是随意一问，毕竟他工作忙，去的地方也多，一辆车怕是不方便。

这些都不重要，重要的是他怎么都逃不出她的手掌心……

温弦坐上了自己的奔驰，现在天光已经大亮，太阳灼烈，她拉下遮光板，戴上了墨镜。

几乎一周没碰自己的车了，她再摸上方向盘的时候，心底是难耐的躁动，真的是让她心底的“猛兽”久等了……

她是个有多年驾龄的老司机了，受够了城市的拥堵，进藏肆意驰骋的时候，感觉自己的灵魂都要舒爽得出窍，那感觉才叫自由！

趁着活动脖子的时间，她又透过后视镜去看看后面的他。陆枭也已经坐在车上了，启动了车子。

温弦的嘴角似笑非笑地勾起。

管辖区外面的路面建设不是很好，风又大覆上了一层碎石沙砾。随着温弦车子的启动，她脚下一踩油门，引擎骤然轰鸣一声，轮胎飞溅起沙砾。下一秒，这辆奔驰大 G 像是一头凶猛的野兽，蓦地蹿了出去。

外面的风越来越大，呼啸着往车厢里灌着风，让她的头发飞扬。

从管辖区这边穿过两扇锻铁大门，茫茫戈壁滩上的胡杨林顿时映入眼帘，远处雪山绵延，此起彼伏。

时隔一个星期，温弦终于再次感受到荒无人烟的戈壁滩。这里对比繁华的大城市真的很虚幻，就像海市蜃楼，只有那强烈的劲风野兽般嘶鸣着才能把她带回现实。

而在她率先开出了七八分钟后，后视镜里，一辆车逐渐映入眼帘——是陆枭的车。

沥青的公路，在烈日的炙烤下似乎都泛起了滚烫的温度。看他追了上来，戴着墨镜的温弦让人看不清眼底的神色，只能看见她的嘴角一点一点勾起，隐隐透着几分说不出的挑衅意味。

她脚下踩着油门，车速从 120 迈加到 140 迈，再加到 160 迈……漫漫的公路上，渺无人烟，她的车飞速地驰骋在路上，两边的景色“唰唰”闪过，如彩色的电影幕布，转瞬即逝，将那些成群的牦牛、零星的几只野狼、藏狐远远地甩在身后。

陆枭远远地看着那辆车速度越发快，明显是超速的节奏，眼眸微微眯起，双手握紧了方向盘，脚下油门一踩到底。狂风猛烈地拍打着车窗，夹杂着沙砾如鬼哭狼嚎。

陆枭是特种兵出身，对车子的性能把握极好，车辆又是经过改装的，没多久他就追了上来。

温弦看着他追上来，扭头看过去。

车窗微微开了一道缝隙，发丝飞扬，她戴着墨镜，只露出了半张巴掌大的白净小脸，看向陆枭的时候，红唇隐隐有几分挑衅地勾起。在烈日下，那明艳的面容上带着几分锐利的笑容，像是火红绚烂的玫瑰，狠狠撞入他的眼底。

她太烈了，也太野了，会打架，会飙车，还会三更半夜来他的房间敲门……他这辈子就没见过这样的女人。

温弦看着他降下车窗，冲着她怒吼着什么。风太大，吹得她耳边只剩下狂风的嘶鸣，他的声音都被湮没在强劲的风中。

可惜，她根本不在乎他在说什么，因为她猜也猜得出来他在说什么，无非让她减速，那又怎样？

是的，他又能把自己怎么样？再把她拎回管辖区狠狠威胁惩治一番？

哈，那还真的是让她求之不得。

她嘴角的笑更张扬了，脑袋转过来，握着方向盘的一只手抬起，冲着窗户，只露出了一根中指。下一秒，她一脚踩油门到底，迅速又拉开了两人的距离。

陆枭气极了，眼睁睁地看着她面对自己的提醒无动于衷，竟然还对着他比了一个中指。向来稳如泰山、成熟冷静的他被气得太阳穴突突直跳，攥紧方向盘的手背上都浮现了青筋。

这该死的女人，真的是欠收拾！

两人针锋相对，陆枭一路追着温弦的车，到最后已经完全成了两个人之间的赛车。他们之间的激烈对决——一个是有技术，一个是胆子大。

温弦享受着开车的感觉，可从来没有像现在这样舒爽得浑身的毛孔都张开那般，头皮都跟着发麻。

而这一切，都是他带给她的。

· 第三章 ·

一方生灵一方你

下午，他们开了几百公里，终于抵达了一个临近陆枭办案区域的小城镇。

现在正是吃饭的时候，人群熙攘。

陆枭的车在前面，温弦看见他将车停在了一条步行街边，顿时忍不住挑眉。他还真的是急切，迫不及待地想给她挑选内衣，还是想立刻赔给她之后走人？

她刚准备下车，手机在这时突然响了。

温弦看见来电，顿时皱眉。这电话已经打来三个了，但是她之前静音，都没听见。

再次响起，她犹豫了一下，看了一眼附近陆枭的车，还是接了起来。

“喂，你烦不烦，打那么多电话做什么？”温弦没什么耐心地问。

“你还好意思问本少爷？你都出去那么久了，你什么时候给我回来？！”那边一道男人的声音咬牙切齿地响起，正是霍启。

“别废话，快说什么事，不然我挂电话了。”温弦再抬头的时候，看见陆枭下车了，顿时有些着急。

霍启生气归生气，但还是缓和了语气道：“你不是快过生日了嘛，我给你买了一辆新车，法拉利。”

这人拿钱砸她？她像是差钱的人吗？！

霍启那边又深吸了一口气：“温弦，说认真的，当我女朋友吧，我把我以后的房产、公司都写你的名字。”

这话音落下，还不等温弦反应，突然车窗被人敲了敲。温弦吓了一跳，一转头，就看见陆枭那张冷漠帅气的面容。

他穿着冲锋衣，眼眸漆黑，唇瓣紧抿，就站在她的车外，准备带她去买内衣。

温弦看到这一幕，拿着手机沉默了下，再开口的时候，不再生气了：“算了吧，‘人狗殊途’。”说罢，不等霍启回复，她就直接挂断了电话，拿着大衣和包包准备下车。

不得不说，不管霍启这个人怎么样，对她是真的挺好的，为她花钱一点都不手软，各方面也挺上心。但就如之前自己所言，她觉得他们两个人根本不合适。他家庭条件优越，从小娇生惯养，到哪里都是贵公子的做派。

而她呢，能爬到她现在这个位置，没有人比她清楚自己吃了多少苦。

她的原生家庭对她造成了不可磨灭的阴影，她现在所拥有的一切，都是靠着自己的拼命努力换来的。她再也不想回到小时候伸手要口饭吃还要被暴打一顿的日子。

倘若她真的缺钱，为了生活或许还会考虑他。但她之所以让自己变得强大，就是想有更多的选择，而不是这一辈子都在委曲求全。

温弦打开车门，看着这个正在等待自己的冷峻男人，深吸了一口气。

其实上午的时候，车子在服务区停了一下，她去上洗手间，出来的时候看见了陆枭，他气得脸色铁青，看见她的时候狠狠瞪了她一眼，却一个字都没有跟她说。一上午他也没理她，似乎已经对她放弃治疗了。

她自知理亏，所以后面变乖了，不用他说，她就听话地老实开车。

眼下，她一下车，还没消气的陆枭就转身往步行街走。

这是一个小城镇，镇中心很小。他们一路开车过来，城镇外是茫茫的草原。

这个季节的草原已经从碧绿往金色转变，烈日悬挂高空，草原像是一块巨大的壁毯，呈现在万里苍穹之下。无边无际，数不清的野牦牛、藏羚羊散布在草原上，是一幅极为震撼的画面。

进入城镇之后，更多的还是低矮的平房，沿着城区的方向，这才逐渐有一些居民楼。等到了镇中心后，竟然还能看见一两家国内叫得上名字的大酒店。

“陆枭，你慢点走，走得那么快我有些跟不上了。”温弦一只手里拿着包包，另一只手往身上穿着自己的咖色风衣。

陆枭闻言，脚步顿了下，似乎有些没耐心的样子，不过脚下还是放慢了速度。

温弦也不管他愿不愿意，追上来后，直接将包和手机塞进了他的怀里：“帮我拿一下。”

虽然是下午，依然有干燥冷冽的风袭来。穿好风衣，束腰一系，顿时勾勒出了她凹凸曼妙的腰线，陆枭不动声色地别开了视线。

就在温弦拨弄长发的时候，有“嗡嗡”“嗡嗡”的声音传来——

陆枭蹙眉，低头看向了自己手中拿着的她的手机，上面写着一个来电名字：霍启。

这一看就是个男人的名字。

温弦也看见了，顿时一激灵，立刻上前拿过自己的手机直接挂断电话揣在了兜里。那副做派，好像她跟自己做了什么见不得人的事似的！

她的视线躲闪着，自己先心虚上了。

陆枭一个字都没说，盯着她。温弦感觉自己被他盯得心里发毛，干笑了两声，抬手蹭了蹭鼻尖，支吾道：“我的助理又给我打电话了，这一天业务还挺繁忙。”

陆枭面无表情地看着她：“人在撒谎的时候通常会下意识地摸鼻子。”话罢，他将她的包也还给她，自己直接转身离开，步伐比之前还快了。

温弦摸着鼻尖的手僵住了。这该死的霍启！

她不是都跟他说清楚了吗？他竟然又打来电话！这回可好，陆枭本来就觉得她身边圈子乱、男人多，甚至认为她是个随随便便的女人……虽然那些不全是真的，但——

温弦再一想到刚才自己心虚的行为，顿时忍不住咬牙，跺了下脚，又追了上去。

这座小城镇的步行街算是热闹的，人来人往。

温弦一路小跑地跟着陆枭，恨得牙根直痒痒，他一米八八了不起吗？！

好像的确了不起。

最后跑得她肚子饥肠辘辘，“咕咕”作响，她才一把拉住他的手臂，胸口起伏着喘息道：“陆枭，我们先去吃口饭吧，我好饿。”

陆枭眉头微蹙，刚想开口说什么，就听到温弦的肚子“咕咕咕”地叫了起来。

陆枭轻抿了下唇瓣，不着痕迹地从她手中把手臂抽出，冷冷地道：“要吃什么？”

一听这话，温弦内心就微颤了下。

是她的错觉吗？怎么在霍启来电后，陆枭周身的气息比之前更冷了，他好像在生气？那张脸上都蒙着一层冰霜，他还刻意和她拉开距离。

温弦心底暗自琢磨着，眼神也四下看着，突然发现了一家十字街头的饭店，一个绿底的大牌匾，上面用金色字狂放地写着：下杨家羊肉手抓馆。

她被“羊肉”抓住了眼球，一伸手：“就那里吧！”

陆枭看过去，又抬手看了下手表，这才一言不发地往那家饭店走去。

按照他们之前的任务计划，现在应该是桑年和噶卓在线上跟盗猎售卖分子沟通买卖的时候。他们这得吊上个一两天，没有那么快。

这地方是个小城镇，马路很窄，地理环境和气候的原因，路边几乎没什么绿化。不远处的山上已经覆盖了白雪，数条绳子从上到下扎满，上面系着五颜六色的彩旗，随着西南来的风在猎猎飘动。

两人到了饭店门口，这家饭店外表看着其貌不扬，有点类似苍蝇小馆。可两人一推门进入，里面倒是地方很大，人也不少，一楼还有几个单独的包间。

温弦跟在陆枭后面，这个时候门口刚好有一辆白色的小集装箱车开了过去，集装箱后面的铁皮门坏了，被链子随意地捆住，但还是露出一个黑色的缺口。

温弦下意识地捂住了鼻子，看了一眼那辆车。好冲的味道，她说不上来，腥得很，像是什么动物的体味。那辆车在前面拐了个弯，绕到饭店的后面，消失在她的视线里。

温弦没再多看，收回视线，跟着陆枭进了饭店，烟味和鲜羊肉味顿时扑面而来，驱散了刚才的腥味，她这才感觉呼吸顺畅一些。

他们就在靠着门边的空位坐下来，一个穿着藏族衣服的女人拿着菜单走来，另外一只手中还拿着当地特色老砖茶的茶壶。

“二位想吃些什么？”这个藏族女人操着不太标准的普通话问。

温弦拿过菜单，口水都要流下来了，垂涎欲滴，一顿点单：“黄焖羊肉、手抓羊肉、旗花面片、三泡台、烤馕，再来一碗牛杂汤！”说罢，她看向陆枭。

陆枭就简单多了：“一碗大份的臊子面。”

“先生，就一碗面够您吃吗？”那个藏族女人扎着一条长辫子垂到胸前，脸上还带着点高原红，长得倒还是有几分姿色的。她一边记着菜品名字，一边问陆枭，视线频频看向他。

那眼神，显然多了些其他的意味。

温弦顿时危险地眯起眼眸，什么鬼？！这人没看见她还在这里坐着呢吗？

下一秒，她突然重重地咳嗽了声。

那个藏族女人笑了笑，拿着菜单离开。她一走，温弦双手环胸，和陆枭大眼瞪小眼。

温弦：“你就点个面，能吃饱吗？是不是怕让你付钱？”

陆枭深吸了一口气：“闭嘴！”

温弦嘴里小声嘀咕着什么，视线时不时地往刚才那离开的藏族女人身上瞥，最后还是忍不住道：“没想到你还挺吃香的，到哪里都有女人盯着你。”她不吃味，一点都不吃味。

陆枭抬头看了她一眼，眼底满是淡漠之色：“你无聊不无聊？”

温弦才不管，调整了下坐姿，一手托着腮帮子，又似有意无意地开口：“别说，你看刚才那个藏族女人长得还挺好看的。”她说着话，眼神偷偷地瞟着他。

陆枭的脸上没任何变化，他抬手拉开自己冲锋衣的拉链，一边利落地脱外衣，一边道："不知道，没看见。"

这话一说，温弦顿时眼睛一亮，这才美滋滋地笑了起来，立刻殷勤地主动给他倒茶。

陆枭拿起手机，似乎在给谁发着信息，上面是微信页面。

温弦把茶水给他推过去的时候，迅速地瞄了一下，顿时心底就痒痒了。天哪，竟然是他的微信！

温弦也拿出了手机，点开微信，再看向陆枭的手机的时候，表情贼兮兮的，一直这么盯着他的手机。

陆枭给噶卓发消息打听进展，听到目前进展一切顺利，这才准备放下手机。不过这时，他似是察觉到了什么，手中的动作微微顿了下，再缓缓抬头的时候就看见温弦一直盯着他的手机。

陆枭放下手机："干什么，想偷手机？"

温弦顿时咳了一声，躲开视线，最后又一脸认真地道："陆队说这话就难听了，我这不是在想自己在这个地方人生地不熟的，要不要咱们俩添加个联系方式呀，比如手机号、微信一类的？"没事的时候她还能看看他发的朋友圈，多好！温弦似乎完全忘记了，不久前她还说过她可是一个大明星，打死都不会主动要联系方式的。

眼下在她主动了之后——陆枭面无表情地淡淡道："你不是快要走了吗？我看用不上。"

他盯着她的时候，似乎一眼将她的那些小心思看透，一切都无所遁形。温弦默默咬牙，不知多少人想要她的联系方式都得不到，他还不知好歹了。

这时，饭菜送了上来。陆枭起身去消毒柜里拿碟子和筷子，手机却没有带走，放在桌子上，聊天的屏幕还亮着。

温弦才在心底骂完他，冷不丁地一抬头的时候，刚好看着那亮着的手机。她一愣，再抬头看了一眼离开的陆枭——

下一秒，心跳骤然加快，她飞速地拿过他的手机，点开他的微信二维码，赶紧拿自己的手机去扫码。添加消息一发送到他的手机上，她就迅速地点击通过，再把添加消息清理掉。

大厅内，陆枭站在消毒柜前拿碟子的时候，突然从消毒柜的玻璃上扫到了一幅画面。

只见在靠门的地方，那个熟悉的女人正低着头，手边两部手机，正在手忙脚乱地干着什么，一顿操作猛如虎。

他盯了几秒，沉默了下，低头假装什么都没看见。他再回来的时候，他的手机在原处放着，她拿着自己的手机，像在刷着什么新闻，一脸淡然。

她装得还挺像回事。

陆枭扫了她一眼，将碟子、碗筷放下来后，温弦立刻拿起筷子去吃鲜嫩的羊肉。羊肉香极了，尤其是羊肋条，最外一层带着点皮，没有一点膻味，稍微有一点点肥，比纯瘦肉更香。她吃得心满意足，再来碗牛杂汤，在这冷冽的天里满足极了。

别看这家店瞅着一般，手艺还不赖。

温弦的嘴上淡定地吃着，心底可是乐坏了，还有些说不出的紧张感，似乎生怕他发现微信里多出来一个人。而且，为了怕他看出来，她还模仿上了年纪的大爷大婶，特意把自己的头像换成了一张粉色荷花的图片。

陆枭不急不缓地吃着面，平常吃饭时不碰手机的他，这会儿拿起了手机，打开微信页面。

聊天页面一切正常，什么变化都没有，他又点开好友添加的页面，显示的是上一个好友请求，是地质局的人。

修长的手指顿了下，最后在通讯录的页面滑动着，他一边吃着面，一边刷着手机。

他的微信里一共就三十来个人，一些是曾经的部队里的人，更多的是西部这边工作上的人。

他的动作突然微微顿住，看到一个联系人的头像是一张粉色荷花的图片，上面还用彩色大字写着：难忘今宵。

这人……是谁？没有昵称，这头像……他还以为是李大爷换头像了。

陆枭放下手机，看了一眼神色如常的温弦，继续吃东西。

就在这时，店里又进来人了。不过却不是顾客，看着像店里的人，手中举着一个托盘，上面盖着不锈钢的盖子。盖子没盖严实，露出了底下一点暗红色的肉和连着的灰白色的皮。

温弦正吃着羊肉，不知看到了什么，动作微微顿了下。

那是什么食物，怎么还有拇指指甲般大小的鳞甲沟纹？

温弦蹙了下眉头，隐隐觉得眼熟，似乎是在哪里见过那盘子里的东西。

那个黑衣服的男人正迅速地往里面的一个包间里走去。温弦收回了目光，看到陆枭这会儿正拿着手机，脸色又有些严肃，不知在看什么。

她犹豫了下，还是忍不住问："陆枭，你知不知道什么动物的肉……嗯，看起来像是有着拇指指甲大小的鳞甲沟纹……"

这话一说，正看着桑年那边发来的消息的陆枭身躯僵了下，随后缓缓抬头，蹙紧眉头："你说什么？像鳞甲沟纹？"

温弦愣了一下，怎么感觉他的脸色一下子就变了？

她点点头，又道："对的，肉还是暗红色的，你们这边什么动物的肉是这个样子的？"说话间，她向着一个包间的方向看去。

陆枭像是反应过来，瞬间跟着看过去，再转过来的时候，漆黑凌厉的眼底满是认真神色："告诉我，你看见了什么？"

温弦看他的情绪变化很大，说话都有些结结巴巴了，忙用手夹着筷子指向里面的第二个包间："刚、刚才进来一个人，拿着托盘往那边走了，我看他端的肉好像有点奇怪。"

那东西似乎就在脑海里回荡，可她一时间硬是想不出是什么，好像曾经她在一些圈子里的大领导的饭局上见到过，不过她在那种场合不怎么吃东西，只是喝酒。

陆枭这时霍然起身，脸色阴沉沉的，转身就往那边的包间走。温弦愣了下，连忙起身追上去。

"陆枭！陆枭！你干什么去？！"她忙跟上他，问道。

陆枭突然定住脚步，深吸了一口气道："我怀疑那是穿山甲，现在我进去看看，你在门口等着，听见摔盘子的声音响起，你立刻报警，听到没？”

温弦蒙了，没想到她随口一问，那东西竟然可能是穿山甲！

她到底是见过世面的人，不至于乱了阵脚，眼下见他这么说，赶忙道：“如果这间店真的有猫腻，我会第一时间报警的，可是——”

“没什么‘可是’了，按我说的去做。”陆枭打断了她的话，直接扭头走人。

温弦站在原地，看着周围还在吃饭的人，脑袋里乱糟糟的，心底忍不住担心，如果真的有问题，那他……他一个人……能行吗？

陆枭径直冲着那间包间走去，门还虚掩着。

他面不改色地走过去时，路过一张椅子，顺手抽下挂在上面的毛巾，一圈一圈地缠在了右手掌上，然后攥紧。

来到门口，他直接推开门，顿时，里面的一幕映入了眼帘。

里面坐着七八个男人、两个女人，包间里烟雾缭绕，地上倒着好几个啤酒瓶子，而那张圆桌上——一个盘子上摆放着熟悉的肉块，红色的肉连着皮，上面还有拇指指甲大小的鳞甲沟纹，不是穿山甲还是什么？！

不仅如此，目光一一扫过，他竟发现其他的盘子上还摆放着其他野生动物的肉。根据以往的经验，他认出了有国家二级保护禽类红隼以及野生动物果子狸。

看到这一幕，陆枭浑身的气息瞬间凛冽肃杀起来。

那些人看见陆枭进来，顿时愣住了，其中一个不悦地嚷嚷：“喂，你是谁啊，有事？”

陆枭直接拿出管辖队的身份证明，冷厉地斥道：“你们聚众吃野味，需要你们跟我去一趟林业局！”

顿时有人慌了，连忙起身，脸上堆挤着笑容：“嘿嘿，哥们儿能不能通融一下？我们都是第一次，你看这……”说话间，他掏出了钱包，拿出一沓红色钞票就要往陆枭的兜里塞。

陆枭一把握住他的手腕，捏得那人的骨头都要碎了，厉声呵斥：“还想对执法人员进行贿赂？今天你们一个也别想走！”话音落下，桌子旁有两个男人相视一眼，下一秒，其中一人拿起一个盘子冲陆枭砸了过去。

陆枭偏头躲开，盘子“啪”的一声砸在了墙壁上，瞬间四分五裂，发出了不小的动静。

外面一直留心这边的温弦一听见这声音，心底蓦地颤了下，怎么这么快就摔盘子了？！

她连忙按照陆枭的嘱咐拨打了报警电话，同时，再看向紧闭的包间门的时候，心都紧紧地悬了起来。

陆枭他……他让自己在外面等着，可她根本没法无动于衷。而就在这时，温弦看见一个服务员慌忙去柜台边给一个像是经理的男人打小报告，服务员的视线望着包间，满脸紧张！

那经理一听，脸色唰地变白了，赶忙从柜台里出来，想要赶紧离开。

温弦淡定地坐在门口的位置，甚至一只手上拿着根肋骨条在啃。就在那个男人冲过来的时候，温弦伸出了一条长腿——

“嘭”的一声巨响，那人扑倒在大门的玻璃上，“咣当”一声，玻璃直接被他给撞碎了。

众人的视线顿时“唰唰”地看过来，温弦则低头看了一眼手掌处被飞溅的小玻璃碴子扎破的伤口，隐隐渗了些血。

温弦咬牙低咒了一声，还真的是出师不利！

而包间内，此时矛盾完全升级，一个男人夹着个公文包要往门口冲去，陆枭一把揪着他的领子扔到了桌子上，桌上瞬间一片狼藉，那人“嗷”的一声，疼得在桌子上打滚儿。

陆枭的脸色阴沉得可怕，不论是这些人，还是这家店，都逃不了！一查到这家店的店主，立刻就会被抓去蹲几年大牢。这间包间的桌上，除了国家保护动物外，还有各种野味，这些通通是严格禁止食用的。

他们根本不知道那些野味上藏匿着多少病毒和细菌，尤其是果子狸携带了上千种细菌。如今到现在，这些人还是不长记性，还要多少人为他们愚蠢的行为付出惨重而无辜的代价？

有几个男人看陆枭那么犟，顿时急了，有个人拿起酒瓶子在桌子上摔了一下，露出锋利的边缘。他恶狠狠地道：“你知道我们是谁吗？不知好歹的东西，惹了我们让你吃不了兜着走！”

陆枭冷眼扫过他手中锋利的酒瓶，语气冰寒至极：“我才不管你们是什么人，不管你们是什么东西，今天你们都不能离开这里。”

那人一听，更加愤怒，面目狰狞地拿着酒瓶子大喊一声冲了过来：“我看你是找死！”

眼看着锋利的酒瓶要刺向陆枭的面部时，他蓦地抬手，稳稳地攥住了那人的手腕，锋利的酒瓶和他的脸不过半掌距离。

那人的手臂被攥住不能动，脸色铁青地挣扎着，可他只觉得这个男人力气大得可怕，竟让他动不了。他的脸色越发惨白，手臂被陆枭的力气逐渐反向压下去，扭曲成一个诡异的弧度。

“啊，住手！疼、疼、疼，快住手——”他痛苦地尖叫起来。

可陆枭却置若罔闻，伴随着一声凄厉的号叫，他手下一个用力，直接“咔嚓”一声让这人的骨节错位。

还有几个人看陆枭不好对付，相互对视一眼，干脆一起冲了上来。

陆枭是特种兵出身，武力值爆表，这些人根本不是他的对手，很快就被他打得落花流水。最后他活动了下脖子、手腕，那副冷然肃杀的模样看得眼前一人头皮发麻，转身就要往里面跑。

“嘭——”

陆枭一脚将那人踹出了几米，那人狠狠撞在墙壁上摔了下来。

一时间，包间里一片狼藉，除了两个缩在角落里瑟瑟发抖的女人，其他男人都躺在地上痛苦哀号。

陆枭冷眼扫过现场，撂下一句话：“谁敢跑出去一步，我就打断谁的腿！”

说罢，他这才打开门离开。

外面的顾客已经跑光了，门口的玻璃碎了，呼呼地往饭店里灌着风。

陆枭望着门口的女人，怔住了。

只见温弦坐在那边的椅子上，一只手正拿着茶杯优哉地喝茶，脚边躺着一个昏迷过去的胖子。

温弦看见他出来，顿时眼睛一亮。她就知道，他肯定会没事的。

看陆枭走过来，她眉眼弯弯，笑眯眯地跟他邀功："这位是饭店的经理，差点就有漏网之鱼了。怎么样，陆大队长？"要不是她，这人就跑了。

温弦坐等他夸自己，却不承想他面色沉了下来，皱着眉头道："不是说让你到外面等着吗，你做了什么？"

这些人都不是什么善茬，更别提在这种时候还不知道会做出什么事，她怎么一点都不听话？

温弦看他脸色冰冷，嘴角的笑一僵，随后缓缓地敛去了。

她低头不说话了，只是觉得在他去处理违法犯罪分子的时候，她不仅仅是在看着。看着他一个人身处险境，她起码要做点什么。

陆枭还想继续说她，目光却在扫到她垂在腿上的一只手时，怔住了。她的手上缠了一条丝质的白色丝巾，而那条丝巾上隐隐渗出了一些血渍。

他面色一变，抓住了她的手腕："你受伤了？！"

温弦僵了下，视线落在他握住她的手腕上。他这是……在担心自己？

在她的印象中，他可是对自己唯恐避之不及，就连一辆车都不跟她一起坐，连个微信号、手机号都不愿意给自己。

他突然这样，她一时间都有些没反应过来。

不过看陆枭这副模样，温弦微垂的眼底闪过一抹精光。温弦抬眸望着他，嘴角轻勾了下，似安抚他那般温和地笑着道："不碍事的，跟你做的事情相比，我这只是小打小闹。刚才我想要拦住他的时候，被他用玻璃刺到了手心，是我不小心，不过伤势不重，别担心，不要紧的。"被这个经理刺伤了手掌这种话，她说得就跟真的似的。

说罢，她别开了视线，不再看他，白皙纤细的手腕从他的手中微微挣开。

她细细地摩挲着他触摸过的地方，耳根有些泛红，被他一触碰、一关心，有些不好意思了。

而陆枭一听她说这话，只觉得心头蹿起一股怒火，竭力忍着愤怒压低了声音道："他竟然拿玻璃刺你？你都受伤了，流血了，竟然还说不严重？是不是要伤到无法行走，你才满意？！"说着，他一把拉起她的另一只手腕，强势得不容拒绝，"出来，跟我走！"

陆枭拉着她出去了，只是临出门前，看着躺在地上一动不动的胖子，脸色极为阴沉地瞪了他一眼。

温弦不动声色地看着这一幕，又看着自己的白嫩玉指被他修长的大手攥住，嘴角终于隐隐勾起一抹迷人又得逞的笑容。

陆枭啊，看吧，我看上你，你是跑不掉的。

因为温弦报警及时，他们一出门就看见赶来的管辖部门。

对方看见陆枭，立刻有两人下车过来询问饭店里的具体情况。陆枭似乎有什么着急的事，草草交代两句后，就要拉着温弦离开。

执法人员听着陆枭的话，视线忍不住来回地在温弦和他的身上游移。

看着温弦那张戴着墨镜也遮挡不住的绝美容颜，他的内心无比震惊的同时，还浮现出一个深深的疑惑。这、这个女人怎么看起来有些眼熟啊？

"还有什么问题吗？"陆枭似乎想要赶紧走。

"有！"对方赶忙道。

陆枭皱紧眉头，下一秒，却见那个执法人员的视线落在陆枭紧紧握住的女人的手上，意味深长地八卦着"嘿嘿"两声："陆队，这位美女应该是你的女朋友吧？不介绍介绍？"

这话一说，温弦抬眸看向陆枭。陆枭拉下脸，漠然无情地拉着她离开，一个字都没再多说。

温弦临走前还不忘跟人家执法人员笑着摆摆手，一副好像她就是陆枭的女朋友的样子，尽管陆枭握着她的手是帮她止血。

两个人走到他们的车辆旁，陆枭从自己的牧马人后备厢里取出了一个银色医药箱。对他们来说，出门在外，这个是必不可少的，也是常常用到的。

“上车。”陆枭到现在才蹦出两个字。

温弦乖乖上了他的车。和她的车不同，一上来她就能感受到他的味道，凛冽的、带着熟悉的烟草味。

这辆牧马人在西部驰骋多年，改装过后的动力性能不容小觑，不是一般车子可以比拟的。

所以，车如其人。

温弦坐在副驾驶座上，看着陆枭拿出医药箱要帮自己处理伤口的样子，心底忍不住荡漾起来。有些时候，受点小伤也不要紧嘛。

“把手伸过来。”陆枭沉声道，表情看着极为冷淡，却又严肃认真、一丝不苟。

温弦乖乖伸出系着丝巾的手，这会儿装得像个听话的小媳妇，声音柔柔地开口：“陆枭，你说你抓到了那些人，他们会受到什么样的处罚？”

陆枭拿着碘酒的手顿了下，似乎没想到她会主动问这些。他唇瓣微动：“看具体情况，根据我国刑法，情节一般的五年以下有期徒刑或者拘役、罚款，严重的处十年以下或者十年以上有期徒刑。”说到这儿，他盯着她的手心，将染血的丝巾一层一层解开，最后露出了她手掌处一道小拇指那么长的伤口，不是很深，血却流得很多，丝巾都渗透了，有些触目惊心。

他一直盯着，下颌绷紧，唇瓣紧抿。

温弦却不太在意这伤似的，风轻云淡地笑了笑道：“这点伤没事的，陆队长不用担心。”

岂料，这副态度让陆枭周身气息变得更加冷冰冰的：“温小姐想多了，担心犯不上，今天这事不论是谁，我都会这样做。”

这话一落，温弦顿时微微挑眉。她望着陆枭，轻咬了下唇瓣，再开口的时候来了句：“那……女朋友呢？”她眼底含了笑，莹润而明亮，望着他，带着半是试探的意味。

刚刚那人可说了，她是他的女朋友。

陆枭拿着棉签的手微微停顿了下，但也只是一瞬，他就继续垂眸拿着蘸碘酒的棉签落在她的手掌上。

刺痛感传来，她闷哼了声，手下意识地缩了下。

陆枭捏着她的手，声音带着沙哑感，听不出什么情绪：“女朋友和你没有关系，你要是想要什么关心，还是去找你手机里的那些男人。”从始至终，他没停下手中的动作。

午后的烈日很强，太阳灼烈地烤着，车里没有开空调，温度很高，可温弦还是感觉自己皮肤的温度很凉。刺眼的光线透过挡风玻璃照射进来，让他微微眯起眼眸。

温弦抬手，替他拉下了遮阳板。一瞬间，他处在了半明半暗的阴影中，容颜显得更加冷漠。

车厢内的气氛很微妙，难以言说。

温弦望着他，陆枭的睫毛很长很浓密，微垂的眼睑遮住了他眼底的所有神色，让人看不见也猜不到他的内心到底是如何想的。只是在他的话音落下后，车厢内很安静，只有他的动作发出的声音以及两个人的心跳声。

直到陆枭给她涂好药，用纱布开始包扎的时候，温弦终于开口了，缓缓道：“我是有很多追求者，但我都看不上。”

给她缠绕纱布的手顿了下，陆枭眼皮子都没抬一下，淡淡地道：“看来要求很高。”

温弦望着他，笑了，笑得坦然：“是，你说得没错，我的要求很高。”如果这辈子找不到，她宁愿单身一人。

陆枭没再说话，手上继续动作。

“你不好奇我想找个什么样的男人？”她以半是调侃般的语气说道，望着他。

他已经在给她打结了，终于做完一切后，陆枭坐正了身姿，挺拔而笔直。他启动了车子，视线淡漠地望着挡风玻璃：“没兴趣。”说话间，他的眼底像是夜幕来临前逐渐暗下的光，一点一点地沉淀出黯色，搭在方向盘上的修长有力的大手，握紧了几分。

温弦也坐正了自己的身子，目光看着前方，一只手轻轻抚着他包扎好的手心，不急不缓地开口："我喜欢的类型，得是一个真正的男人；为人要正直，要铁面无私，要让我时刻觉得自惭形秽；还要有责任心、有担当，具备所有我不具备的优秀品质……"说到这儿，她倏然顿了下，明媚潋滟的眼眸望向他，一字一顿地道，"还有最重要的……要在有女人半夜三更投怀送抱的时候，把持得住。"这样的男人，才是她喜欢的。

遇到他之前，她从来不知道自己喜欢什么样的男人。可是遇到他之后，她喜欢什么样子的男人，一切都有了定义。

在她这话音落下后，空气都安静了。

她望着他，盈盈地笑着，那笑容璀璨炫目，似乎一点都不会因为自己刚刚说的那一番话而害羞。

陆枭的身躯都绷直了，他握紧方向盘，脸却忍不住微微转开，看向了车窗外。早在她开始说出这番话的时候，几乎每多说一个字，他的身躯就紧绷一些。

她说出的内容，明显越来越不对劲。有责任，有担当，铁面无私，刚正不阿，就算他不想承认她说的就是他，可她那最后一句——让他不可能不明白，她说的究竟是什么人……

因为他比任何人都清楚，究竟是谁半夜三更穿着一身夺目的红裙，来敲响了他的房门……

陆枭看着车窗外，握紧的拳头松了又握紧，最后再松开，反复几次，视线再看向前方的时候，他有些闲散般淡漠地道："不愧是大明星，见多识广，随便开个玩笑都是一套一套的。"

说到这儿，他顿了下，转过来盯着她："不过我想你也应该清楚，我不是你能随意玩弄的人，你的那一套说辞逗逗其他男人或许还行，可在我身上，没用！"说罢，他的语气更冷淡了，"手给你包扎好了，下去吧。现在去给你买衣服，赔偿你，等赔偿了之后，我得立刻离开，后面还有很多重要的工作要处理。”

他的语气冷静得很，似乎她刚才说的那一番话，他没有任何波澜，甚至想快点和她分开。

温弦的视线幽幽地盯着他，似乎他说出这样的一番话，在她的意料之中，也在她的意料之外。不过这一次，也看不出她是否失望，她轻扯了下嘴角，低笑出了声：“陆队长可真有趣，行，是我骚扰了。”说着，她就打开车门，直接下车。

她的一只手受伤了，刚刚包扎好，流了那么多的血，涂抹碘伏的时候本来也会很痛，可她却除了闷哼一声，一句痛都没说。

陆枭以为她会很娇气，趁机装柔弱，可是她没有；他以为她会以自己的手受伤了为借口，不会下车，可她依然没有；他以为在他说完那番话以后，她会辩解她不是在逗弄，不是在说着玩儿，可她还是没有，什么都没有……

陆枭盯着她离开的身影，看着她头也不回地去找自己的车。

“哼！”他冷嗤了声，嘴角勾起一抹哂笑，不知道是在讥嘲她，还是自己。

陆枭从卡槽里摸出了一根烟和打火机，“咔嗒”一声，火苗在眼前晃动，他咬着烟嘴，偏头引燃。

没人知道他是怎么想的。

他抽烟抽得很凶，一口烟吸入肺，最后从鼻息之中徐徐溢出，眼底映衬着猛烈晃动的火苗，指腹被打火机上的金属烤得越发烫了，他都没有松手。直到听到前面一辆越野车启动的声音，他冷冽的眼眸望了过去，微微眯起。

他缓缓将烟放下，摁在了车载烟灰缸里，重重地碾压，熄灭，任由那烟蒂变成残渣，粉身碎骨。下一秒，他熄火，走下车，冲着前方那辆越野车走去。

他走过去，站在那辆启动的车窗前，抬手敲了敲。车窗缓缓降落下来，戴着墨镜的温弦正用那只没受伤的手撑在方向盘上。

看他出现，温弦偏过头，浅笑：“陆大队长不是要给我去买内衣吗，还有什么事？”她的唇边一直噙着一抹淡淡的笑，她似乎根本不在意他之前说的那些话，也没当回事。

陆枭盯着她，语气冷然道：“下车，你一只手开车不安全。”他的意思不要再明显，让她去他的车上。

岂料，温弦抬起那只被纱布裹着的手看了看，笑道：“没关系的，其实问题不大，我还可以……”

“不可以！”她未说完就被他打断，陆枭轻抿唇瓣，再开口时，语气有几分严厉，“这是城镇的中心，人员密集，你的手又受伤了，你可以不在乎自己的安危，但是不能不在乎别人的性命。”

听着他这一番解释，温弦微微愣了下，最后才收回视线，低头，带着几分惭愧般的笑容，开口道：“是，陆大队长教训得对，我不能那么自私。”说完，她熄火，拿着钥匙、包包，准备下车。

陆枭看着她下车、锁车门，然后冲着他微微一笑，转身往自己的车的方向走去。

他深吸一口气，下颌紧绷。她现在又是在玩儿什么把戏？她不是很能言善辩吗，不是很会咄咄逼人吗，怎么现在一副他说什么都对的样子？

陆枭再回到车上的时候，周身的气息更加冷了，唇瓣紧抿，脸上像是蒙上了一层冰霜。

他一言不发，直接启动了车子。

温弦也不说话，只是微微垂眸玩儿着手机，要不就是看看车窗外，总之不管如何，就是一个字也不再和他多说。仿佛在他说完他不是她可以玩弄的人之后，她就彻底没了兴趣，甚至一个字都不说，似乎变相地承认了，她就是在玩儿。

她是大明星，有钱有颜有身材，想要什么样的男人，勾勾手就有人扑上去。然而，他当然不是她随便就能撩拨的男人。否则，他和那些男人又有什么区别？他的家教修养、为人处世，都不允许他那么做。

二人都缄默不言，空气里的气氛随着他的冷然和她的不语越发寂静、微妙。

就在陆枭准备放下手刹、踩油门的时候，视线下意识地扫了一眼，动作突然顿了下。他偏头看向温弦，温弦的右手受伤了，左手正在拉安全带，可总归一只手不太方便，她的动作笨拙，好几下都没弄好。

就在这时，伴随着一抹阴影，温弦感觉到属于陆枭身上独特的、冷冽的，夹杂着烟草味的气息扑面袭来。

他的身躯探过来，大手直接一拉，就帮她扣上了安全带。他冷漠帅气的侧脸离她咫尺，似乎她微微一抬头，就能蹭到他的脸。

阳光落下，照射在两人身上。温弦鸦羽般的睫毛卷翘又纤长，缓缓扇动了两下。

下一秒，她微微抬起头，像是不小心那般，唇瓣蹭在了他的脸上。男人的身躯在那一刻僵住。

烈日灼灼，没开空调的车内像是陡然又上升了几分温度。温弦屏住了呼吸，纤长的羽睫微垂，唇瓣贴在了他的面颊上，画面像是被定格在这一瞬。

陆枭的身躯还僵硬着，最后先有动作的是温弦。她微微偏开脑袋，温软的呼吸落在他的鼻息间，和他的交融在一起。随后，就听她轻咳一声，有些不自然地道："不好意思，陆队长，我不是故意的。"话是那么说着，可在陆枭看不见的地方，嘴角微微上扬。

陆枭缓缓转过视线，落在她的脸上。温弦也转回了脑袋，只是有几分尴尬，难为情似的，不敢看他。

陆枭就那样望着她，望着她的黛色长眉、含着一汪春水的眸子、秀气的鼻尖，最后落在了她那嫣红、饱满的唇瓣上。

"陆、陆队长？"温弦被他盯着，心底莫名突突地跳。

陆枭收回视线，终于坐了回去，背脊挺直，手落在方向盘上，目视前方，一脸正色，像是什么都没发生过，可喉结处却微微滚动了下。

伴随着车子重新启动，他鼻息间似是淡淡"嗯"了一声，有些低哑的声音传来："你是有意的。"

"我……"

"别解释，不想听。"陆枭打断了她的话，一脚踩在油门上，准备离开这里。

"那个，你……"

"不要说话。"

"不是，我是想说……"

"解释就是掩饰，掩饰就是你有意为之，你还想说什么？"陆枭一脚踩了刹车，扭头看向她，唇瓣轻抿。

温弦愣了几秒，然后伸出一根细白的手指，指着手刹："我、我是想说，你没拉手刹。"

他没拉手刹踩油门，会对离合器片造成磨损，还会耗费大量的油。

陆枭低头，看着没放下去的手刹，顿时沉默了。

下一秒，他拉下手刹，脚踩油门，立刻离开。

温弦坐在副驾驶座上，脸缓缓转向车窗，嘴角控制不住地一点点扬起。他应该是一个车技很好的老司机了，尤其是在西部这种地形、地势不好的地方开越野车，可他刚刚却忘记拉手刹。

车窗外的街道，人流一晃而过。烈日灼灼，炙烤着大地。

温弦想，西部真好。

陆枭开着车，在一个红灯的路口停下来，视线从车内的后视镜里，看到旁边的女人嘴角的弧度时，心跳一滞，差点心肌梗死。

第四章

火热玫瑰难招架

几经周折，二人终于找到了一家大商场，顶上明晃晃地印着几个大字：雪山百货大厦。

单独找内衣店是不好找的，而这种大商场里肯定会有。

两人下车，走了进去。今天是周六，人还比较多，毕竟这个商场是这里唯一一家大商场。坐直梯上了三楼，温弦老远就看见一个穿着性感的假模特站在一家内衣店的门口，于是快步走了过去。

可是走着走着，突然觉得哪里有些不对劲了，她停下脚步，回头发现陆枭竟然还站在直梯附近，竟然没跟上来。他抬起手蹭了蹭鼻尖，别扭地看向四周，可视线看都没看她一眼。

他站在那里不赶紧过来，干什么呢？

温弦微微眯起眼眸，嘴角轻扯了下，再走回去的时候，故意问道："怎么了，陆大队长，是不是怕我买得太贵了，钱包不够用？放心，人家挑便宜点的就好了。"

陆枭喉咙一哽，太阳穴突突地跳。他深吸一口气，扶额："别废话，挑。"谁让她挑便宜的？她该怎么挑就怎么挑，废话这么多！

温弦却挑眉看向他，眼神示意着内衣店的方向："那还等什么？陆队长，我们走啊，你不走难道让人家买单吗？"

身家九位数的她，此时就像个菜市场买菜的大妈，斤斤计较得不行。

在她的灼灼注视下，陆枭又深吸了口气，看向内衣店的方向。下一秒，他大步走过去。

温弦跟在他后面，望着他的背影，嘴角咧开，差点笑出声。她就是要他亲自陪着她挑选内衣！

陆枭走到那家内衣店门口，站定了脚步。里面的内衣各式各样，纯棉的，蕾丝的，真丝的，然而陆枭却没有看一眼。

"这位先生，您好，你是要来给自己的女朋友，还是给老婆买内衣吗？"店里的一个售货员过来问道，上下打量着这个身姿笔挺、高大冷峻，站在门口却不敢进来的男人，脸上顿时流露出过来人的笑意。

陆枭没有吱声，只是连忙看了温弦一眼，淡淡地开口："她选。"

他的语气听着镇定，可温弦过来的时候，分明看到他的耳根都微微红了，视线还有些躲闪。她连忙走上来，一把挽住陆枭的手臂，嘴角漾起甜蜜的笑容：“走吧，亲爱的。”

陆枭一愣，亲、爱、的？

那个售货员一看这戴着墨镜的大美女，顿时露出满脸羡慕的笑容：“小姐，你家老公对你可真好，还陪你买内衣，我家那口子从来就没干过这事。”

听到这话，陆枭的身躯更紧绷，任由温弦挽着他的手臂往里面走，脸上的神色格外微妙。他动了动唇瓣，刚要开口说什么，手臂突然被暗中掐了下，温弦摆摆手，继续跟着笑眯眯地道：“哎呀，哪里，我老公也一样，今天还是我的手受伤了，硬拖着他来帮我提东西的。”

售货员一听这两人还真的是两口子，笑容加深：“那你们自己慢慢看，有什么问题再来找我。”说着，她还不忘感叹一句，“哎呀，你老公可真的有福气，娶了你这么一个漂亮的大美女，长得跟大明星温弦似的，哈哈，真令人羡慕！”

温弦顿时低下了头，笑容似乎还带着羞涩。

陆枭已经彻底无言以对。

看售货员走后，陆枭四下看了看，仿佛目光无处安放：“为什么会那样叫我？”

“嗯？”温弦眨了眨眼睛，笑了起来，“我怎么叫了？”

陆枭收回了她挽着自己的手臂，一脸正色，拳头虚握，放在唇边重咳了声：“不要乱叫，我还没结婚。”

温弦将视线落在他身上，意味深长地笑道：“哦，那你的意思是……结婚了就可以了吧。”

陆枭：“你胡说什……”

“别，别解释，我懂，解释就是掩饰，掩饰就是你想跟我结婚。”温弦摆了摆手道。

“我……”

“好了好了，都说了别解释了，没想到你是这样的陆队长，我都懂的。”她抛给他一个勾人的眼神，笑盈盈的，完全把之前他怎么怼她的话，原封不动地还了回去。

陆枭差点被她怼得窒息身亡。

温弦则嘴角噙着笑，自顾自地挑选着内衣。看陆枭那气得不轻的脸色，她拿起一件黑色内衣还有一件紫色的，给他看：“怎么样，看看哪个好看？”

她眼睛亮晶晶地望着他，眼中波光流转，顾盼生辉，笑容单纯，仿佛手中是再寻常不过的衣物，大大方方地给他看。

陆枭顿时头疼地抬手揉了揉眉心，避开视线，又气又羞恼地蹦出几个字：“不知道，你随意，别问我！”

岂料，在他冷冰冰地回话后，只听这女人不紧不慢地来了句：“怎么能不问呢，我想挑你喜欢的。”

陆枭几乎是脱口而出：“挑我喜欢的做什么，是给你……”话还没说完，后面的话突然卡住了。

因为温弦轻启唇瓣，望着他，从唇齿间无声地轻吐出几个字。

穿、给、你、看。

陆枭很可耻地，竟然看懂了她的口型。他深呼吸，竭力按捺住某些情绪，拳头都攥紧了，微微咬牙：“别挑了，喜欢都买。”

这个女人，简直是过分得放肆不羁，说出的每一句话都是那么大胆，却根本不走心，完全不考虑别人的心情。

温弦笑着拿起那两件内衣去了换衣室，还不忘叫上他：“一起过来，否则你想一个人站在一堆内衣之间被人围观？”

想想那个恐怖画面，陆枭就跟了上去。

换衣室很狭小，因为这里只是小商场，在换衣区的帘子后面，只有一个窄小的更衣室。

温弦将自己的包和外套都给了他，拿着那两件内衣进去了。

陆枭完全不懂这些操作。他是一个纯爷们，一个冷酷的硬汉，她让做什么他就做什么，只是脸一直都紧绷着，不苟言笑。

他身处这种地方，似乎觉得怎么都不自然，看哪里都不对，好在现在这换衣室只有他们俩了。帘子一拉，谁也看不见他。

素来高冷淡定、沉稳严肃的陆枭，从来没有一次如此在意别人的目光。

一门之隔的里面，温弦正在换衣服。

陆枭站得笔直挺拔，气场依然强大，只是手里提着的包包和风衣，似乎怎么看都有着一种说不出的违和感。

就在这时，隔着一扇门，他听到里面传来了温弦的声音："陆、陆枭……你能不能……帮我个忙？"

陆枭语气冷淡："什么忙？"

温弦："我的手受伤了，使不上劲，扣不上。"

她的话音落下后，这扇门的另一边一片死寂。陆枭整个人像是原地蒸发了似的，没了一点动静。

温弦柔柔的声音传来："陆枭？"

而门外即将蒸发的陆枭屏住了呼吸，似乎心脏已经停止了跳动。他紧攥拳头，耳根都弥漫上了热意。没人知道他在想什么，那一刻究竟是什么想法。

不知过了多久，他深吸了一口气，似乎在竭力控制自己紊乱的情绪，甚至紊乱的心跳……

他还是一言不发，而里面的小女人再开口时，声音带了点说不出的委屈，哀求着："陆枭？人家试过了，手好痛的，真的没有力气……"

那娇软哀求的声音，像是一剂猛烈的催化剂，彻底将他僵硬的心给击溃了似的，软化得一塌糊涂。他僵硬的指尖动了下。

"人家没有别的意思，你不要多想……我是真的因为受伤了。这样好不好，你不用进来，只有手进来就好了，帮我扣上就好。"她像是处于一个尴尬的位置，难为情地说着，似乎比他还不好意思。

陆枭闭上眼睛，咬紧牙关。等他开口时，声音就像午夜里抽了太多烟那般，被熏染得又沉又哑。

“打开门。”三个字，就那么简简单单，又那么不简单。

一门之隔，他是他，她是她，而打开门之后，两人之间便再没了那一层界限。

窄而小的门被温弦从里面打开了，微微敞开一条缝隙，隐隐露出里面微亮的光景。

一步、两步，陆枭走到那窄小的门边，修长粗粝的手指落在门上，动作停顿了下，犹豫了一瞬。可仅仅就是一瞬，在他微微垂下眼眸时，打开了门。

他大致扫了一眼目标，就默不作声地闭上了眼睛。他一言不发，只是缓缓伸出手，去帮她扣上内衣。

狭小的空间内安静极了，她贴着门站着，他在门外。他闭上眼睛，手上在笨拙地操作着。闭上眼睛，他只是不想去看，为了她，也是为了自己。

可是闭上眼睛，却让身体所有的感官都集中到了一处，他全方位地感知着那方寸之间的肌肤。

指尖笨拙地操作着，触及的肌肤细嫩温热，不小心触到的时候，他的指尖有些颤抖。

陆大队长的双手曾经沾满过血腥，饱受过风霜。

相比之下，这明明是一个简单的动作，可是在此时此刻都败给了她美丽而又白皙的后背。

“来，一七三小分队，现在你们面前是日月山，这里有唐蕃古道、公主泉，还有大家耳熟能详的文成公主庙。在唐太宗年间，文成公主进藏嫁给了松赞干布……”

导游小梁戴着耳麦，举着一面红色的小旗帜，领着十来个人在这里观赏，对他们进行讲解。

一个女人走得很慢，落在最后，脑袋上戴着一个黑色的渔夫帽，墨镜遮盖住了她巴掌大的脸，只露出嫣红的唇瓣和白皙的下颌。长发被压在黑色的帽子下，她穿着藏蓝色牛仔裤，上面是一件黑色皮夹克，背后背着一个包，整个人利落又帅气。

望着眼前高达九米的文成公主雕像，温弦微微眯起了眼眸。

她现在是一个人了，自从昨天跟陆枭分开后，他就开着车消失在了她的视线里。她一个人干脆在之前的城镇订了个特色藏式民宿，又报了个半自由行的一日游的旅游团，跟着导游带领的团队，坐个便车，吃了便饭，去看看这一带的景色。

上午逛完了公主庙、中华地理界碑石、古道博物馆，导游安排他们在附近的客栈里自由解决饮食。因为这附近是景点，所以周围的民宿、客栈和热闹的商品街都是配套的。

一切都安定下来，温弦一只手不急不缓地搅拌着酥油茶，一只手拿出了自己的手机，翻出一个人的微信。

那人的微信是大漠孤烟的头像，非常简单，一看就是无人区的傍晚景色；名字更是简单，就是他自己原本的真名——陆枭。

温弦轻扯了下唇瓣，眼神直勾勾地盯着他的名字，怎么会有他那么一本正经、一点潮流时尚都不懂的男人？

温弦如此想罢，视线落在自己那个中老年人标配的荷花头像上时，沉默了。

陆枭很忙，昨天她在内衣店试完内衣后，还不等她出来，就听他在外面接到了一个电话。等她出来的时候，他已经匆忙付钱走人了。

两人甚至都没说上话，他就走了。如果不是她手里还拿着他买的两套新的内衣，如果不是她的手还包扎着，她都要怀疑他是不是真的存在过。

他消失得毫不犹豫，到走也没主动管她要一个电话号码或者微信。想到此，温弦又忍不住微微咬牙，心底只觉得闷得不行，很不爽。

他真的是绷得住，是她输了，昨天在更衣室里白撩他了。要不是她偷偷加了他的微信，她可能这辈子和他再也没有一点瓜葛……

陆枭的微信非常单调，甚至朋友圈里一条消息都没有发布。

温弦自己都没有想到，有一天竟然拿着手机专门翻出微信，盯着一个男人的名字和头像看半天，再翻看他空空如也的朋友圈，一天查看个八百遍！

生气归生气，她还是想知道这个时候的他在哪里，又在做什么。

她的手落在键盘上输入着什么，可要发的时候，她又给删掉了。来回了几次后，她深吸一口气，干脆只发了一个表情包。不过那个表情包，有点一言难尽。

花团锦簇的背景下，两个酒杯撞在一起，金色的配字闪烁着光：朋友，为我们的友谊干杯。

这样一个表情包发出去后，她托着下颌，眼巴巴地盯着对话框，在等待着他回复消息。不过那条信息就像是石沉大海，她干巴巴地等待了十多分钟，毫无信息。

经纪人玲姐正发微信哀求着她："姑奶奶啊，你快回来吧，下个月的工作流程表发给你了，你好好看看！"

温弦一看那信息，顿时长长叹息了一声，略带几分烦躁地回复："再说吧，我现在没空。"

回复完消息后，她又换了一只手继续托着下颌，默默点开了和陆枭的对话框。果然，他还是什么信息都没回她。

她说没空，经纪人玲姐还不知道她在忙什么，倘若看到这一幕，恐怕会当场气得吐血。这叫没空？！她所有的时间都用来干巴巴地等待一个男人的微信回复？！

中午随意垫了点肚子，温弦又跟着导游一行人出发了，下午要去牛头碑，听说这个区域就是黄河的源头。

从上海出来已经很多天了，算算时间，她也快要回去了。其实明明不过是一星期的时间，她却感觉过了很久，并且发生了很多事。

温弦再拿出手机扫一眼微信时，心态有些崩了。她咬牙，陆枭这人这么不知道尊老爱幼吗？她的那个表情包一看就是大爷大妈专用，长辈发信息他还不回复吗？！

温弦殊不知，在她抓心挠肝的时候，在距离她上百公里的地方，相比她所处的空阔风景区，这边是下午的农贸市场。人群熙攘，农贸市场表面上看着都是正常交易，卖生活日常用品、吃的、穿的、玛瑙宝石，应有尽有。

可是在这一片正常景象之下，却有看不见的暗流在涌动。线上交易明确后，桑年按照对方的要求来到这里，穿梭在人群之中，一直往前走。

桑年四下查看着，挨着领口的地方有一个微型窃听器粘在里面，他的脑袋上还戴着一顶帽子。

“目前还没发现目标。”他压低了声音说着。

“继续。”

桑年的耳朵里塞了一个微型蓝牙耳机，里面传来了一道低沉的声音。

陆枭等人潜伏在暗处，监视桑年身边的一举一动。

这个贩卖野生动物，尤其是国家保护动物的团伙苗头正起，作风猖狂，下手狠毒，从残忍割了白唇鹿的鹿角抛尸野外就能看得出，毫无人性。

陆枭他们从无人区一直跑到这边，根据在线上之前的交易可以大致摸清楚，这是一个完整的团伙体系。青海的范围太大，很多地方是无人地带，没有探头，犯罪分子一旦躲在哪里很难被抓获，而他们必须抓住团伙里的人才能获得后面的进展。

就在这时，桑年在琳琅满目的商品中发现了一抹艳丽的彩色，心头顿时猛然一跳。随后他抬起手蹭了蹭鼻子，掩饰着开口：“发现目标，发现目标。”

桑年再定睛仔细看的时候，发现挂在笼子里的东西果然就是他这次的交易品，是一个翅狭长而尖、尾翼较长、背和翅上覆羽为砖红色的国家二级保护动物——藏区这一带特有的稀有鸟类红隼。

他在网上已经支付了一半的定金，为了保障双方的权益，还有一半金额在看到实物后交易。他靠近那只红隼，四下看着周围来交易的人。

这些东西挂在这里，一般情况下卖方是不会出现的，就怕有人抓。这些年斗智斗勇，双方的手段也越发进化。

桑年拿出手机给对方发信息：“我到了，你人呢？”

信息没收到回复，约莫过了五分钟，一个人影才逐渐往这边走来。

桑年扫了一眼，视线就掠过了，没当回事，可看着那人直直地冲着他这边走来，还看着他的时候，他蒙了一瞬。桑年反应过来后，心底像是有一万头马奔腾而过。

只见来的人是一个七老八十的老婆子，佝偻着背，穿着简陋，满头银丝还有些凌乱。她缓缓走过来后，直接问："年轻人，是你要买这东西吗？"

桑年目瞪口呆地望着她，再看看四周，内心骂了一句脏话。不过他没有表现出自己的情绪，而是打量着那只红隼，揉了揉鼻子问："老人家，我是来买鸡崽的，可不是来买这东西，给我发消息的人呢，总不能是你吧？"

一听"鸡崽"二字，老婆子这才微微看向一个方向，布满褶皱的手颤颤巍巍地指了一个方向："在那里，是我儿。"

"鸡崽"是他们暗中交易的暗号，所有贩卖野生动物的人都有暗号。

桑年一听这话，连忙看了过去，只见人来人往的人流中突然出现了一个高高壮壮的大汉，面目有些凶，神色也很严肃，往这边走过来的同时，还四下查看着什么。

看到这一幕，桑年顿时用拳头半遮掩着唇重重咳了两声。

在闹市不远处的一栋老旧居民楼里，陆枭正在监听这次的行动，看着这一幕，漆黑的眼眸犀利凛冽，死死地盯着那人，最后比了一个手势，隐藏在人群中的队员倾巢行动。

他们的人分了两拨，在闹市就为了抓售卖的人。那人来到桑年面前，正在和他说着什么，他们的队员也迅速地伪装着靠近。

"还差两千，现在打到这个卡号上，不要备注任何信息。"那个高大的壮汉给了桑年一个银行卡号，冷冷地道。

"好的，名字说一下。"桑年就像个普通的交易者，是个汉人，看不出哪里有任何不妥的样子。

壮汉说了名字，看着桑年正在通过银行转账，这一刻，他的警惕性才放松下来，摸了下兜，掏出了一根烟。

就在他刚拿起打火机，要低头点上烟的时候，后背一股大力骤然袭来，他被人从后面扑倒。紧接着，伴随人群的尖叫声，潜伏的队员们迅速将这人摁在地上制伏。

那个壮汉看着这突如其来的变故，侧脸贴在地上吃了一嘴土。他恶狠狠地看着桑年，怒不可遏地爆了一声粗口："你等着，我弄死你！"

桑年却像是早就习惯了，没听见似的，通过耳麦跟他们的老大说话："老大，这人抓……"

"不好！东边往公路的方向还有一个！"

桑年被这道厉喝打断，还来不及错愕，只见不远处的二楼阳台上直接跳下来一抹身影，迅速冲向了公路的方向。

那不是他们的老大，还是谁？！

陆枭在二楼看到抓捕成功，刚一收回视线，就看见另一边距离十来米的地方，一个正往这边来的男人看到前面突发的状况顿时变了脸色，随即扭头赶紧走，一边走，一边迅速地掏出手机发信息。

陆枭用手一撑，在阳台的边缘上一个纵身就跳了下来，迅速追了上去。

而那个男人一边迅速走着，一边回头去看，结果看到人群中追上来的陆枭时，顿时吓得拔腿就跑。撞倒了前面的人，推翻了卖菜的推车，男人不顾一切地往一边公路的方向冲去。

一个老人被他直接粗暴地推倒，眼看旁边的人要一脚踩上去，陆枭连忙上去挡住。等陆枭再追上去的时候，那人已经到了公路口。

那边是通往其他地方的公路，车辆时不时蹿过。这边挨着闹市，在公路边上还有一个停车场。而这个时候，刚好有一辆大巴车停在那儿，马上要出发了。

那穿着灰色衣服的男人连滚带爬地在大巴车出发的前一刻，一把扒住门，冲了上去。他剧烈地喘息着，似乎被后面的人追得腿都要跑断了。他顾不上虚软的双腿，视线往后看，看那人有没有追上来。有人正举着行李往储物架上塞，刚好挡住了他的视线。

车子已经开动了，他急切地往里面走，推开那人，透过大巴车的后窗户，看到外面空空如也，根本没人追上来，他这才像是泄了气的皮球似的，瘫软在了椅子上。

然而，就在他完全放心下来的时候，没想到此时大巴车的车顶上，匍匐着一抹身影——不是陆枭，还能是何人？！

陆枭追上来的时候，这辆车刚好出发，他顾不得那么多，直接扣住了大巴车的后窗户边缘，一个借力攀上了大巴车的车顶，他臂力强悍，身躯迅速蹿了上去。

一连串的动作不过眨眼的工夫，干净利落，这对曾经是特种兵的他，根本毫不费力。

蓝牙耳机里传来了桑年的声音，不过信号似乎不太好，声音沙沙的："老大、老大，你在哪里？！"

陆枭抓住车顶的天窗把手，单膝半蹲在那儿，声音低沉地道："你们先带那人回去审问，这边的人我已经跟上了，不用担心，我先去探探他的老巢！"

这是他刚决定的，这人没有发现他，他伪装一下跟踪对方，看看对方要逃到哪里去、老窝在哪儿，再将其一网打尽。

车子在公路上疾驰，开往的方向是日月山的玛多县城一带。而那里，也正是温弦所处的那个区域。

大巴车中途停了车，而车上的那个嫌疑人还没下车。他要去的地方，是玛多县。还有一个多小时的车程，他看了看手表，似乎有些急切。

虽然车子已经开走，也确定没人追上来，但他们被人盯上已经是不争的事实。

这时，又上来七八个乘客，男女老少都有，其中一个还是个五六十岁的老头儿。

只见那个老头儿身躯高大了些，却微微佝偻着后背，身上裹着一件随处可见的红色藏袍，头发有些长，鬓发和胡子花白，乱糟糟的，像是个居无定所的老信徒。他的手中还拄着一根手杖，上面挂着一包行囊。

坐在倒数第三排的灰衣男人扫了老头儿一眼就移开了目光，拿出手机拨通了一个电话。

老人从他身边经过，然后坐在他的后方。

那个灰衣男人的电话打通了，他正压低了声音，手在唇瓣前半遮掩着道：“快来准备接应我，我们这边的人被抓了！看来要躲上一阵避避风声了。”他说完，下意识地看了一眼自己周围。

看到自己后面坐着一个闭目养神、胡子发白的老头儿，他又收回了视线回复道：“好，那最迟明天，我等着你们。”直到挂断了电话，他都浑然不觉得哪里有不妥。

只是，在他转过去，挂完电话之后，身后的老头儿缓缓地睁开了眼眸。他的眼眸漆黑幽深，又如鹰隼般犀利。

基本上每个特种兵在受训时都有过乔装培训，如何在三十秒内完全改变自己的形象，而陆枭都用不了三十秒，二十秒就搞定。

这个老人的形象，正是陆枭的伪装。

车子在经过两个多小时抵达玛多县城的时候，已经是傍晚了。

公路两侧是成群的牛羊，苍茫的草原一望无际，远方雪山绵延，金色的暮光普照着大地，壮阔瑰丽。可在进了城镇之后，藏区的天气如姑娘的脸说变就变。瞬间乌黑的云袭来，黑压压的，像是有暴风雨要来临，果真没一会儿就狂风大作，冷冰冰的雨夹雪就往窗户上拍打。

大巴车在客运站停了下来，没有伞的人下车后，多数抱着头匆匆跑到能避雨雪的地方去了。这个灰衣男子起身准备下车，被外面的雨雪拍了一脸，顿时忍不住骂骂咧咧地道：“这是什么鬼天气？！”

而在他下车之后，他身后的“老人”也下车了。

灰衣男子脱了外套披在脑袋上，迅速前往附近的一个宾馆。那“老头儿”也冲着那个宾馆走去。

温弦前脚刚进民宿，外面就下起了雨夹雪，风吹得窗棂晃动，老板急急忙忙地去关紧门窗。

民宿里有餐厅，连带着餐厅的一端有一个壁炉，橙色的火焰在里面跳跃。

外面实在是太冷了，她坐在壁炉旁的祖母绿沙发上烤着手，顺便又拿出了手机，点开某个页面看了看，眼底浮现失落之色。

果然，他还是没回复。

此时，在距离这里不是很远的一家宾馆内，陆枭在那个嫌疑人的隔壁订了一晚住下了。

一是他在车上的时候听到这人说，明天他们的人才能来接应；二是这个天气不下个一晚上雨夹雪是不能停了。

彼时，他摘下了假发、胡子，脱去了藏服，准备在床头的墙壁上安装窃听设备。

他拿出手机，看到浮现在屏幕上的一条微信信息时，怔住了。他顺手点开后，只见那发来信息的人——正是一个头像是粉色荷花图片的人，上面还写着：冰清玉洁。

不再是“难忘今宵”，是“冰清玉洁”了。

嗯，好名字。他不由得感叹，尤其是想起在某个半夜三更，他房间的门被敲响时的情景。

这个人是谁，他心底跟明镜似的，再清楚不过。而看着对方发来的那一张举杯的动图，他微微挑眉，表情似乎有些一言难尽。

距离消息发来的时间已经过去很久了，是中午发来的。他的眼神深了些，他犹豫了下，手还是落在了键盘上。

温弦在自己的藏式夯土房里，简单地洗了一个澡，裹着睡袍出来了。她用白色毛巾一边擦着湿漉漉的头发，一边拿出手机看着。

她坐在床边，白色浴袍下的两条细嫩白皙的腿交叠在一起，睡袍松松垮垮地穿在她身上，曼妙身躯若隐若现，风情又性感，妩媚又魅惑，实乃人间尤物。

不过，就是这样的尤物，在打开微信后，又垂下眼眸，黯然叹息一声。

她点开了对话框，哪怕什么都不说，这样看着都是好的。她扫了一眼，落寞地移开目光，就在目光刚转移开的时候，她的身子突然僵住了，脑海里似乎有什么字眼飘过。

她又看了过去，只见对话框上方竟然出现了一行字：对方正在输入……

温弦骤然尖叫了一声，迅速起身，手里攥紧了手机，一时间在房间里像个无头苍蝇似的乱转。

他回复了，要回复了，他看见了自己的消息！

等待了一天终于等到他在回复，温弦的内心都要炸了。她抓着头发，心“怦怦”地跳，全然没觉得自己这副模样，早就没有形象可言。

她瞎转了两圈，赶紧盯着手机屏幕，看他要怎么回复，那头的一条信息在这时传了过来：“哪位？”

再简单不过的两个字，却让温弦看见后抓着头发，又在房间里转了两圈。

怎么办，怎么办，她现在应该怎么回复？

苦等了一天他的消息，现在终于回复了，她却慌了。她连忙深呼吸，让自己镇定下来，想了想，又发了一个表情包过去。

“嗡”的一声，昏黄的宾馆灯光下，陆枭看着手机，看到对方再次发来的内容，眼角隐隐抽动了下。

只见一个举杯的表情包上写着四个大字：相逢是缘。

陆枭盯着手机，随后视线移开，看向窗外，嘴角却轻轻扯了下。他低头，又在手机上面认真地输入：“请问叫什么名字？我没有添加备注。”

嗯，他想看对方怎么回复自己的名字。

然而，等了片刻，陆枭看着对方回复的一条消息时，纵然有所准备，但还是愣住了。只见上面回复了三个字：“尚路逍。”

对方又发来一行字：“我叫尚路逍，是林业局的，一个之前和你合作过的同事。”

她一本正经地胡编乱造着，而陆枭望着那个名字，手僵住了。

她叫尚、路、逍？

陆枭觉得自己仿佛被冒犯到了。这真的只是一个随便起的名字吗？

而在一间藏式民宿里，温弦正抱着手机栽倒在沙发里，笑得像个两百斤的傻子。她是不是把自己内心的想法表达得太过于明确了，他会不会发现？

那种感觉太难以言说了，她想让他知道自己是谁，又害怕让他知道。

这时，一条信息回复过来。

陆枭："……"

他什么都没说，只发了一串省略号。

温弦一看，小手"啪啪嗒嗒"，迅速地在手机上编辑着："怎么啦，是不是不记得我了？"

发完后，她又傻笑着窝在沙发里，抱着手机等待，姿态活像个小松鼠。

很快，对方发来了信息："和我们收发室老李是小学同学吧，林业局的尚阿姨？"

温弦一看这消息，顿时惊叹一声。

阿姨？！他真的把自己当成中老年妇女了。

林业局难道还真的有这么一个人物？不过也好，看来自己隐藏得还算成功。

她调整好心态，细白的手指又操作起来："唉，我就是你尚阿姨。小陆啊，阿姨是想问问你，现在有没有对象啊？"

这条信息发出的时候，温弦都不自觉地屏住了呼吸。他会怎么回复？

过了几分钟，那边才回了一条信息过来："没有。"

两个字，干脆利落。

虽然早就猜出来他没有对象，可是当他亲口承认，她的心底更荡漾了。她连忙回复："要不要阿姨帮你介绍一个？"

陆枭会不会答应呢？自己对他三番五次地主动，他都不为所动，对别的女人肯定也会拒绝吧。

她刚这么想着，一条信息传过来了。她一看，愣住了。

"好。"他回复。

看着那个字，温弦的心脏都像停跳了。

陆枭那边，望着她发来的消息，目光深沉，打打删删，最后变成了一个字。

温弦只觉得心里瞬间滞闷，难道他真的同意和其他女人在一起吗？！

不过她不知想到了什么，深吸了一口气，微微咬牙，继续发送信息过去："是这样的，你尚阿姨啊，前不久和老伴离婚了，现在自己是单身。人家自从上一次见了你啊，就一直念念不忘……"

消息发出去后，温弦看着这条信息，唇边这才勾起了一抹恶趣味的笑容。

让他答应，她看他怎么回复？！

宾馆内，陆枭洗了一把脸，再出来的时候，看着这条她最新发来的信息，陷入了深深的沉默之中。

陆枭盯着屏幕足足看了好一会儿，才回复了一个问号。

一个简单的问号，可涵盖的意思太多了。

而在这时，温弦窝在沙发里，裹着浴袍，贝齿轻咬着唇瓣，输入一行字发过去："没能摸到你的腹肌，我辗转反侧。"

陆枭盯了几秒手机，低头看了一眼自己劲瘦结实的八块腹肌，"嗡"的一下，又传来一条信息："没有握住你的把柄，我心有不甘。"

看到这一句话，陆枭瞬间攥紧了手机。他深吸了一口气，大手从漆黑利落的短发中穿过，在房间里来回走了两步，最后舌尖顶了下腮帮子，狠狠咬牙低咒了一声。

外面雨雪交加，狂风作响，将窗棂吹得像要散架似的。壁炉里火焰跳动，旁边的沙发上，温弦笑得窝成一团。浴袍滑落了些，露出她纤细白皙的小腿和白嫩的脚。

室外的寒冷和室内的温暖形成鲜明的对比，空旷而无趣的西部地区在她这里却充满了趣味和躁动。

不过在那条消息发过去后，她等了好一会儿，都不见陆枭再发信息过来。

她坐直了身子，给他发微信："小陆？"

对方依然没回。

温弦真不知道是幸运还是不幸，虽然他不回信息了，但是还好，没有把她拉黑。

不过最后，她还是没忍住发了一条消息过去："小陆啊，如果你看不上尚阿姨也不要紧，不要不理人家，阿姨对你一直很挂念，希望你注意好身体，工作不要太累，尤其是执行任务的时候，要注意安全……"

宾馆里，陆枭望着手机屏幕上的消息，一直沉默着。

还不等他回过味来，又见她发来信息："还有、还有……你平常那么忙，肯定有了上顿没下顿，平时路上多带点吃的，不要饿到自己。你还年轻，要多吃点肉补补，不要只吃一碗面条将就，那没营养的……"

一条又一条消息，明明是一个中年妇女的口吻，在被无视后，她却毅然坚持发来这些消息，发的内容无一不是对他的关心。

甚至是……吃面条，只吃一碗面条？

陆枭想起那天二人在餐馆里吃饭，他只点了一碗臊子面。

她这么说，是真的不怕自己发现她是谁吗？还是说，她想让自己发现？

温弦等待着，在她的那些信息一条条发过去后，过了许久，终于有一条信息发来了。

是他，上面只有一句话："不劳尚阿姨费心。"

温弦看到这句话一下子就清醒了，呸，她不该对他那么关心！陆队长对谁都那么绝情吗？！

温弦微微咬着牙，虽然知道他可能不是真的对自己说的这话，但她还是忍不住暗暗较起了劲。

她也不发信息了，拿起手机，打开摄像头，拍摄了一张照片，最后点开了朋友圈，将照片上传。

陆枭冲个澡出来准备休息了，闭目养神的同时，仔细地窃听着一墙之隔的隔壁，以防嫌疑人逃跑。

他拿起手机，扫了一眼微信，那边没回消息。手指在屏幕上停滞了一会儿，他突然点了下她的头像，进入了她的朋友圈，结果就看到了她才发出的一条朋友圈消息。

不过，在看清她发的内容时，陆枭怔住了……

只见温弦发了一张照片和一句话，而那张照片——那是一个皮肤极为白嫩的女人，没有拍脸，在昏黄的光线下，却能看出来一件白色浴袍松松垮垮地裹在她的身上。肩膀一侧的浴袍滑落，露出了一半白嫩圆润的肩、大片的锁骨以及胸前隐约的曼妙弧度，长发散落着，几缕覆在白嫩的肩上，将她的慵懒和性感凸显得淋漓尽致……

陆枭盯着那张照片，而她的朋友圈还附带了一句话："我把你当老公，你却穿裤子防着我，还是带拉链的！"

夜里，时间静静地流逝。外面狂风呼啸，室内的陆枭握着手机，只觉得手机发烫，时间莫名变得暧昧模糊和冗长。

她的朋友圈没有其他内容了，设置了仅三天可见，这是她三天内唯一的动态。

就在刚刚，她发的这条动态是怎么回事……所有人都能看见吗？

陆枭的眼神深沉几分，流露出几许说不清道不明的意味。望着她发的那张照片，他的指腹从照片上滑过，离开她的朋友圈页面。

他平稳地呼吸着，唇瓣轻抿，眼底却像是有暗流涌动。约莫过了两分钟，他再次点开她的头像，进入她的朋友圈。他盯着她的这张图片，指腹落在上面，突然轻触一下，点击保存，将其保存在相册之中。

她是不是真的在暗示他，她是谁？她的锁骨和胸口之间，有一点红色的朱砂痣，就映衬在她雪白的肌肤上，格外醒目。

早在第一次见面，扯开她的衣服，给受伤的她包扎的时候，他就看见了。眼下，陆枭盯着照片上胸口上方的一抹朱砂痣愣神。

温弦发完朋友圈后，打算今日先告一段落了，没办法，陆枭都已经不理她了，离被拉黑只有一步。发朋友圈的时候，她本来还乐滋滋的呢，可慢慢地，她不知想到了什么，嘴角的笑就敛去了。

讲真的，她是不是再也见不到他了？不论她之前如何骂他，不论她现在怎么调戏逗弄他，可她对他的关心是真的。

他的工作不简单、不轻松，甚至是危险重重，不论抓捕那些违法犯罪的盗猎贼，还是救援巡逻，抑或其他的工作，都很辛苦、很危险。

温弦这一夜失眠了，理由是想他，很想。

隔日，晴空万里，在下了一夜雨夹雪后，天空湛蓝如洗，烈日灼灼。

远处的雪山映入眼帘，公路上穿着藏服的人跪在地上虔诚地磕着长头，两侧的草原上散落着几只藏羚羊和藏狐。

温弦今天跟着一日游的旅游团去了扎陵湖，风浪泛起时，湖面会呈现罕见的灰白色，听导游的讲解，此湖也有“白色长湖”之称，湖面风景壮观，映衬着天空，仿佛可以扫去内心的一切浮躁。

回来的时候，导游带着他们去了附近的商业街，商品也是专门为一些游客所准备的，卖当地的特色。

温弦路过一家藏式的手工香皂店，竟看见了卖护手霜的。不知道为什么，一看见这个东西，她竟然就想到了……陆枭。

如今这个季节，越发寒冷了，风大得很，来自西南的风呼啸着，出门不戴手套手都会被吹得干燥裂开。

她想了下，买了两支护手霜。哪怕她可能再也遇不见他。

温弦在路边的商店买护手霜的同时，又被旁边一间卖面具的店给吸引了。里面形形色色的面具，藏语里是“巴”的意思，一般分为跳神面具、悬挂面具、藏戏面具。

温弦买了一个经典的马头明王面具，怒发冲冠，眼睛瞪得如铜铃，在镜子前自己戴了下，只觉得凶神恶煞，极为有趣，正合她心意。

然而，就在她准备要摘下面具的时候，不知道看到了什么，动作顿时一僵。温弦缓缓摘下面具，望着从门口立着的镜子里，猝不及防出现的身影——远远地，温弦就看见那一抹熟悉的身影，呼吸都变得缓慢了。

周围的时间，每一分、每一秒都像是被拉长。

她怎么都没有想到，令她夜里辗转难眠的人，让她觉得一转身就是一辈子的男人，就那么猝不及防地再一次出现在她的视线之中。

他穿着一件黑色外衣，迅速地在人群中穿梭，似乎在紧追着谁，脚步又在某个瞬间停下来，和涌动的人群融为一体。

看到他的第一反应是内心震惊，第二反应，她则是看了看四周，有没有什么行踪可疑的人。她猜测陆枭突然出现在这里可能是在执行任务。

果然，在她的观察之下，她看见一个穿灰色衣服的男人往她这边的方向迅速走来，那人戴着一个帽子，看起来很不起眼。因为这边大多数是游客，步履缓慢的游客逛着周围的商铺，只有他行色匆匆。

很快，那人就要从自己身边经过，温弦拿起那个面具，戴在了脑袋上，低下头避开视线。

而在那人经过她身边又离开后，温弦透过面具，一双眼睛看向了他离开的方向。

很快，陆枭追了上来。一路上陆枭都在不断地变化着自己的形象，他深谙跟踪技巧。昨晚窃听了那个嫌疑人一晚上，今天已经基本可以确定，这个嫌疑人是要往一个集合点会合，和他们的人一起去避避风声。

而他也一定要在这次将他们抓住，否则一旦被他们逃走，西部那么大，很难再找得到他们。

温弦戴着一个马头明王怒发冲冠的面具，望着陆枭走过来，一只手把着门框，越发收紧。

他们再一次相遇，却是在这种情况之下。她戴着面具，他甚至都不会发现她的存在，而她一句话都不能对他说，怕影响到他的工作。

可是那种缠人的念想，让她不受控制地盯着他的身影。

陆枭正迅速地行动着，追着那个人的行踪，就在这时，他似乎察觉到哪里有人在一直盯着他。特种兵出身的他，敏锐性极其高，他几乎瞬间就在人群中捕捉到了那一抹注视。

他愣怔了一瞬，只见在一家卖着藏饰面具的店铺前，一抹身影站在门口，脸上戴着一个面具，一只手扶着门框，那人正望着他，一直望着他。

陆枭在看到那抹身影的时候，心头猛然一跳，眼瞳微缩。

即便这个人的面具挡住了脸，可他还是认出了这个人是谁。她的身影，她的穿着，无一不在提醒着他。

两个人视线交会的时候，有那么一刻，空气似乎都凝结了，一切静止，没有任何声音，只有两个人在人群中彼此看着。

可就在下一瞬，画面中所有人继续手中的动作，周围依然人声鼎沸。

陆枭不能停下脚步，就在这时，站在面具店门口的她，突然将脸上的面具摘下来扔给了他。

陆枭看着那张美艳夺目的容颜暴露出来，手中一把接住了那个面具，再看向她时，她直接指了一个方向，正是嫌疑人逃跑的方向。

陆枭顾不得那么多，匆匆收回视线迅速离开，手中却下意识地攥紧了那个面具，脑海里浮现出她的模样，竟然真的是她……

温弦盯着陆枭迅速离开的身影，整颗心都紧紧地悬了起来，神经末梢都绷紧了。不可控制的是，她在担心他的同时，心底又产生了一种难以言喻的复杂感受。

繁华盛世，一切安稳，可这一切都只是表面现象罢了。这些如她一样来这里旅游的人尽情地享受着祖国的大好河山，生活安逸舒适、丰富多彩，却不知道在不为人知的地方，有多少人在为了他们负重前行。

在他的身影彻底消失在人流中后，温弦转身匆匆付了钱。

下一秒，她不知道做了什么决定，毅然冲着他离开的方向追了过去。

离开最热闹的景区商业街，在通往其他地方的马路两边有着一栋栋居民楼。

这一地带非常杂乱，游客多，外来人员多，很多不是本地人，什么样的人都有，所以这里也极容易为一些犯罪分子诞生温床。

一个灰衣男人穿过闹市区的时候，突然接到了一个电话。他迅速地接通，而后，电话里响起了一个声音，有些阴沉嘶哑：“你确定没有人跟上来吧？”

这个灰衣男人一听，顿时有些动怒了：“你在怀疑我吗？我昨天就把他们甩干净了！车子开出了上百公里，他上哪儿追我去？！”

那头的人又说了什么，他消了些怒火，还是回头，四下查看了一下附近有没有可疑的人。

藏区的面具是非常出名的，很多游客会买来留纪念，在街上戴着玩儿。他回头扫过去看看有没有可疑人物，最后视线在一个旅游团的几个游客身上多停留了几秒。

那些人戴着面具，几个女的围着一个身材高大的男人说笑着什么，他迅速扫过后，都未曾发现什么异常，这才转身离开，嘴上说道：“没人，现在告诉我你们的具体位置！”

就在他离开后，混在旅游团里的一个男人摘下了面具，周围还围着两个小姑娘想要管他要微信，男人却直接头也不回地离开了。

十分钟后，陆枭跟踪着那人来到了一栋居民楼附近。他躲在暗处，开始通知在这一带等待着自己的人了，一旦确定了他们的窝点，就可以将他们一网打尽！

通知后，陆枭看着那人消失在居民楼里，再抬头观察楼上。一楼是车库，二楼和四楼都有人在晾衣服，还有孩子的衣服，大概是三楼的位置传来了老头儿的咳痰声，最后只剩下五楼和六楼……安安静静的，没有一点动静。

陆枭收回视线，看见附近一个小摊儿上有个阿妈在卖一些衣服。

再出现在楼下的时候，他穿着一件皮革制的黑色夹克衫，还戴着一副墨镜，脖子上挂了一条金色的链子，短发往后梳着，露出了额头以及那一抹明晃晃的疤痕。几乎是转瞬之间，他就完全变了一个样子，从上到下，连整个人的气质都变了。他嘴里叼着一根烟，火光映衬着额角的疤痕，冷硬之中硬是平添了一抹说不出的匪气。

他吞吐着烟头，走向了那栋居民楼。他身躯高大，哪怕是廉价的地摊儿货，穿在他身上都格外有气场，嘴里叼着根烟，匪气和痞气相结合，像是一个长相出挑的恶霸。

他进了居民楼的楼道里，这里的居民楼陈年老旧，已经有些年头了，白色的墙皮早就蒙上了一层霾色，灰蒙蒙的，上面还乱画着五颜六色的图案，贴着各种修门、修下水管道的小广告。墙角的墙皮还有些剥落，露出里面灰色的水泥痕迹，地面上更是脏兮兮的。

这边风沙本来就大，地面和窗台上铺着一层灰。

陆枭一步步上了楼梯，楼梯里很安静，那个人像是已经进入了“巢穴”，除了他自己的脚步声，再没有其他的动静了。

他上了一层、二层，等他继续往第三层走的时候，脚步突然定住了，抬头看着前面的这一幕。只见二楼和三楼间的楼梯扶手边，出现了两个人。

一个黄毛靠着墙壁，嘴里叼着根烟，一脚横踩在对面的楼梯扶手上，挡住了陆枭的去路，手中还拎着一根带着钉子的棍子。而另外一个人则是一个膘肥体壮的光头男人，脖子上和手臂上都印着文身，手中拿了一把匕首，正凶狠地盯着陆枭，视线不断地在他身上打量。

陆枭对上他们的视线，这一幕是意料之中，却也是意料之外的，如果他刚刚没有换这一身行头，或许他们早就冲上来了，楼上的人也赶紧跑路了，可偏偏他以前执行过比这更严峻得多的任务，凡事都会留一手。

眼下看着这一幕，陆枭倏然低下头，嘴角轻扯了下，轻笑一声，似有几分讽刺和不屑。

“你笑什么？”那个光头被激怒了，上前一步。

陆枭指间夹着烟，缓缓地轻吐了一口气，眼底神色淡漠，不紧不慢地道：“笑了又怎么样？怎么，你们这是想打架？”看着他们手中的棍棒和匕首，他像是一点都不畏惧似的，反而觉得好笑。

这话一出，那两人互相看了一眼。随后，那个黄毛面色阴沉地道：“你来这里做什么？”

如果这个让他们守株待兔等到的人，是他们的对立方，那他应该再清楚不过，他们堵在这里做什么。

就在这两人和陆枭对峙的时候，一抹人影出现在楼下。温弦的胸口剧烈地起伏着，不停地喘息，她一路狂追，可是跑到这个区域后，完全失去了陆枭的行踪。

温弦四下环视着，似乎想找到他留下的蛛丝马迹。就在这时，她不知道看到了什么，顿时一愣。随即，她迅速出现在一个摆地摊儿的阿妈面前，抓起一件黑色的冲锋衣，连忙问道：“这是谁的衣服，他人在哪儿？”

那个老阿妈一听，颤颤地伸出手，指了一个地方，温弦的视线看向了那栋破旧的居民楼。

温弦再起身的时候，深吸了一口气，冲着那破旧的居民楼走了过去。

“我出现在这里和你们有什么关系，嗯？你们算什么东西？”陆枭慵懒地轻吐出最后一口烟圈说道，随后将燃尽的烟头摁灭在窗台上，动作极为缓慢，将烟头重重地碾压成渣滓。

他语气淡淡的，可那眉宇之间的神色已然不耐，眼底流露出几分轻蔑，最重要的还有那一股子说不出的狠劲！

那个黄毛死死地盯着他，攥紧了手中的棍子恶狠狠地道：“就凭你根本不是这栋楼的住户！今天你不说清楚，就别想离开！”他说着活动了下脖子，发出咯咯的声音。

就在双方针锋相对、剑拔弩张的时候，楼道里突然进来人了，那脚步声分外清晰明显，顿时几个人的神色都有些变化。尤其是陆枭，担心是无辜的普通老百姓，怕出现意外。

随着那脚步声越发靠近，已经抵达二层的时候，陆枭的余光下意识地看向来人，结果一触及来人，他的拳头都攥紧了。

下面的脚步倏然停顿了下，下一秒，楼道里就响起了一个娇滴滴的女人声音：“亲爱的，你好坏啊，你说要跟人家玩玩儿，就在这个破楼道里玩儿吗？”

听到这话，黄毛和光头两人瞬间愣住了，什、什么？！

紧接着，他们看见一个身材曼妙的女人走上来，直接依偎在了那个男人的身上，双手还顺势勾住了他的脖子。

陆枭垂眸，表面上看不出什么情绪波动，眼眸却直勾勾地盯着温弦。他怎么都没想到，出现在这里的人竟然是她。

温弦扭着腰在他身上蹭："哥哥，你好讨厌呢，有宾馆不去非要说这里刺激，可人家还偏偏……"说话间，她的脑袋就往他的脖子、脸颊那边蹭。

而另外两人听着这话，已经傻眼了。他们就算再迟钝，也看得出这两人是来这里找刺激的。

温弦似乎这时才发现楼梯上的另外两人，顿时吓了一跳，尖叫一声惊慌失措地道："亲爱的，他们是什么人？！为什么会在这里？"与此同时，她害怕似的使劲往陆枭怀里钻。

陆枭目光灼灼地盯着她，眼神越发深沉，直到最后，他突然扣住她的腰，将她反摁在窗台上。

陆枭捏着她的下颌，俯身——

温弦顿时瞪大了眼睛，陆枭越发用力，扣紧她的腰。

等两人再次分开的时候，陆枭看向上面的两个人，微微咬牙："还不赶紧滚？"

那两人这才对视一眼，收回了刀棍，有些讪讪地往楼上走。其中一个人走在后面，走的时候还往陆枭他们俩身上多看了几眼，似乎还有些回味。

现在这些人真会玩儿，刺激！

在那两人离开后，陆枭的手还紧紧地扣着温弦的腰身，此时他的视线已收回，缓缓落在了她的面容上。

温弦也望着他，眼眸里闪烁着点点的光，莹润又明亮，和他对视之间，哪怕什么都不说，却已经胜过千言万语。

温弦是真的没想到，这破旧的居民楼里竟然会是这种场景，但也是转瞬之间就反应过来她应该怎么做。

自己说出那种话，无论在哪种场景之下，都能替他解围。并且，还有一点不得不说，陆枭突然变成了这个样子，她一眼扫过去的时候，差点都没认出来。

该怎么形容……仿佛之前正直冷硬的他变了一个人，虽依然帅气，却多了几分散漫不羁的匪气，一看就不是好人，可偏偏这副模样别有一番说不出的味道，依旧让人心痒。

二人对视着，最先收回视线的，还是陆枭。他眼眸漆黑，深沉难明，手下又收紧了几分，最后再看向楼上的时候，手中扣着她的腰肢的手收了回来，和她拉开了距离，沉声道："走，这里你不能留。"

温弦的眼神微微波动，她盯着他，嘴角轻扯："怎么，用完就跑，刚刚亲得可还满意？"

"你——"陆枭一时语塞，拳头都攥紧了几分，不过他没时间和她犟，只得沉沉地道，"这次是不得已，刚才是我对不住你了，现在立刻离开！"似乎刚才的一切，都是局势所迫。

陆枭看了一眼楼上，情况比他想象的还要严峻，无论如何已经打草惊蛇。

"如果我说不呢？"温弦这么说着，视线也看向了楼上。

不管对方是什么人，他们两人已经如此谨慎，更别说楼上还有什么人在等着，陆枭只身一人怎么能行？

陆枭深吸一口气，双手扣住了她的肩膀，一字一顿压低了声音认真地道："这不是你闹的时候，你必须走！我的人马上就来了，现在我必须上去。"

温弦的心头狠狠一颤。她表面上看起来是在任性，可是事实上，是在担心他现在上去……那太危险了，他不能连性命都不顾！

陆枭说罢，手摸到了后腰，拿出一把军用弯刀，转身就要上去。

就在他转身的一刹那，温弦突然拉住了他的手臂，整个人直接贴了上来，在他耳边低声说："陆大队长，刚才局势所迫我能理解，但是刚才你的舌头进来算怎么回事？我等着你站在我面前给我解释清楚！"说罢，她直接推开陆枭，头也不回地下楼离开。

陆枭盯着她离开的身影，浑身都绷紧了。她刚才的那句话还真的是令人……

下一秒，陆枭攥紧了拳，一手握紧军用弯刀，直接冲了上去！

刚来到五楼的时候，陆枭就闻到了空气中弥漫着的……血腥和腐肉味。虽然不是很浓郁，甚至夹杂着其他的香味，根据经验他怀疑五楼肯定有猫腻。

尤其是这帮人如此谨慎，这里一定有着不可窥视的秘密。

陆枭走到了楼道的窗户处，视线落在没有安装防护网的阳台上……

脏兮兮的水泥地上，散落着一罐罐喝完的啤酒瓶子，一地烟头，绿色的塑料垃圾桶内垃圾早已溢出。一个矿泉水瓶子里还装着橙黄色的液体，破旧的皮质沙发被烟头烫破了几个洞。

昏黄的灯光亮着，七八个男人正围着一张桌子打扑克，有的光着膀子，有的身上刺着文身，一帮人的嘴里叼着烟吆五喝六着，房间里乌烟瘴气。

在水泥地上靠边的位置还摆放着几个铁笼子，竟有两只活体金丝猴被关在里面，奄奄一息，爪子上沾着血迹。附近的一个黑色大塑料袋子里，不知道装着什么东西，隐隐有血水溢出。

“又输了，不玩儿了，真扫兴！”一个光头把牌一摔，骂骂咧咧着，回头看见那笼子里的猴子，顿时一脚踹了过去，笼子连带着里面的小猴子撞在了墙壁上，发出了哀哀的惨叫。

一个黄毛冷笑了一声：“我看是楼下那两人把你整激动了吧。”

光头说：“那两人真会找地方。”说着又在地上啐了一口，骂骂咧咧道，“要不是现在风声紧，我现在也找个女人。”

“哈哈！你要不要跟那哥们儿说说，借你玩玩儿？！”

其他人起哄。

“别说，那女人长得还挺漂亮，就是没看太清。”

“要不真把她搞进来？”

有人起了个头，其他人相视一眼，顿时也有些蠢蠢欲动，眼底流露出邪恶、猥琐的光芒。

就在这时，一个一直没出声的寸头男人，眯了眯眼睛，冷笑一声，不紧不慢地来了句：“在风声这么紧的时候，有陌生人出现在我们附近，你们就这么松懈吗？”

众人顿时安静了一瞬。

他在这里似乎还算个人物，那光头一听，顿时笑着道："吴哥，怎么可能？他们那模样一看就不是什么正经人，不信的话，你等着，我现在就把那两人弄进来。"

他说着起身，往客厅门口走去，就在他往这边走的时候，突然——

"砰！"迎面阳台的玻璃被人撞碎，伴随着玻璃碴横飞，一抹黑影从外面蹿了进来。

"啊！"一块锋利的玻璃碎片扎在了光头的脸上，他惨叫一声，想捂着脸却又不敢捂着，鲜血顺着脸流下来。

陆枭双手扣住窗外阳台的边缘，一脚踹碎了玻璃顺势在地上滚了一圈冲了进来。

这一动静让正在桌子旁边玩扑克的一帮人霍然起身，除了那个叫吴哥的。

那个光头男人在看清来人是谁的时候，顿时伸出了手指，颤抖着，震惊地瞪大了眼睛："你、你……"

陆枭起身，高大的身躯挡住了阳台进来的光，让他的容颜陷入阴影之中，整个人都透着冰冷肃杀的气息，像是地狱阎王。

他缓缓地抬起头来，看着眼前这一幕。房间里杂乱的一切、墙角的笼子、空气中弥漫着的血腥味和腐肉味，这里究竟是个什么窝藏点已经一目了然！

他的脸色越发阴沉起来，视线冰寒至极，而那边的黄毛看到从外面蹿进来的人是谁时，顿时大骂了一声："竟然是他？！我们被他给耍了，吴哥，他就是出现在楼道里的那个男人！"说着他迅速抄起家伙率先冲上去。

黄毛面目狰狞地大吼："你竟然敢骗我们，不管是什么人，今天都不能让你走出这个门！"

就在他拿着菜刀冲着陆枭的面门砍下去的时候，陆枭迅速一个侧身避开，随即一把顺势扣住他的手臂，膝盖往他的腹部狠狠一顶。他顿时手一松，痛苦地嗷了一嗓子。

一帮人都是残忍决绝，干着丧尽天良的偷猎的恶人，眼看着这人找上门来了，各个出手狠辣，似乎根本不顾他人性命。

就在这时，穿灰衣服的男人和那个叫吴哥的在桌子那边看着这一幕。

“吴哥，我们快点逃吧，我认出来了，他就是之前抓了壮子的人！”灰衣男人看着这男人出手果断凌厉，一看就是真正的练家子，声音开始发颤。

而那吴哥闻言，视线紧紧盯着陆枭，冷笑着道：“他既然能追到这里，就已经不是个好对付的主儿，只要他还活着，以后我们什么都做不了，所以……”说到这，他的眼底布满阴戾之色，“他必须死！”

楼上突然传来了一道凄厉的惨叫，正迅速赶到楼下的一帮人，听到声音纷纷瞪大眼睛。

楼上只有老大一个人。下一秒，他们迅速冲了上去。

不过，有一个人比他们的动作更快。

温弦在楼下本来就悬着一颗心，不停地来回踱步等待着支援，然而在听到那一声惨叫的时候，彻底蒙了一瞬。脑海里一片空白，随后她几乎想都不想就冲了进去。

别人她可以不管，但是陆枭，她不能眼睁睁地看着他有危险不救！

“不好了，吴哥！下面有一群人冲上来了！”那灰衣男人听见动静，连忙急切地大喊道。

男人听到这话，这才脸色一变，准备离开，陆枭看到那个男人要逃跑，再探出身的时候手中的匕首直接冲着他飞了过去——

眼看迎面的一把匕首袭来，那姓吴的男人一把抓住身边的灰衣男人挡在自己面前，匕首瞬间从他的耳边擦过，那灰衣男人只觉得自己耳朵一凉，下一秒就看见一个血肉模糊的东西掉在了地上。

“啊——”他捂着自己被割掉的耳朵惨叫，声音凄厉。

温弦冲上来看到的就是这一幕，那姓吴的男人正要往楼下冲，二人直接撞上。那人看见温弦后瞬间脸色一变，一把粗暴地抓住了她的手臂，挡在了自己身前，匕首抵住了她的脖子，声音阴冷地道：“跟我走！敢动一下，我要了你的小命！”

一个手无缚鸡之力的弱女人，这对他来说，是再好不过的人质。

此时楼下一群人冲了上来，他只能往上走了，一只手臂禁锢着温弦的脖子，带着她往楼上走。

陆枭冲出来看到那个男人禁锢着她，一把匕首抵着她的脖子，二人正往上面楼梯走。他浑身的血液都在上涌，望着那一幕，他将拳头攥得死死的，“咯咯”作响。

那姓吴的男人看到他，阴狠地冷笑一声：“不想让这个女人死，就让你的人都滚蛋，只能你一个人上来！”这个男人，今日不除，以后也是一个巨大的绊脚石。

而在他的话音落下后，他怀里的女人受到了巨大的惊吓，转瞬之间就梨花带雨，哭着对陆枭伸出手：“救救我，救命啊，千万不要让别人上来……我还不想死啊……”

她哭喊着说到“千万不要让别人上来”那几个字的时候，格外加重了语气，似乎真的怕得不行。

陆枭攥紧的手上青筋浮现，紧缩的眼瞳之中迸射出极致的寒光，像是一头凶猛的野兽在竭力克制自己的嗜血杀戮欲。

这时桑年、噶卓等人也冲上来了，看到老大望着上方，正一步一步地上楼，眼底仿佛刀刃出鞘，恨不得将对方千刀万剐！

桑年从来没有见过他们的老大这个样子，哪怕是和再凶悍的坏人作战时，都从未见过。

“老大！”

“都停下！一个也别跟上来！”陆枭怒喝一声，让下面的人全部停下了脚步。

他们不知道上面发生了什么事情，但是看眼下的情况，大概也能猜出来，事态比想象的还要严峻。只是，那楼上能让老大如此受威胁的是什么人？

陆枭一步步走上去后，桑年和噶卓他们这才冲进出租屋里，将其余人全部制服。

桑年看着出租屋里关押着的受到虐待的金丝猴，还有那个黑色大袋子里的——大黑熊尸体，简直气得眼睛都发红了，这帮猪狗不如的畜生！

“不行，我不能看着老大一个人上去，太危险了。”

桑年说着就要冲出去，噶卓是个成熟的三十岁男人了，一把拦住桑年，严厉认真地道：“你不能乱来，陆队既然不让我们上去，我们就不能上去，否则只能是添乱。”

桑年恨得咬紧了牙关，来回走了几步，最后怒吼一声，一拳打在了其中一个罪犯的脸上，对方的牙齿都飞出去几颗。

楼上，陆枭跟着一步步走上了天台。

天台的角落里堆积着一些破旧的花盆、废弃的轮胎和门框玻璃，甚至有一些木棍。

青海的风本来就大，更别提是秋季，又干又燥又寒，吹来的时候，让人的眼睛都要睁不开。

姓吴的男人手持着匕首抵着温弦的脖子，死死地看着陆枭，脚下一步一步后退，最后来到了天台桅杆的边缘。

那桅杆很矮，才到大腿，因为这是一栋年代已久的老楼，桅杆都已经上了一层斑驳的铁锈，有些松动。

陆枭死死盯着他们二人的身影，厉声大喊：“不想摔下去就别再过去！”

那姓吴的男人却置若罔闻，在温弦的脸上扫了一圈，阴恻恻地冷笑了一声：“看把你给紧张的，我看自己还真的没抓错人，这个女人应该不是普通的女人吧，是你的女人？”否则也不会突然出现在楼道里。

在这个男人的话音落下后，温弦像柔弱无助极了的样子，痛苦绝望地哭喊道：“老公……怎么办，怎么办啊？救救我……”

姓吴的男人内心惊了下，虽然有所猜测，没想到还真的是，果然连老天爷都在帮他，给了他一张这么大的王牌。

“原来她真的是你的老婆，怪不得你这么紧张。”他看到温弦脸色发白，声泪俱下，站都站不稳的憔悴模样，一点都没怀疑她说的话。

陆枭脸色阴沉难看至极，眼底都弥漫着一层冰霜。他没有反驳什么，只死死地盯着男人：“你说什么条件我都答应你，只要你放了她。”

“好！我就等着你的这句话。”男人说罢，抬了抬下颌，视线落在陆枭那把锋利的匕首上。下一秒，他冷血地道：“切腹吧，我要你死，否则死的人就是你的女人！”

天台的风很大，吹得温弦的发丝有些凌乱。他们二人的视线在空中对上，彼此深深看了对方一眼。

随后，陆枭低头，视线落在了匕首上：“好。”

温弦却挣扎着哭泣起来，声嘶力竭地道：“不，不要，老公……求你不要！”

那姓吴的男人听着女人绝望的哭声，看着陆枭举起匕首，对准自己的腹部，嘴角咧开，阴冷得接近于变态的笑声低低传来。

男人盯着陆枭，就等他死在自己眼前。就在陆枭双手握着匕首对准自己的腹部要插入的时候——

“嘭！”

那个男人只觉得突然有一股大力袭来，一个狠狠的过肩摔骤然摔得他人仰马翻。

陆枭一个飞扑，原本要插入自己腹部的匕首，直接狠狠穿透了男人的掌心，将他活生生地钉死在了地上。

“啊！”男人剧痛地惨叫一声，看着自己的手掌被匕首扎透，他的眼睛里都充斥上浓浓的血丝，额头青筋暴起。

匕首脱手甩出去，距离他不到一米处，男人不顾掌心撕裂的疼痛要抓住，可刚探出身体，后背突然被人一脚狠狠地踩趴下。紧接着，他就看见之前那个柔弱、哭得梨花带雨的女人，此时嘴角邪恶地勾起，却是一脸无辜地道：“哥哥，威胁一个娇滴滴的女生是很不对的哦，会付出很惨重、很惨重的代价哦。”

她说着，又收回了自己的脚，转而踩在他的另外一只手上，狠狠地踱，眼底的无辜柔弱退去，取而代之的是狠厉、强势、冰寒之色。

不说她是一个散打冠军，倘若真的是一个手无缚鸡之力的柔弱女人被挟持，那遇上这种没有人性的变态岂不是等着找死？所以对这种人，她怎么折磨都不为过。

而那个男人趴在地上死死地盯着温弦的脸，被欺骗过后的巨大愤恨和恼怒席卷而来，视线如蛇蝎一般冰凉狠毒，似乎恨不得将她抽筋扒皮。

可是下一秒，他的后领子被人粗暴地拽起，冰寒至极的声音落下："非法抓捕国家保护动物，暴力抵抗，再加上挟持人质，你被捕了！"

那个男人还想奋力抵抗一下，陆枭蓦地拔出了他的刀，拿出手铐，干脆利落地将男人的双手铐住。

就在这时，警笛声也响起来了。这里的犯案已经造成极为严重的后果，当地警方在收到消息后立刻赶来。

警察迅速将这里的人控制住。

天台上很快冲上来几个警察，其中一个像是队长，来到了陆枭的身边："陆队，辛苦你们了！我们也在追捕这一群盗猎贼，犯案性质已经不仅仅是动物了，还牵扯到人，罪不可赦！"

陆枭将人转交给他们，沉声道："徐队长，这只是其中一个窝藏分支点，他们上面还有主谋，环环相扣，麻烦务必从他们身上查到更多的信息。"否则，西部的几大无人区时刻都会笼罩在犯罪势力之下，利益只会催生他们变本加厉地作案。

"放心，有消息第一时间通知你。"徐队说罢，三五个人直接押着那个男人走了。

那男人似乎还极不甘心，死死盯着陆枭他们，直到他被带下去，消失在天台上。

眨眼间，刚才危急凶险的一幕瞬间被瓦解崩塌，一时间，这空阔的天台上只剩下两个人。

一个是温弦，一个则是死死盯着温弦的陆大队长。

风吹乱了她的发，也有些乱了她的眼。她抬手将发丝轻别到耳后，那张明艳动人的容颜上流露出一丝浅笑，望着他。

而陆枭脸色铁青，眼底阴沉得像是暴风雨来临前的滚滚黑云，恨不得将她吞噬。

温弦的眼底微微波动："陆大队——"长。

最后一个字还没说完，她就见他突然转身，头也不回地下了天台离开，似乎对她不闻不问。

温弦看着他离开的身影微微怔了下，随后，她轻扯嘴角，溢出一声轻嘲，不知是在嘲讽谁。

她知道他是生气了，可能还不只是生气的程度。

楼下，出租房里，陆枭正在和警方的人处理这里的动物。

金丝猴伤痕累累，塑料袋子里的黑熊已经死了，鲜血溢到地上。陆枭打开冰柜，发现冷冻层里都是大块大块的动物尸块。目测有黑熊、棕熊，好多熊掌都被砍了下来。

这是一桩非常严峻恶劣的违法事件，可怕的是，这还不是最上面的环节。

温弦下来的时候，就看见陆枭正单膝半蹲下来，解救出奄奄一息的小金丝猴，给它们弄了点水，在擦拭爪子上的血迹。

小金丝猴很通人性，虚弱地躺在地上微微抽搐的时候，那双大眼睛里隐隐有泪珠在打转。

温弦看着这一幕，不知怎的，本来觉得自己对任何事物的爱心很淡薄，尤其是在娱乐圈里，很难察觉到自己的情绪波动，面对很多悲惨的事情都面不改色。

可在此时，她望着那孱弱垂死的小金丝猴，看着它的眼泪，突然觉得心脏像是被拧了起来，又痛又酸，一时间难受得说不出话。

她避开视线，不再去看。

她的唇瓣动了动：“陆枭，我……”

陆枭却在此时突然起身，绕过了她，拎着两个小猴子的笼子直接走到门口，把它们俩给了门口的手下：“小心地带回去。”

“放心，老大！”

手下带着那两只小猴子离开，陆枭也出了门离开，警方现在要对这里进行封锁。他像是没看到温弦这个人似的，直接无视了她。

温弦深吸了一口气。好，很好，这是第二次。

温弦也出去了，一出楼道门，就看到陆枭他们一行人正准备离开，越野车已经开进了小区里。

陆枭打开车门要上去，这时突然一声大喊传来：“陆枭！你当我是死的吗？！”

这话一出，外面人的动作都定住了。

桑年、噶卓等人都有些被镇住，尤其是桑年，不断地在她和他们的老大身上来回地看。

他们其实早就蒙了，根本不知道温弦怎么会出现在这里。其实他们也隐隐猜出来天台上发生了什么事，只是看老大的脸色实在是太难看了，他们都不敢出声询问。

陆枭打开车门的姿势僵了两秒，再回头的时候，他直接摔上了车门，看也不看桑年他们，冷冷下令：“你们都先走，我有点事要处理。”

说罢，他走到温弦面前，一把握住了她的手腕将她粗暴地拖进了楼道里。

第五章

可可西里的表白

温弦被他大力粗暴地对待，后背“嘭”的一声撞在墙壁上的时候，痛得蹙眉，闷哼了一声：“你干什么？弄痛我了……”

她想推拒开他，两只手臂都被他牢牢摁住，压在脑袋两侧，像被钉住，一动都不能动。

陆枭的眼底却像是凝聚着滚滚阴云，暗沉得可怕：“痛？你现在知道痛了？你这个女人死都不怕，竟然还会怕痛吗？！”

温弦被钉得死死的，脸色气得白一阵红一阵，她偏开脑袋，咬牙道：“这是两码事，不能一概而论！”

“哼，两码事……”陆枭讽刺地冷笑一声，粗粝的手指掰过她的下颌，逼迫着她和自己对视，胸膛微微起伏着道，“为什么？温弦，你知不知道你到底在做什么？你以为你会两脚功夫就可以在这里出现吗？你有自己的生活不好好过，为什么非要掺和进这一摊浑水里？！你可能会死的，你知道吗？！是真的会死的！你到底想过没有——”

“砰——”最后伴随着再也忍不住的咆哮，他一拳狠狠砸在了她的脑袋旁边的墙壁上，像是一只彻底暴躁发狂的野兽，耳根处的脖子都青筋浮现。

温弦被陆枭吼得耳朵嗡嗡作响，都快要聋了，别不开脸干脆闭上眼睛。

是啊，她是一个风光无限的大明星，要风得风，要雨得雨，投资的产业遍地，钱多得花不完，不知多少人想过这种生活却是一辈子遥不可及的梦。可她却不顾自己的性命安危，第一时间冲进去找他。

她究竟是在做什么？

睫毛微微扇动了下，再缓缓睁开眼的时候，温弦望着陆枭猩红冷峻的眼眸，嘴角轻扯了下，溢出一抹轻笑，掩饰了内心深处的复杂情绪。

“对啊，你问我，我也不知道为什么要那么做。”

“你……”

“我就是见不得你死吧，我怕你死了。”

陆枭猩红的眼瞳一缩，浑身僵住。

她说什么？怕他死了？

男人的气息似乎屏住了，心脏停止跳动。

温弦却笑了，望着他。是的，她怕他死，也见不得他死，就那么坦诚地说了出来。

毕竟，他是一个好人，好到让她处处对比出自己的劣性、不足。

他就像是一束强烈的光，努力地在驱散这个世界的阴暗。她在扭曲和光怪陆离的阴暗世界里生活了太久、太久了。

不论小时候在充满暴力、折磨、饥饿、寒冷和贫穷中度过，还是长大后在钩心斗角、弱肉强食的环境中度过，她都感觉好久没有见过真正的阳光了，颓靡得像是一摊空有灵魂的腐肉。

所以在遇到他的时候，看他道貌岸然、满口正义，她只觉得是多么可笑、讽刺。

可是在后来，她发现他不只是说说，是真的刚正不阿，是真正在用自己的力量尽其所能地保护这个世界，狠狠碾压着邪恶的势力。

她像个黑暗里的小丑，对这束光唾弃，却又控制不住地被吸引，想去尝试触碰那道光，却不知如何靠近，只能依靠最初的本能行事。

看着陆枭浑身僵住，猩红的眼眸望着她，下一秒，温弦前倾身子，微抬下颌，唇瓣贴上了他的。

楼道里狭窄的窗户倾泻来一缕光，在阴暗中穿透空气，穿过空中的尘埃和颗粒，最后照射在了她垂下的眼睑上。她轻合双眸，微微仰头，贴上他的嘴唇。

男人的身躯僵在那儿，她柔软的唇瓣微颤着轻吮着他的唇。他看着近在咫尺的容颜、她精致清秀的眉眼，切身实地地感受着她的气息，他的身躯更加紧绷，浑身的血液都在这一刻凝固。

他握紧拳头，又松开，最后又死死地攥紧，似乎在竭力抵抗着什么情绪的冲动。

可就在这时，女人纤细白皙的手指探上了他的后脖颈，顿时一阵酥麻的感觉从脊椎直蹿上来，逼得他的理智几乎被冲垮溃堤。

她的手指继续往上，穿过了他漆黑利落的短发，让他的头皮发麻，脑海里紧绷的那一根弦终于断了，如洪水彻底冲垮了堤坝，理智崩塌。

男人再也忍不住，大手蓦地扣住了她的后脑，直接再次将她撞到了墙壁上，攫住了她的唇舌。

然而这次她后背不疼了，因为有一只大手替她挡住了。

午后的阳光越发炙热，越来越多的光线投射进来。

光影透过狭窄的窗户不断地转移，最后投射在斑驳墙壁上的，是两抹紧密贴在一起的身影。

外面，其他队员都已经开车先走了，桑年和噶卓以及扎西等人还在等待陆枭。

车上，桑年被他们的老大的吼声吼得心底一颤一颤的，也大致猜出来发生了什么事，他们除了震惊就是后怕。

桑年更是怎么都没想到，那个匪徒之前劫持的竟然是温弦。

他的女神不是已经离开了吗，又怎么会卷入这么危险的事情的？他怎么都想不明白。

眼下，他频频向后方的楼道口望过去，刚刚还喊着的老大，现在怎么突然就没动静了？

“不行，我怕出事，我还是下去看看！”桑年说着就打开车门出去了，扎西和噶卓一看他下去了，也赶紧下去了。

扎西阻止：“陆队的话你竟然敢不听，信不信我给你告……”

桑年打断他，忍不住担心地道：“我是担心弦姐，她之前被劫持肯定吓坏了，老大还这么吼……”她。

他的话没说完，来到楼道口不知看到了什么，后面的话顿时卡在了嗓子眼儿里。他瞪大了眼睛，难以置信，傻傻地看着那一幕，整个人都僵化了，脑袋如同死机。

而这时噶卓和扎西也看到了里面的那一幕，顿时纷纷瞪大了眼睛。可下一秒，反应迅速的二人捂住了桑年的眼睛，拖着他就走：“快走快走，少儿不宜，少儿不宜！”

桑年被两人一边架着一只胳膊无情地拖走，直到离开他还大脑发蒙，脑海里满满的都是之前看到的画面。

陈年老旧的居民楼里，他们的老大压着一个女人，不，压着他的女神、他的弦姐，在狠狠地亲……

温弦一只手勾住陆枭的脖子，一只手穿过他漆黑的碎发。唇舌纠缠，互相追逐，他的唇齿间带着化雪般的清甜，又夹杂着一股淡淡的烟草味，让她沉醉、深陷，不断跌入他赋予的汹涌情潮之中。

彼此之间的气息完全交融在一起，难分难舍，缠绵缱绻。

时间不知过去了多久，楼道里的两人再分开的时候，陆枭的胸膛微微起伏着，看着温弦的视线晦暗不明，复杂至极。

"你到底想怎么样？"他问，声音低沉喑哑得厉害。

是啊，她到底想怎样？

温弦从迷离中逐渐清醒过来，嫣红的唇瓣微微喘息着，再开口的时候，视线看向了别处，嗓音沙哑淡淡地道："我明晚的飞机，回上海。"

陆枭的身躯骤然一僵。

温弦："格林大酒店你知道吧，1425号房间，今天是我在青海的最后一晚。"

陆枭再次盯着她，脸上看不出任何情绪，可是浑身的气息都像是凝滞了。温弦只觉得被他盯得头皮发麻，可她还是低声道："陆枭，我今晚等你。"

说罢，不管他此刻什么想法，她看了他一眼，推开他的手臂，从他身前离开。

在她离开后，陆枭的身躯一动没动，一只手还抵在墙壁上，不知过了多久，他才缓缓收回了手。

温弦离开了。

桑年他们在车里一看见她出来就激动得不行，毕竟她可是他们的女神，一个超级大明星，可这样一个优秀的女人竟然被他们的老大给——

但，别说，这两人在一起的画面，竟还格外相配。

一个冷硬帅气，一个美艳动人。

桑年想喊住温弦来着，刚一开口就被噶卓捂住了嘴巴，噶卓盯着温弦一个人出来的身影，急忙道："劝你这个时候不要开口，否则，死无全尸。"

到底还是经历少，一点男女之事都不懂，少年莽撞得让人头疼，这个孩子是不是再过两年才能有点眼力见儿？

那两人吵得那么凶，吵完又亲，亲完一个人出来了，明显就是还有问题。

果然，在桑年望着女神的背影遗憾的时候，就见他们的老大出现了。

"快，坐好！不想死的话，刚才的事情就当没看见，什么都别问。"瞟着他们的老大如寒冬降临的身影，坐在副驾驶座的扎西连忙系好安全带说道。

桑年乖乖闭嘴。

陆枭回来了，上车后直接启动了车子，拉手刹，踩油门，一气呵成。

车子开离了小区，桑年坐在后面看不见他们的老大的神情，只能从车内的后视镜里看到他紧绷的下颌和那轻抿的唇瓣，整个人被阴云笼罩，气息压抑得死死的。

到底发生了什么，他想。

夜里，温弦站在酒店房间的窗户前，望着黑夜里的城镇，远处似乎有灯塔在闪烁，墨蓝色的天空下，星辰闪烁，冷月的清辉洒在远处皑皑的雪山上。

她的身上裹着一件白色的睡袍，一手环胸，手中端着一杯红酒，轻轻摇曳。

不久前刚洗完澡，长发散落下来，松垮的睡袍裹在身上，领口微敞，诱人的曼妙身躯一览无余，她美得惊心动魄，让人躁动。

温弦又轻抿了一口红酒，低头看了眼手表，21点了，陆枭还没有出现。

她明天的计划是去一趟巴颜喀拉山，来回一趟估计下午三四点就回来了，她再坐车离开前往机场，明天的这个时候她应该差不多在上海了。

这是一趟终要回归的旅程，是她的人生中一趟说走就走、肆意潇洒的旅程。

是的，肆意，潇洒，不仅仅在床事上潇洒，心上也潇洒，那才是她要的，不是吗？

温弦攥紧了酒杯。

酒店的走廊里安安静静。

这时，电梯门打开了，一抹高大的身影出现。他上身穿着一件黑色的帽衫，外面是一件黑色冲锋衣，下面是深色系牛仔裤。脑袋上戴着黑色卫衣帽子，微微低着头，帽檐遮住了他的眉眼。

他身材高大，两条长腿修长有力。

他出了电梯后，稍微一抬眸，就看见墙壁上写的房间号码箭头标志。1420 为分界线，左右两侧房间延伸开来。

男人淡淡地扫了一眼便收回目光，冲着右侧走去。

走廊里，两侧的墙壁上贴着暗橙色的复古花纹壁纸，上面还悬挂着一些油画图，脚下是红色的地毯，一直延伸至走廊的尽头。

夜里，走廊里的灯光昏黄，徒增了几分说不出的诱惑迷离之感。他路过了安全通道，路过了消防栓，路过了墙壁上的油画，一步一步，最后，脚步停下。

卫衣帽檐遮住的眉眼微抬，目光落在那个房间的号码上。

1425。

走廊里静静的，他站在酒店房间的门口，整个人不再动弹一下。

一门之内，则是她。

一门之外，则是他。

他的身躯站在那儿似乎僵硬了许久，最后微微侧身，靠在了门旁边的墙上，胸膛明显地深深起伏了下。

走廊里昏黄的光洒落下来，他微微抬起下颌，闭上眼眸，昏黄朦胧的光都化不开他棱角分明的冷峻容颜。没人知道那一刻，他究竟是怎么想的，他明明都已经来了。

今天是她留在青海的最后一晚，最后一晚……这是她二十多年来第一次来，但也可能是这辈子最后一次来。

他微微攥紧拳头，就在周围一切都安静不已的时候，突然，走廊里的电梯响了。随后，一个人出现在了走廊里。

那人穿着服务员的制服，推着一辆推车，上面摆放着一瓶红酒以及一盒……

这个服务员径直来到 1425 号门口，停了下来，摁响了门铃。

闪身进入拐角处安全通道的男人望着这一幕，呼吸微微凝住。

门铃响了两下后，房间的门开了。

“小姐，这是您订的红酒，还有这……”服务员递给她的是红色的盒子。

安全通道处躲避的男人，分明看得很清楚，那是一盒……避孕套。

“谢谢你！”一个熟悉的女人声音传来，她微微虚掩着门，伸出来一截白皙纤细的手臂。

她接过东西后，再次关上了门，服务员也推着车子离开，一切再次陷入深深的沉寂之中。

微微虚掩的安全通道的门内，光线很暗，只有走廊里微弱的灯光投射进去，男人依然没有动弹。

窸窸窣窣的声音响起，伴随着“啪嗒”一声打火机响起的声音，跳动着的火苗映出了男人唇齿间含着一根烟的冷漠英俊容颜。

黑色卫衣帽檐下，微垂的浓密睫毛遮住了他心底所掩藏的一切。跳动的火苗下，他鼻梁挺拔，鼻梁上似还被哪里刮了一下，落下一抹细小的血痕。

一个平日里永远一身正气、身躯挺拔笔直的男人，此时靠着安全通道的门，背微驼，浑身流露出说不出的散漫颓靡气息。时间一点一滴地在流逝，距离她不到十米的昏暗的安全通道里，烟头明灭闪烁。

他指间的烟一根一根地抽，最后散落了一地的烟灰。

温弦拿着一杯红酒，在房间里时不时地来回踱步。

从九点，到十点，到十一点，她已经有些醺醺然了，却没有等到他来。她仰头喝完最后一口红酒，嫣红的唇轻扯了下，明明是在笑，却溢出了一抹说不出的自嘲之意。

哈。

是啊，他怎么会来？他那么正直，对待任何事情都非常认真严肃的人，怎么可能会来……赴她的一夜之约？哪怕他对她有意思又怎么样？在他看来，她不过只是玩玩儿他罢了，只是惦记他的身体。

可是，不是吗？

温弦笑着，笑容充满对自己的嘲讽。的确，她这样思想龌龊的人，怎么配得上他？

到了这一刻，她竟然感到一丝庆幸，庆幸他没来，否则的话，那么一个恪守纪律的好男人，就要被她给玷污了。

墨蓝色的夜空，繁星璀璨，夜空随着时间的流逝在一点点地发生变化。

从深夜里的星空，到天际的地平线渐渐浮现一抹金色的光，再到那皑皑雪山后面上升的一轮火红的圆日逐渐显现。

新的一天，彻底到来。闹钟响起，早上五点。

温弦早早地醒来，睁开眼。她晚上睡觉没有拉窗帘，日出之时，天际间一片橙红的光相互交织，倾泻了一室。

房间里，除了自己绝无二人，安静得她只能听得到自己呼吸的声音。她轻扯嘴角，垂眸，手穿入有些凌乱的发丝中，起身去洗漱了。

去巴颜喀拉山的包车已经在楼下等着了。今天她穿着一件黑色夹克，里面是一件深咖色的高领毛衣，微微遮住了她白皙的下颌。

因为去山里，风很大，还会很冷，她特意戴了一顶黑色的帽子和一条巴宝莉围巾，下面是藏蓝色紧身牛仔裤，脚踩一双黑色马丁靴，单肩背着个芬迪的背包，出门了。

整个人又美又“飒”，气质利落帅气。

她往电梯的方向走，只是走着走着，不知察觉到了什么，脚下顿时一停。随后，她纤长的羽睫都微微颤了颤。

就在她刚刚路过的闪烁着绿色灯的安全出口处，里面一抹高大的身影也察觉到了什么，身躯僵住。

温弦屏住了呼吸，脚下一步一步后退，最后退到安全出口处时停下，看向那微微敞开的门内。

一地燃尽的烟头映入眼帘，满是烟灰。

看到这一幕的时候，温弦的心脏猛然紧缩起来，头皮都在发麻，指尖隐隐轻颤。她突然走上前，打开门，里面没人，地上还有一根火光闪烁的烟头没有熄灭。

迅速下楼的脚步声传入她的耳朵，温弦的眼睛肿胀酸涩起来，她想都没想就大喊了一声：“陆枭！”

楼道里传来了一阵阵清晰的回声，楼梯间的脚步声似顿了下，可随后又迅速地离开。

温弦只觉得心脏被无法控制的情绪闷得要爆炸了，顿时不顾一切地冲了下去。

陆枭，陆枭，一定是他对不对？一定是他！

他昨晚不是没来，相反他来了，可是没有进来，在楼道里抽了一夜的烟，靠着门整整站了一夜！

只因为，今天她就要走了。

温弦的鼻尖骤然酸涩不已，心紧紧地缩着，疼痛，颤抖。

这个傻子，这个傻子！

温弦迅速下楼追他，眼泪都要被他逼出来了。他是不是有病，他不是冷酷无情的大队长吗？不是这个世界上最理智、睿智的男人吗？！

可他来了之后，不进房间也就算了，只是默默地在外面守着她站了一夜。

温弦的眼眶模糊了，下到最后一层楼梯的时候还崴了下脚，她强忍着脚踝的疼痛追出去，酒店大堂里已经没有了他的身影。

等温弦出了酒店大门的时候，只见马路对面的不远处，一个戴着卫衣帽子的男人正低头钻入一辆出租车里。而那个身影是谁，她一眼就认了出来，再清楚不过！

“陆枭！”温弦再次声嘶力竭地大喊。

那男人像是没听到，直接进了副驾驶座。温弦想再追上去，可拖着崴了的脚踝，已经不可能追上。

在那辆出租车内，男人的唇瓣微动，沙哑的声音报了一个地名后，就不再开口。

靠在椅子上，他的视线透过车窗外的后视镜，隐隐看到了一抹一瘸一拐冲着他这个方向试图追来的身影。

陆枭微抬起下颌，喉结艰难地滑动了下，闭上了眼睛，掩去了一切隐忍和挣扎。

一夜风流，他不能那么做，也不会那么做。或许对温弦那个世界的人来说，这如同家常便饭，稀疏平常，可对他不同。

他心系国家，会把自己整个人都奉献给国家，一辈子忠诚。

他心系一个人，才会把自己的身体交付与对方，同样，一辈子忠诚。

不是一夜风流，而是一生忠诚。

说他固执也好，传统也罢，他出身严谨苛刻的家庭，父母的警句和国家对他的要求都还历历在目。

母亲对他说，如果将来他认定了一个人，就让她成为自己一辈子的妻。

而温弦，不会想成为他的妻的。

或许，他们终究是两个世界的人。

陆枭再次睁开眼睛的时候，眼底的隐忍散去，只剩一片清明。

巴颜喀拉山也是青海和西藏的交界线。这里常年有积雪的高山，壮阔迤逦，遍地冰河，山间谷底上，野牦牛和野藏羚羊成群结队。

一日游包车小分队继续深入其中，越往里面，景色越壮阔，可是路也更加难走。

车子在黑戈壁滩上剧烈地颠簸，温弦坐在那辆吉普指挥车里只觉得头晕目眩，被颠得有些反胃。车子即便有减震器，可在这种地方依然难行。

景色美虽美矣，宛如天堂，可这个地方真的不是人能生存的，不过，快了，下午她就回去了，晚上坐飞机离开，这是她在这里最后一天的行程。

傍晚，西部管辖区。

一阵急促的电话铃声响起，有队员接听了电话。

片刻后，队员立即冲到食堂，急切地对所有正在吃饭的队员道：“不好了，出事了，今天白天有一个十人的旅游团队在巴颜喀拉山区域失踪了！”

听到这话，众人也顾不上吃饭了，霍然起身往外冲，陆枭立刻道：“马上确认最后车辆位置的GPS以及所有失踪人员名单！”说话间，他已经迅速抓起衣服出门。

傍晚时分，管辖区外面，一辆辆越野车的车灯此起彼伏地亮起，立刻前往巴颜喀拉山。

前往巴颜喀拉山的几辆越野车在公路上疾驰着。

“老大、老大，查到了那两辆失踪车的最后定位，在年保玉则一带！”桑年这边收到了旅行社发来的相关车辆定位信息。

陆枭开着车，视线在GPS地图上迅速扫了一眼，心底大概知道是在哪个位置了。他冷静地沉声道：“现在确定失踪人员没有？”

桑年：“在等旅行社那边发消息过来，目前已知的是一共两个司机、一个导游、七个游客，这是一个精品小团，每个人花上千元专门包车去的巴颜喀拉山。”

说到这里，桑年忍不住低咒了声：“我看这哪里是花钱去享受啊，这是花钱去找死了！再说现在还不知道他们遭遇了什么，倘若遇到了流沙、冻流层，那就废了。”

不是他说话难听，这话说的确实是事实，这种季节、天气、容易失踪的地方，一旦出现点什么意外，说不好真的会没命！

陆枭轻抿唇瓣，眼底暗沉沉的，当然知道有多么危险。

说话间，他们的车子驶入的地方已经阴云密布。陆枭望着即将下暴雨的天空，脑海里突然想到了一抹身影。

她说过，她今夜的飞机。这个时候，她应该已经离开了吧。

桑年的手机倏然响起，一条信息发了过来。

“来了，确认失踪的人员名单发来了。七个游客分别来自北京、湖南、上海……”桑年说着那些失踪人员的信息，在视线触及某个名字后，瞬间就噤了声。嗓子眼儿里的字眼全部卡在那儿，眼睛瞪得大大的，看着短信上出现的上海市后面对应的名字，他整个人都傻掉了。

随后，桑年拿着手机的手，忍不住轻颤起来。

“老、老大……”他再开口时，舌头都打结了。

陆枭看桑年脸色僵住，微微蹙眉，莫名地心底隐隐浮现出一股不好的预感。

“怎么？”他开着车，目视前方的公路。

桑年的脸色难看极了，说话结结巴巴的：“失、失踪游客里有一个女人，名字叫温、温弦……”

这话一说出来，骤然响起车轮和沥青地面摩擦的尖锐的声音。车子一偏，被一个急刹车停在了公路侧边，后面的越野车继续迅速前行。

下暴雨了，震得耳膜作响，可是陆枭在这一刻，似乎什么都听不见了，耳边只回荡着桑年的那句话。

“你说什么……”车子停在路边，外面暴雨倾泻，陆枭望着桑年，问道。

桑年的眼睛里浮现出慌张和无措之色，这个世界上还能有几个温弦呢？

桑年干脆把手机递给了陆枭，犹豫着开口：“老、老大，会不会是重名了？”桑年看着他们老大的视线死死地锁着屏幕。

短信上面将每个人的身份信息写得清清楚楚。

温弦，上海人，住在上海浦东新区陆家嘴，今年二十四岁。

这个信息和当初第一次见面时，陆枭看到的她的身份信息一字不差。

时间似乎停止了，血液似乎都凝固了。

“老、老大……”桑年到底还是个刚成年的少年，自己的女神和他们生活了一星期，如今说失踪就失踪，巨大的恐惧感彻底将他笼罩，心脏一阵阵地收缩着。

再看向他们的老大时，桑年的眼眶都微微泛红了。而他们的老大收回了视线，放下手机，手再次落在方向盘上，只是那手指攥得紧紧的，手背上青筋浮现。

谁也不知道这一刻，他在想什么。

狂风卷着暴雨倾泻而下，噼里啪啦地疯狂砸在车窗玻璃上。一阵越野车的轰鸣之后，车子如嘶吼的猛兽一样蹿了出去。

他们的车子逆风而行，疯狂却强而有力地撕开这倾天雨幕。

时间不知道过去了多久，此时夜幕已经降临。

白日里还晴朗的天气骤变，天空中黑蒙蒙的，远处暗沉得像是有暴风雨要袭来，风沙走石，狂风大作，吹得那一辆越野车都微微晃动，风声似鬼哭狼嚎。

一块拳头大的石头骤然随着劲风袭来，“啪”的一声狠狠砸在了车玻璃上，玻璃瞬间裂成蜘蛛网状。

“呜呜呜，怎么办啊？我好害怕，我们会不会死在这里？”车内一个二十岁左右的女孩子忍不住哭啼起来，小脸已经吓得惨白。

外面灰蒙蒙的，可见度极低，而他们的车子陷入了“鸡窝坑”里，越踩油门陷得越深。

这趟出行的团队算上司机和导游才十个人，大家分成两辆车。巴颜喀拉山的海拔很高，最高的山峰高达五六千米，他们就处于平均海拔五千米的地方。

车内的氧气瓶快用完了，温弦坐在后面靠窗户的位置，脸色泛白，微微合着眼眸，尽力使自己的呼吸平稳些，围巾遮住了她的大半张脸。

真的是活见鬼了。她的运气差到爆了，刚来的时候被野牦牛群追逐，现在眼看着要走了，她又被困在这渺无人烟的山里。

外面狂风呼啸，暴雨似要袭来，他们的车子则倒霉地陷入“鸡窝坑”里，怎么都爬不上去。

所谓“鸡窝坑”，就是四周都是坡，中间没有缓冲的地方，想靠车子的动力爬上去是不可能的。沙子很软，以柔克刚，油门给的力越大，车轱辘陷得就越深。

再加之这恐怖的天气，任谁一时间都没了办法。信号也被恶劣的天气所影响，他们想找救援队都难。

随着时间一点一点地过去，车内的人的情绪越发崩溃，气氛压抑到了极致。

温弦感觉自己的呼吸更加困难了，脸色越发惨白，胸闷得很。她的呼吸越发急促，手抓住了车门框，细白的手死死地抠住。

那种感觉很糟糕，呼吸困难的她像搁浅在岸的鱼。她不会那么倒霉地死在这里吧……

旁边的女孩子正哭啼着，突然感觉身边哪里有些不对劲，蒙眬的视线再看向身侧捂得严实的女人时，一下子尖叫了声。

“啊！”

女孩子着实是被吓到了，她旁边的女人脑袋微微靠着车窗，脸色惨白，闭上眼睛一动不动了。

“喊什么喊？！”车里的一个男青年被这一嗓子刺激得来了脾气。

可那女孩子置若罔闻，轻颤着伸出手拉下温弦的围巾，本来是想试探她的鼻息，可看清她的模样时，顿时瞪大了眼睛。

她、她竟然是……女孩子震惊地发现车里一直沉默不言的女人，竟然是大明星温弦。

傻傻地愣了好几秒，她反应过来后，迅速扒出仅剩不多的氧气瓶，氧气罩对准温弦的口鼻，惶恐地轻唤着：“醒醒，快醒醒，不要睡啊……”

而旁边的青年小伙看到有人昏迷，顿时一脚踹在了前面司机的座椅上，发泄般咒骂："真是倒霉，你开的什么破车，你是想我们都死在这里吗？！"

"这是我想的吗？！现在吵架根本没用，如果没有人来救我们，那我们都得在这里等死！"司机也是个血气方刚的年轻人，被激怒忍不住回骂，一看就是没有太多带队经验的司机，车内的气氛骤然剑拔弩张。

两人说着在车里就要揪着对方的领子打起来。

副驾驶座上坐着一个发福的小胖哥，连忙要去劝架："别打了、别打了，车子陷得更深了！"

那个女孩子被这一幕弄得情绪更加崩溃，又要哭了。有人昏迷了，这么危险的情况下，这两人不想着自救竟然还打起架来！

温弦本来还有点微弱的意识，被他们吵得脑袋嗡嗡的，都快要炸了。胸闷的她恶心想吐，呼吸艰难，整个人痛苦不已，只觉得自己从来没有比这更糟糕的时候了，仿佛死亡就在眼前。

陆枭……

这个时候，她的脑海里浮现的竟都是他的模样……

温弦痛苦得眼角都逼出了泪，心头泛起可悲又可笑的复杂情绪。

她这一路走来，该是多么孤独无助，即便濒临死亡，脑海里想的都是一个在她生命里才出现了不过半个月的人。

她死死攥紧了拳，最后那点氧气也要消耗殆尽了，她的身体严重不适，比他们所有人都严重，只有她知道为什么。

她迷迷糊糊地挣扎了下，缓缓睁开了眼眸。不知是她的眼前模糊蒙眬，还是这天地间都变得混沌，她只觉得从昏黑的天色中看到了一抹微弱的光亮，一闪一闪的。

她的羽睫轻轻扇动，极为虚弱地呼吸着，是出现了幻觉吗？她攥紧了手，指甲都恨不得深入掌心，让自己保持理智。再看向车窗外时，只觉得那一闪一闪的光亮似乎越来越近，越来越近……

耳边还"嗡嗡"响着，因为他们的争执和打斗，车子也在微微晃动。男人骂骂咧咧的吵架声、女孩的哭泣声，一切都聒噪得让她再也无法忍耐。

下一秒，温弦松开氧气瓶，打开了车门，顿时狂风袭来，车门“砰”的一下撞在车身上，差点给折断。

“喂！这女人搞什么鬼，她是疯了吗？！”

他们反应过来的时候，只见那一抹纤细的身影，正艰难、跌跌撞撞地冲着混沌之中走去。

温弦坚信，前方有光。就像是她昏暗的世界里，出现了一个身上镀着金光的人，那个人的名字叫陆枭。

狂风吹得她的眼睛都睁不开，呼吸更加沉重，她的脚下虚浮着，在坚硬的黑戈壁上没走多久，就摇摇欲坠，似要被风给刮走似的。身后隐隐传来一个女孩子的大喊声，似乎还有男人的咒骂声。

但一切都和她无关了。她的世界里终于安静，只剩下风的嘶鸣。

黑茫茫之中，一辆牧马人越野车奔着失踪车子的位置飞似的疾驰，也不顾这一路上戈壁滩有多么难行。

桑年坐在副驾驶座上，手死死地抓着上方的把手，早就习惯这能把人的胆汁都颠簸出来的地面，心底被担心的情绪充斥，担心他的弦姐。

因为他知道失踪的车有两辆，他们分批寻找不同的车，他们这边能不能遇上弦姐还不知道。万一他们刚好错开，那就更让人揪心了。

“老大，真不知道我们能不能找到弦姐……”桑年内心紧紧地悬着，视线看向他们的老大，却只能看见他们的老大双手攥着方向盘，目光直视前方。

在他那句话音落下后，他们的车子猛地越过了一个斜坡，更迅猛地前往目的地。他似乎只想要快一点，再快一点，恨不得立刻能飞过去。

车子在高低不平的戈壁滩上疾驰的时候，明晃晃的车灯穿透空气间卷起来的尘沙，直接映照在一抹纤细的身影上。

“老、老大，有人！”桑年骤然大声号叫了一嗓子。

老天，这种天气竟然出现了一个人！

此时大家都发现了这道身影，那身影在黑暗中，在飞沙走石之中太难以被察觉了，如同戈壁滩上扭曲的胡杨，难以分辨出这是个人影。

温弦跌跌撞撞，虚晃着脚步艰难前行，到最后，脚下被风干的树枝绊倒，再缓缓爬起来，一步步挪动着脚步。

看着远处越发清晰明亮的车灯，她第一次有那么强烈的求生欲望。她还不想死，真的不想死。

她好不容易一步一步爬到这个位置，还不想死。

她好不容易，对一个男人真正动了心，还不想死……

只是她的身体实在是受不住了，是她作死，她不该来这种地方。可她还是想来这里看看，在他生活着的土地上，看看他平日里所看到的风景。

突然，她被一抹光刺了眼，似乎一辆车子在狂风中停了下来，有身影迅速冲过来。可是下一秒，温弦只觉得眼前一黑，脚下一软，身子跌了下去……

混沌的黑暗之中，灯光像神兽的两只明晃晃的眼睛，强烈的光束穿破混沌的黑暗，在耀眼的照射下，她跌下时纤细腰肢蓦地被一双修长有力的手臂揽入怀中，柔软的身子陷入了来人坚实的怀里。

腰肢被人大力揽住，紧紧地桎梏着，那一刻，任由所有的狂风嘶吼，她似乎都无所谓了。

风沙漫漫，有人揽她入怀，宽厚结实的身躯替她挡住了一切。温弦的意识变得虚幻而模糊，她只觉得自己产生了某种幻觉，身边有熟悉的身影、熟悉的气息。

有那么一刻，周围一切的寒冷、狂风仿佛全部消失了，她整个人被温暖包围，世界都安静了。

最后，她陷入了那温暖的黑暗之中。

男人直接将昏迷的温弦打横抱起，迅速往车上走去。桑年也赶紧下来了，打开后面的车门，让她更好地躺在里面。

温弦昏迷的时候，还时不时地咳嗽着，甚至咳出了一团粉红色血沫。陆枭脸色骤变，立刻吩咐桑年："快拿氧气瓶来，还有医药箱。"

桑年早就有所准备，迅速拿过氧气瓶递给他。

他们出来时，救援物资一定是要带的，尤其是医用品和氧气瓶。

陆枭将温弦送上了车，却没有让她躺下来，而是观察她的情况，令其靠在后座椅子上。

“桑年，快，从那边上来摁住她，让她先用氧气瓶呼吸。”说话间，陆枭迅速下了车走到后备厢处。等他再回来的时候，手中拿着一包一次性的医用导管。

他手上利落地操作着，将一个干净的面罩用酒精吸氧湿化，再用导管连接氧气瓶，最后将细小的管子插进了她的鼻子里。

情况比他想象的还要糟糕。

“老大，弦姐这到底是什么情况？我看像是高原反应引发了其他的并发症。”桑年紧张地道。

陆枭的声音低沉得可怕：“是高原反应引起的肺水肿。”说到这，他盯着温弦惨白的容颜，再开口道，“给我一支吗啡。”

温弦严重缺氧，肺部积水，现在使用酒精吸氧会增加气体交换面积，让她恢复得更快一些，注射吗啡也会抑制她的呼吸中枢，改善她的呼吸环境，降低胸廓负压以及起镇定的作用。

桑年取出一支吗啡和独立包装的针剂递给他。陆枭将吗啡一点点抽入针管里，最后推挤出多余的气体，迅速撸起她的袖子，露出一截细白的手臂，上面淡淡的青涩脉络浮现。

陆枭在撸起她的袖子的时候，不知看到了什么，动作微僵了下。不过随后，他继续手中的动作。

针头对准她的静脉刺入，吗啡缓缓顺着针头流入她的身体。陆枭的视线锁住她的面容变化，生怕她再有其他不适。

等做完这一切的时候，温弦的脸色明显好转了些，脑袋靠着车窗，唇瓣微动，昏迷中的她在低喃着什么，一声又一声……

那声音太微弱了。

陆枭蹙眉，低头侧耳去倾听。她却突然抓住了他的大手，一点一点用力，用尽了全部的力气那般，几乎有些执拗地紧紧扣住，唇瓣轻动：“陆枭……”

男人身躯一僵，听着从她的唇齿间溢出的自己的名字。

“陆枭……陆枭……”

一声又一声，在她的唇齿间缱绻，一遍一遍地在他的耳边萦绕。车窗外的风在嘶吼，车内微弱的轻唤，有一瞬间，让他心尖里的一根弦彻底崩断。

陆枭微微垂着浓密的睫毛，轻轻颤动了下，视线落在她的脸上，眼底是化不开的复杂深沉之色。

远处有救援车辆驶来，陆枭扫了一眼，再开口时，声音沉哑：“桑年，你去协助他们救其他人，我先带她回去。”

他们看见了不远处陷在“鸡窝坑”里的车辆，问题不大，只是需要外援借力救助。

“老大，你放心！快带弦姐回去，后面有我们。”桑年连忙开口，相比陆枭的沉着成熟，他倒是把所有的担心和急切都写在了脸上，只希望她赶紧平安。他说罢，赶紧离开去救援其他的人。

一时间，车内只剩下了陆枭和温弦二人。

车窗关得严实紧密，外面这会儿还下起了雨夹雪，雨滴夹杂着雪砸在车窗上，噼里啪啦响，反而衬得车内更加静谧温暖。

陆枭将自己的外衣脱下来，轻轻地披在她身上，望着她的眉眼、秀挺的鼻梁和些许泛白的唇瓣，最后抬起另一只修长的大手，落在她的眉眼间，轻轻摩挲，温和轻缓的声音落下：“温弦，我在。”

温弦，我在。

温弦醒来的时候，望着头顶的白色弧形圆顶，一时间没反应过来自己是在哪里。这地方很像是一个游牧藏人的蒙古包。

她动了动手，发现手背有些酸，偏头一看，自己手背上打着吊针，透明的液体顺着管子一点点流入她的身体内。

她竟然没死……

她昏迷的时候，脑海里一片黑暗，坠入无尽深渊，什么都不记得了。唯一的一点模糊印象，似乎是风雪中有车过来，她一脚踩空，跌入了一个人的怀抱里。而那个人的怀抱坚实温暖，身上还带着她熟悉的气息，很像陆枭，但她只觉得那是自己濒临死亡前的幻觉。

可如今看来……那人到底是谁？

她正想着，就听到蒙古包外传来了说话声和脚步声，有男人，有女人。

一束光从门口射入，温弦一眼就看到了那一抹高大的身影，金色的光落在他身上，从这个角度能看到他的侧脸冷酷非常，帅气逼人。

温弦看着来人，视线怔住，那人竟然是……

“太好了，陆队长，这位姑娘终于醒了！”说话的是一个藏族妇女，穿着传统的藏族服饰，衣袍上绣着繁复的花纹和图腾，脖子上戴着一个银质的嘎乌盒，垂在胸口。

她赶紧过来瞧瞧温弦，看温弦终于没事了，这才看向陆枭：“陆队长，你先看看她，我赶紧去拿一些吃的过来。”说罢，她迅速起身离开。

一时间，蒙古包里只剩下他们二人，一个站着，一个虚弱地躺在那里，视线在空中相撞。

看来濒临死亡的那个夜晚是彻底过去了。

外面阳光热烈，草原上野牦牛、野藏驴成群，缓慢移动，风景依旧宛如天堂。

而蒙古包内，他们相互对视。温弦向来能说会道，可在此时，她什么都不说了，只侧头望着他。

两人彼此注视，十几秒后，陆枭移开视线，目光落在蒙古包内的地毯上，最后落在挂着的吊瓶上，仿佛无处安放。

“现在感觉如何？”他轻咳了声，问道，声音虽然低沉，却比以往温和了些许。

温弦微动唇瓣，声音还是有些哑：“好多了。”她的视线依然望着他，从他进来之后，就没有移开过。

温弦不知道是不是自己的错觉，陆枭明明还是陆枭，可她总觉得他好像哪里变得不一样了。

是哪里……

陆枭听她嗓音沙哑，给她倒了一杯茶水，俯身单膝半蹲下来，微抬起她的后颈，喂她喝水。

温弦靠着他强而有力的手臂，心底觉得格外踏实。她低头喝着水，呼吸有些不畅呛了下，茶水也洒了些，陆枭连忙端走茶杯，认真地帮她擦拭着："别着急，慢慢喝。"

温弦的心颤了下，这真的是……陆枭吗？在以前，他肯定会皱着眉，有些不耐地呵斥她是不是嘴巴漏了，可现在他竟然说出这样的话，一点都没责怪她。

陆枭擦着她湿了的领口、下颌，最后擦她的嘴角，认真细致，接着视线和她相撞。温弦还在望着他，他从她的眼底望见了自己的影子。

"一直看着我做什么？"他问。

温弦有些泛白的唇轻轻扬了下，她缓缓开口："还不是……因为你长得好看。"

陆枭擦拭着她嘴角的手顿了下，随后脸微微别开，唇瓣轻抿。金色的光透过灰白色的帐篷，他的耳根泛起了可疑的薄红。

再开口时，他重咳了声，语气低沉："都这个时候了，你还没个正形，你知不知道你昨天小命差点就交待在山里了？"

温弦望着他，嘴角的弧度微微深了些，虚弱的语气让她的声音变得更加温柔，可说出的话却让人心颤。她缓缓道："怎么会？陆队长，我还没有得到你，怎么舍得死？"

我还没有得到你，怎么舍得死？

陆枭浑身都僵住了。这时，那个藏族老妇人进来了，端着一碗热乎乎的羊奶和一碟吃的，一进来就看见温弦在冲陆枭笑，笑容是那般好看。

妇人也笑了："看来姑娘恢复得还不错，你们这是在说什么，姑娘笑得这么开心？"

温弦看过去，故意微动唇瓣："阿婆，我刚才在说我还没有……"

唇瓣突然被一只大手捂住，阻止了她未说出口的话。

陆枭轻咳了声，连忙道："没什么，她说她饿了，想吃……"最后的字还没说完，陆枭不知感受到了什么，脑袋里轰然一下，瞬间整个脊椎都麻了，低头看着被温弦含住的一根手指。

看着这一幕，陆枭只觉得全身的血液瞬间上涌，直冲脑袋。

"陆队长，姑娘想吃什么？"阿婆看他说话说一半，端着羊奶过来问道，可还不等她来到二人身边，那陆队长"唰"的一下迅速起身头也不回地往外走，一扬厚厚的帘子，人就出去了。

他到底没回答上阿婆的问题。

阿婆微微诧异，这个大队长怎么话还没说完就走了？再看向躺在铺着的褥子上的人影时，她和蔼地笑着："来，姑娘不理他，也不知道他是怎么了。你来喝点羊奶，很纯的，好好补补身体。"

温弦微微一笑，笑得清纯无害："谢谢阿婆！"

妇人这会儿笑着："姑娘，你是陆队长的女朋友吧？"

温弦刚坐起来喝羊奶，一听这话，顿时被呛了下，差点喷出来，耳根都呛红了。不过倒不是害羞，而是因为真的被呛到。

阿婆连忙给她拿纸巾擦拭着："哎呀，一看你就是个单纯羞涩的好姑娘，你看，阿婆一问你的脸都红了，那么容易害羞。"

温弦弯着嘴角，眼角却隐隐抽了两下。她的唇瓣动了动，刚要说什么，就听阿婆继续道："姑娘，你不用害羞的，这有什么？阿婆一眼就看出了，陆队长非常关心你，你知不知道，昨晚他找到我们这边的时候，抱着你有多着急担心……"

那阿婆还在说着，可温弦听着这些话，却怔住了。

什、什么？他对自己多么担心，多么着急？

温弦蹙着小眉头，有点怀疑这个阿婆是不是想给陆枭介绍对象，才对自己这么说。

喝羊奶的时候，温弦干脆起身，好奇地想去看看陆枭干什么去了。真是的，她不就含了一根手指头嘛，又没含别的，他竟然还扭头走人了。

她之前跟桑年打听他的年龄，得知陆枭今年都二十八岁了。

都二十八岁了……那么恪守纪律、严肃认真的一个人，该不会还是个……

温弦走到厚厚的帘子边，轻扯开一条缝隙，探头探脑地往外看。

结果这一看，她就看见陆枭在自己的车辆后备厢处折腾着什么，看不清他的表情，只是莫名觉得他好像有干不完的活儿，停不下来，又像在发泄着什么。

她刚要收回视线，结果下一秒就看见陆枭忙完之后，胸膛微微起伏着，一只手撑着车窗，另外一只手伸出了一根手指，一直盯着，像是陷入了深深的沉思，正是她刚刚含着的那根手指。

温弦的身体着实好多了，现在她再清楚不过是谁救了她。

是陆枭，这个世界上再无第二个这样的男人了。

中午的时候，她跟阿婆告别。

上午自那事后，陆枭就没再出现在她的眼皮底下，直到现在不得不出现了。她走过去的时候，陆枭正在车前叼着根烟。

温弦微微偏头，冲着他眉眼弯弯地笑，笑容纯洁无瑕，简直要人命。

陆枭微微眯了下眼眸，别开脸，舌尖抵住腮帮子扫荡了一圈，最后深吸了一口气，咬牙："上车！"

远处山脉绵延，此起彼伏。山谷间牦牛、藏驴、藏羚羊远近成群。

因为这边地势低缓了许多，温弦觉得自己并没有那么不适，反而望着车窗外的景色，深深地沉浸在其中，每一处都美如画。

她觉得来这里会遇到一个怎样的西部地区，是天堂，还是地狱，全部取决于个人运气。

两人在车里，陆枭开着车，不怎么说话，温弦大抵是身子还有些虚弱，话也少了许多，时常会看着车窗外出神。

陆枭的视线时不时落在车内后视镜上，不知在看什么。

温弦趴在车窗上，晌午和煦的风吹得她额前的发丝轻轻飘动。

而后视镜里，正是她趴在车窗上的模样，哪里还有混迹娱乐圈的强势，反而单纯得像个孩子。

陆枭眼神深沉地看了一眼，下一秒，温弦趴着的车窗突然上升。

她“哎”了一声，扭头去看陆枭，后者声音低沉，严肃道：“你的身体刚好，不能吹太久风，老实坐好。”

他就不怕自己再骚扰他吗？

温弦坐好，脑海里想起之前蒙古包里阿婆说过的话。她说，陆枭在他们那一带，大家都认识他，他是一个有责任、有担当的好男人。

是啊，温弦想，她现在比所有人都清楚。只是偏偏在知道之后，她又陷入了深深的沉思。

她觉得这个男人似乎不该招惹，不能……被自己玷污，否则她心底惭愧。她坦白地承认，或许正是因为在乎，所以才变得忌惮了吧。

她挺喜欢陆枭的，但她并不觉得这是好事，不仅仅因为他们两个人不是一路人，更是因为陆枭根本……看不上她。

“陆枭。”

陆枭语气淡淡的：“怎么？”

温弦有几分犹豫：“我有些话想跟你说。”

“说。”他双手握着方向盘，看似目视前方，可她的一举一动都映在后视镜内。

莫名地，陆枭看她纠结犹豫的样子，心底微颤了下。她要对自己说什么，难不成是……

就在这时，温弦微微垂下了眼眸：“陆枭，我重新订了今晚的机票，马上要回去了，不管这段时间发生了什么，我还是想对你说一声‘对不起’。”

陆枭开着车的身躯一僵。

对不起？

温弦继续缓缓说着：“是的，我知道我给你惹了挺多麻烦，你也挺看不上我的，所以我对这段时间所有对你不合时宜的骚扰道歉。”

陆枭攥着方向盘的手收紧了。他轻抿了下唇瓣，再开口的时候，声音莫名冷了几分：“没什么对不起的，不用说这些。”

“不，需要说的，我那么被你讨嫌，你还救了我，这种恩情没齿难忘，所以……”说到这里，她顿了下，再看向他时，认真地来了句，“以后我都不骚扰你了，也没那个机会了。”

陆枭目视前方，一言不发。

明明他什么都没做，也没说，温弦感觉周身的气息瞬间冷了起来，很冷。温弦垂眸，不知道自己还能说什么。

终于到离开的时候，她不想放下也不行了，不如保留自己最后的骄傲。

陆枭开着车，修长的眼眸变得黑沉沉的，喉结滚动了下，握紧方向盘，不知在想什么。半晌，他才蹦出几个字：“那样最好。”

纵然知道他的态度，可当他亲口这么说，温弦的心底还是颤了下，有说不出的失望和涩然。

她真失败，难得对一个男人那么感兴趣，却被虐成这样，还真的是“天道好轮回”，大概是她曾经拒绝的男人太多了吧。

车内陷入诡谲的寂静之中，在她说完那番话之后，气氛说不出地僵滞。谁都不再说话，再开了三十来分钟后，男人突然将车子停了下来。

“怎、怎么停车了？”温弦问。

陆枭打开车门下车，没有回应她。

什么情况，她怎么觉得在说了“以后都不再骚扰他”之后，他对自己更冷漠了……

温弦看着陆枭下车，干脆也下去了。一下来，她才注意到这附近有片湖，湖很宽，在远处群山脚下。

陆枭头也不回地往湖边走，那湖边立着一块巨石，石块下筑一煨桑池台，四周经幡飘动，烟气缥缈。

“这地方可真美，叫什么？”

陆枭看也不看她一眼，抽出了一根烟含在唇齿间低头点燃，吞云吐雾了几下，这才冷淡散漫地道：“仙女湖。”

“啊？竟然叫这么仙的名字！”

还挺符合的。湖的尽头飘散着浓雾，的确别有一番意境。

“我们什么时候出发？”温弦低头看了一眼时间，问他。

岂料，陆枭有些不耐烦似的，冷冷地道：“你催什么？昨天半夜救你的人是我，今天又要赶时间回去，你以为谁都像你那般休息够了吗？”

被训斥的她竟无语凝噎，只好讪讪地摸摸鼻尖，识趣地躲开他。

现在的陆枭，明显火气有些盛。

看着她离开的身影，十来秒后，陆枭突然一脚踹飞了地上的一块石子，低咒了声。

温弦往车的方向走去，走着走着，前方的一幕猝不及防地映入眼帘，让她瞪大了眼睛。

在距离她几十米的位置，有一只小藏羚羊在吃草，像是落了单，重点是有一头狼在朝它逼近。

温弦看到这一幕，顿时屏住呼吸，一时间脚下都停住了。

此时那头狼已经盯死猎物，迅猛地冲着那只小藏羚羊奔去。眼看小藏羚羊快落入狼口的时候，一只大一点的强壮的雄性藏羚羊不知从哪里蹿了出来，竟直接冲着那头狼奔去！

到了嘴边的肥肉，那头狼不可能不收下，它一口咬住了那只藏羚羊的脖子，将其狠狠扑倒在地。而小藏羚羊在察觉到危险后迅速离开，雄性藏羚羊却葬身狼口之下。

这一幕来得极为突然，温弦整个人僵住了，指尖都在一点点地发麻，心头像是被什么重重戳了下，让她的神经有些崩溃。

这时，身后有低沉的声音传来：“这就是大自然，物竞天择，适者生存，没有一个动物逃得过。”

陆枭的声音在她耳边响起，只是在他的话音落下后，温弦还是一动不动地僵在那儿。

“怎么傻站着不动，你……”陆枭的视线落在她的脸上，微微怔住。

温弦眼睛一眨不眨地盯着前方，明明脸上没有太多表情，可那双眼眸却覆上了一层蒙眬的光。

陆枭低头看着她死死攥紧的手，手背上的脉络清晰明显。

“温弦？”他眼神复杂地唤道。

温弦羽睫轻颤，最后缓缓垂下，唇边溢出无声的自嘲。

“没事。”

话是那么说着，她的拳头又紧了紧，神色隐忍而又挣扎。

突然，手被一只大手握住，温弦一怔，在蒙眬的视线下，她紧攥得恨不得深入掌心的手指，被他一根又一根地掰开捋直。

“这样手心会被戳坏的。”陆枭没问她怎么了，直接掰开她的手，动作虽强势，却又温柔。

温弦内心一颤，鼻尖一酸，眼眶发热。

她格外不喜被人看到自己这副样子，尤其是陆枭，她动作僵硬地缩回手，视线看向他处，牵强地扯出一抹微笑，声音却带了浓浓的鼻音:“不用管我，没事，一会儿就好了。”说罢，她转身就要走。

不想让他看见自己崩掉的情绪，可她却怎么都忍不住。

手腕被人拉住。

“你的身体有问题，你知不知道？”陆枭突然开口，语气低沉。

温弦的身子一僵，再缓缓转过来的时候，她眼底湿润，嘴角却带着笑：“我知道，我没有脾脏，被切除了。”

陆枭的脸色骤然一变。

“没事，死不了，小时候切掉的，过去十年了。”她说得风轻云淡，像是在说别人的事。

而那话音落下，陆枭握着她的手腕的手瞬间紧了些，眼底似乎弥漫着黑压压的云。

“怎么弄的？”他问。

脾脏主要用于人体造血，具有免疫功能，对一个成年人来说或许不能如何，还有其他的器官可以代替这些功能，可她十几岁时就被切除了脾脏，那时她还是个正在发育的孩子！

温弦垂眸，足尖在金色的草地上蹭了两下，再开口时，声音很轻：“被人踢的。”

轻飘飘的一句话，重重地砸在了他的心尖上。陆枭的呼吸停滞了下：“谁踢的？”

温弦轻咬了下唇瓣，难以启齿，睫毛颤了颤，最后道：“我爸。”

陆枭显然有些震惊，纵然猜出她小时候可能受过欺负，却怎么都没有想到，那个人竟然是她的父亲。

“那人有暴力倾向，在外面没出息，受了气回到家就打我妈、打我。那次他在外面乱来，被我妈发现了，他反而恼羞成怒地对我妈拳脚相加，我去挡，他却揪着我的头发往墙上撞，骂我是赔钱货，最后狠踹我的腹部一脚。后来我疼得不行，差点休克，我妈连夜送我去医院。医生说我脾脏破裂，出血太严重，只能全切。”

说完，温弦低着头，指尖似乎在抖，眼眶里有什么东西控制不住地掉下来，嘴里却骂了句：“所以我最烦看见这种……”也最见不得。

连动物对自己的孩子都有爱，可是她从未感受过。她觉得讽刺，又觉得自己无比悲哀。

眼泪夺眶而出，扑簌簌地落下，温弦转过身，手指不停地抹去泪水，含着泪的眼底带着倔强和固执。

她不想这样的，那个人对她来说应该没有任何意义，也不值得自己落泪，她或许只是觉得自己太可悲。

没人知道那一刻陆枭是怎么想的，望着她转过去的身影和不断抹泪的手，他的心底深处像是被利刃戳了个洞。下一秒，他一把抓过她的手臂，将她拽入自己怀里。

温弦撞在他的胸膛上，下意识地想要逃避，觉得难堪，反而被他桎梏得更紧了。

“温弦，都过去了，那些都过去了……”他一只手摁住她的后背，一只手落在她的后脑上，轻抚着她的发丝，一下又一下，只是那只大手有些轻颤。

温弦却推开他，手抵住他的胸膛，眼底满是泪水。她声音沙哑地颤抖着道："过不去的……陆枭，过不去的。无论我变成什么样子，那些都将永远刻在我的回忆里。"

她不停地落泪，却又一副无比偏执的模样，让人心痛。可她说出的那些话，更让人身心俱碎："就如同我的脾脏，当年本来还可以挽救一下，切除一半，多花一些钱就可以了……可当年就为了那多出来的几百块钱，那个男人死活不给我拿……"

她说到这儿，只觉得可笑，有些神经质地紧紧抓住自己的头发，声音颤抖着道："所以，我拖得太久，大出血，医院的医生被逼得没有办法，只能给全切了。"

从那以后，她的身体格外虚弱，供血不足，免疫力下降，成了一辈子都无法挽回的伤害。而那一切，只因为少了区区几百块钱。

温弦说到这里，情绪彻底崩溃了。

陆枭的拳头攥得紧紧的，他一个字都没说，只是再次一把将她拥在了怀里，紧紧地拥住。

温弦没再挣扎，眼泪一点一点浸湿了他的衣衫，压抑着小兽般的隐忍呜咽。

真的无所谓吗……她当年也是一个孩子，直到现在都觉得委屈。她不是绝望，是委屈，是那种恨到极致却又不甘心的感觉，让她整个人的性格都变得黑暗扭曲。

都说她没有同情心，不知道什么是爱。可谁又有她可怜，谁又教过她什么是爱？

陆枭紧紧地将她摁在怀里，一只手扣着她的后脑，低头，下颌贴着她的耳边，闭上了眼睛。他竭力忍住眼睛的酸涩肿胀，等他再睁眼的时候，那双漆黑的眼眸微微泛红。

温弦，这个世界的确不温柔，有太多的阴暗面，可是即便如此，你也不要放弃对光的追求。因为光是存在的，这世间还有美好事物。

所以，温弦，如果这个世界不温柔，那么，可以让我试试吗？

让我做你的世界。

温弦在陆枭的怀里彻底发泄了一通，自己无比难堪脆弱的一面被他尽收眼底。

二十四年来，她从来没有在任何一个人面前这样过，之前她身体的伤痛和心灵的绝望，像是打碎的带血的牙齿，还要硬生生往自己的肚子里咽，全部都是自己一个人承受。

可如今……

温弦不知在他怀里哭了多久，缓缓拉开距离时，看着他身上的眼泪、鼻涕的痕迹，她通红着眼眶，还时不时地抽噎着，声音哑得厉害："陆、陆枭，对不起，我弄脏你的衣服了。"

陆枭低头看着她，她眼眶通红，鼻尖也是红红的，他抬起手用指腹轻拭她脸上的泪痕，鼻间淡淡地"嗯"了一声，道出俩字："没事。"

温弦长得美，就连哭的时候也是极美的，但更多的是让人心碎，楚楚动人，让他的心脏拧在一起，似乎要为她裂开。

男人望着她泛红的眼，很想再做些什么，给她一些抚慰，可最后化成了眼底深处的隐忍。

温弦不再流泪了，只是还抽抽搭搭着，那种失控的情绪不是她所能控制的。人的感情永远都是那么复杂，很多时候，生活中不知道哪一件事情就刺到了内心的敏感。

逐渐意识到自己在陆枭面前情绪崩溃，此时她的视线有些无处安放，仿佛还有些别扭和尴尬。她觉得很丢人，不知道陆枭会怎么看待她。

她抽噎着，垂眸看他，带着浓浓的鼻音，沙哑道："我、我先上车了。"说罢，她转身就走。

发泄完之后，她才知道有多窘迫，二十四年来，这是第一次，也是最后一次，她想。她才不要给别人看到她的脆弱和敏感。

陆枭盯着她转身离开的背影，双手微微攥紧。

"啊！"

突然一声尖叫传来，温弦的身子一歪，跌坐在了草地上。

陆枭迅速冲过去，看她皱着眉头，小脸惨白的样子，视线又落在了她的脚踝上：“什么情况？”他急切地问。

温弦动了下脚踝，疼得倒吸一口凉气，随后轻咬着唇瓣，难堪地道：“对不起，我不小心崴脚了。”

他手中握着她的脚踝，眉眼微垂，声音却沉稳有力：“温弦，受伤的是你，疼的是你，没什么好对不起的。”她到底是多怕给人添麻烦，连这种事情都要说对不起？

温弦的心颤了下。

此时，金色的草地上有风吹过，不远处的仙女湖烟雾缭绕，远处的雪山绵延起伏，巍峨壮阔，一切都那么美。

可有一刻，温弦的眼底装不下其他的，只有这个男人的身影。周围再迷人，却不及他半分。

“陆枭。”她柔柔地开口。

“嗯？”他单膝半跪在草地上。

“我喜欢你。”

风传开了她的心事，在他耳边荡漾开，又缱绻缠绵着被风吹散在整个草原上，散布在每一个角落。

九月的可可西里，都知道了她的心意。

第六章

入目无他人，四下皆是你

我喜欢你。

简简单单，轻飘飘的四个字，仿佛比任何字眼都更有分量，在他的心头上重重砸下。

陆枭表面不动声色，可心底已经掀起狂风巨浪，汹涌猛烈地袭来，彻底让他的防守被冲垮溃堤，只余下软化成水的心。

他缓缓抬眸，撞入温弦还微微泛红、蓄满了深情的眼底。

她认不认真，他的心底早已有数。

在什么时候，或许是在那个暴风雪的夜晚，她一遍遍喊着自己的名字的时候；又或许是在和犯罪分子作战时，她不顾一切地冲上来的时候；又或许在更早，更早的时候。

两人对视着，温弦自以为在娱乐圈混迹多年，能一眼看透人心，可她唯独看不透眼前这个男人。

明明也深深地望着她，让她整个人都陷入他那双似星辰大海的眼眸之中，可他却一言不发，一动不动。

果然是属于国家的男人，高深莫测，她想。

就在她沉浸在陆枭漆黑的眼眸中不能自拔的时候，下一秒——“啊！”

伴随着陆枭手上一个用力，“咔嚓”一声，温弦顿时尖叫一声，疼得眼泪差点又掉下来。

错开的骨头正回去了。温弦却觉得自己被深深欺骗了，哭闹着像个小孩子般伸手去打他，拳头落在他的胸膛、肩膀上。

这对他来说跟挠痒痒似的，陆枭一把握住她的手，将她扯了过来，温弦的后背跌在他的怀里。还没等她起来，就听他带着几分低沉温和的声音在她耳畔落下：“动一动，看看还疼不疼？”

他的气息落在她的耳边，痒痒的。

温弦像个小媳妇似的、听话地动了动，果然不疼了，感受着身后男人坚实温暖的胸膛，耳畔落下的呼吸，她贝齿轻咬唇瓣，莫名有几分羞涩，用蚊子声似的声音回答：“疼，走不了。”

陆枭低头，看着她羞涩泛红的耳根。

片刻后，草原上，男人往前面越野车的方向前行，后背上背着一抹纤柔的身影。

她才 47 公斤，对他来说简直太轻了，一只手臂都能托起她。

温弦搂着陆枭的脖子，趴在他的背上，侧脸枕着他的肩膀，内心被从未有过的踏实感一点点充满。

他的脚步沉稳，她感受不到颠簸，趴在他的左肩上的时候，温弦望着他的耳朵，突然贴了过去，挨着他的耳朵小声说了句什么。

陆枭浑身一僵，不知是那里极为敏感，还是因为她说了什么。他微微偏头：“你刚刚说什么？”

温弦有些诧异，难道他没有听到？

她没有想太多，几秒之后，鼓足了勇气对着天空大喊了一声：“陆枭！我对你思想不单纯了！”

整个草原上都回荡着她的声音，一声一声传开来，飘向远方，引得远处经过的一头麋鹿都看了过来。不知道的人，还以为是在草原上宣示着什么动人情话。

陆枭托着她的大手绷紧了些，手臂上的线条更加清晰明显。他低着头，唇瓣轻抿，可耳根都臊红了。

半晌后，他微微咬牙，蹦出了几个字：“不要得寸进尺。”

不要得寸进尺。

温弦趴在他的肩膀上，沉默了下，细白的手指不安分地触碰着他的耳根、耳垂。那感觉让他的头皮都跟着发麻，陆枭刚要喝止，就听她小声说：“不，陆枭，是我想让你得寸进尺。”

陆枭蓦然站定，深深吸了一口气，微微偏头，开口：“我还想把你摔下去呢，你看看可不可以？”陆枭沉声撂下一句话，“不想被摔下去就老实点，腿夹紧。”

温弦往上蹿了蹿，搂紧他的肩膀，陆枭以为她真的听话了，没想到她附在他的耳边低声来了句：“陆队长，你信不信，在其他时候我还能……”

不知她说了什么，陆枭只觉得浑身的血液骤然蹿上了脑袋，下一秒，大手一松，将她从自己背上扯下来。他涨红着耳根，头疼地扶额：“下、下来自己走。”说罢，他不再管她，直接走人。

“喂，陆枭！人家的脚崴了，好痛的。”温弦在后面假装一瘸一拐地哭哭啼啼。

陆枭头也不回地说：“我刚才给你接回去的是假腿吗？！”

温弦站直了身子，咬牙跟在他身后。

该啊，这张不老实的嘴。

两人在一起的时间，总是过得很快。

离开牧民的蒙古包，两人在仙女湖耽搁了些时间，这会儿都要到傍晚了。

启动车子后，温弦垂眸小声地嘀咕：“陆枭，你直接送我去机场吧，好不好？”

她想让他送自己。毕竟不知道以后什么时候能再见面，他们又没有什么关系。更何况，他也不可能来找自己。

陆枭从车内后视镜里看了她一眼，看她那眼睑微垂，平添几分可怜的模样，他漆黑深邃的眼眸深沉了些许。他没说话，不知是应下了，还是没应。

这时，温弦的手机突然响了起来。她连忙翻找出来，看着上面显示的经纪人的电话号码，微微调整了下自己的呼吸，接通。

“喂？”

里面一个女人的声音清晰地透过手机听筒传来：“我家姑奶奶，航班这次确定了吧，真的没有问题了吧？所有人可都等着你回来呢！”

经纪人是个风风火火的性子，却又不失谨慎认真，毕竟要回去，接机的程序都得安排上。

温弦随口问：“凌晨三点到，谁来接机？”

“还能有谁？霍二少爷亲自去接呗。你再不回来，他都要给我耳朵念叨得磨出茧子了。”

温弦还在说着什么，而旁边开车的男人，视线深沉了几分。

霍二少爷？

温弦说完，电话挂断后，车里再次陷入沉默。温弦抬眸瞄了一眼陆枭，看他认真开车，脸上根本没有任何波动。她心底微微叹息，让他送自己一趟，他应该不会拒绝吧。

她刚这么想，车子骤然一个急刹车，她惊呼了声，身子向前倾又被安全带拦住。

“怎么回事？！”她惊魂未定地望着陆枭。

陆枭皱眉，声音低沉：“我下去看看，车子好像出了点问题。”

温弦却蒙了，什么情况，车子出了问题？出现得这么巧吗？她晚上可是要赶飞机的。

她疑惑地看了眼陆枭，可见到他神色严肃，眉头轻皱的认真模样，她心底某种想法逐渐消下去。

的确，或许别人能做出什么事，可陆枭不会，他那么严肃认真，一丝不苟，铁面无私，恪守纪律……就这样一个人，绝不可能在背后搞什么小动作。

温弦想着，也跟着下车了。

陆枭察觉到她下来，眼眸深了几分，又转瞬即逝。

温弦担心地问：“什么情况，车子怎么无法启动了？”

陆枭沉声道：“应该是发动机里的油泵坏了。”

“啊？油泵坏了？！”温弦脸色一变，油泵坏了，车子是再不可能启动了，完全熄火。

她有些不敢相信，身子探过来想仔细看看。

陆枭察觉她靠过来，低头看似在检查车内的故障，然而手却在她看不见的位置，稍微一用力，悄无声息地拔下了燃油泵继电器。

温弦蹙着眉头叹息，有几分不甘心：“见鬼了，明明刚刚还没什么事，怎么说坏就坏了？”

陆枭语气冷淡：“这种事情不是第一次发生，又刚好被你赶上。”言外之意，就是没有办法了。

温弦抓了抓头发，看着落日已经来临，再开口时，多了几分无助：

“这可怎么办，我今晚还走得了吗？”再不回去，她的经纪人玲姐真的要拿刀来威胁她了。

她从他的口中听到了某种似审判的声音，无情且冷漠。

“今晚你走不了了。”彻底走不了了。

说罢，陆枭放下了车盖，走向后备厢。

温弦一听他这话，心头一紧，连忙追上去：“那该怎么办啊，你现在这是要做什么？”

陆枭下颌绷紧，沉默不言，听她不停地追问，也不回答。直到温弦眼睁睁地看着他从后备厢里拿出一个折叠的军用帐篷时，瞬间瞪大了眼睛。

等等，这是做什么？

陆枭将帐篷立在车边，又从后备厢里拿出常备的睡袋、防潮毯等，又看了一眼一点点落下的夕阳，这才不带任何情绪地回答：“车子坏了，最快也要等明天救援才能离开，眼下天就快黑了，要在天黑前搭建好帐篷。今晚只能在外面度过。”

他说什么，今夜他们要在野外度过了？

温弦不知想到了什么，视线盯着唯一的军用帐篷，傻了。她好像发现了什么非常不得了的事情！就一顶帐篷？！

陆枭单手拿着帐篷准备去搭建，刚走了两步，又停下，随后微微侧头，声音严肃认真：“今天是迫不得已，警告你，今晚不要对我有什么不纯洁的心思！”

温弦上一秒还露出微妙的、蠢蠢欲动的表情，闻言瞬间僵住。她垂眸看着脚尖，背着手纠结地扯着，小声又认真地咕哝了句：“知道了，我不会对你怎么样的。”

陆枭回头，目光深沉地看了她一眼，随后下颌绷紧，拿着东西扭头离开。

两个人还处于仙女湖的区域，车子根本没有开出去多久。而眼下，经验丰富的陆枭找到了一处平坦宽阔的地方开始扎帐篷。

这些东西对他们来说都是野外的常备品，必不可少的。更别提他曾经还是特种兵的时候，不论训练还是作战都要在野外进行。

温弦对这些一窍不通，看着他动作利落地搞定，很快，金色的草地上就支撑起一顶军绿色的帐篷，材质很好，非常结实。

他很帅，很厉害。

温弦站在一旁看着，目光怎么都无法从他的身上离开。

今日的傍晚美极了，远方的天际一片赤色，一片紫色，交融晕染在一起，大片铺散开来，映衬着地上暗色的地毯，映衬着远方的皑皑雪山，映衬着眼前男人冷酷帅气的侧颜……

她整个人都醉在了这暮色的柔光里。

在他搭建好帐篷后，她主动上前帮忙，像个居家的小女人似的，自己先钻了进去，帮忙铺着防潮垫。

陆枭盯着那抹纤细的身影趴在里面铺垫子、毯子，看着她细白的手指认真地铺平每一块褶皱。从来都是自己搭建帐篷的他，心底微微颤动。

“温弦？”他突然叫了一声她的名字。

“嗯？”温弦下意识地回头，坐直扭头看过来，眼眸里含着笑，贝齿轻咬唇瓣，笑盈盈的，模样甜蜜又羞涩。

那笑容像子弹一样，狠狠击中了他的心。

陆枭再低下头的时候，呼吸都紊乱了。她知不知道，她那个样子真的很像……像他的女人。

一切都准备好了，折腾了半天，夜幕也彻底降临。

火光跳动，夜晚凉了下来，可跳动的火苗却散发着灼人的温度，在这样的夜晚一切都刚刚好。

帐篷前的篝火上烧着热水，温弦缩在军用帐篷里一边吃着风干的牛肉，一边喝着热乎乎的酥油茶，视线却时不时瞥向越野车的方向。

也不知道陆枭怎么了，或许……他是真的怕自己对他做什么吧，搭建好帐篷后，都不过来，吃东西都在车上，似乎很不想和她单独在一顶帐篷里。

温弦掩去心底的一丝失落，吃饱再回头去看帐篷时，她的嘴角还是弯了弯。有些事情还真的是奇妙，明明以为自己今晚要在飞机上度过，却不承想……今夜竟是要和他一起睡在同一顶帐篷里。

在这草原上，在这可可西里，在这青海，在这浩渺的……银河之下。

晚上八九点了，温弦萌生了一丝困意的时候，突然听见外面传来窸窸窣窣的走路声，越来越近，最后在帐篷外停下。她意识到什么后，顿时心头一紧，脑海变得清明。

她侧着身，占据着帐篷里面一隅之地，小手蜷着放在胸口，看似是在睡觉。随着陆枭的脚步声过来，她只觉得自己的心头要被那只小鹿给撞飞了，心脏都要蹿出胸腔，耳根控制不住地发热、滚烫。

外面的脚步声在原地站定，天地间似乎一切都沉默了。片刻后，“唰”的一下，帐篷拉链被人从外面拉开，他进来了。

她要死了，心脏都要炸裂，现在她该装睡……还是该装睡？

进来的男人没有给她太多装睡的机会，温弦听到夜里他低哑的声音，带着些许温和之意：“冷不冷？”他问。

温弦顿时有些无措，支支吾吾道：“不、不冷。”

何止不冷，她只觉得自己身上都染上了炙热的温度，让她胸口发烫。

“嗯，不冷就好。”说着，他在帐篷外坐了下来。

他还不进来？

心底紧张却又带着某种期待的她小声地问：“陆、陆枭，你不进来吗？”

“嗯，还不困。”他的声音传来。

温弦轻咬唇瓣，缓缓睁开了眼睛。不知道是不是她的错觉，她觉得今夜的陆枭虽然自律，却又有点温柔。

她缓缓起身，想看看他坐在外面干什么。陆枭察觉到她靠过来，眉头微微一动。

两人一起坐在帐篷外，篝火在跳动，草原上格外静谧。

倘若是她自己，哪怕这夜晚再美她也会害怕得不行，可此时身边有他在，她却感觉无比安全。

银河浩渺，九月有银河的夜晚不多，一旦出现，便极为壮阔瑰丽，震撼人心。温弦微微仰着小脸，看着星河，整个人都深深陷了进去。

美，太美了，她还是第一次清晰震撼地看到藏区的银河。那是一种接近于墨蓝发紫的颜色，银河如编织的彩带，镶着星星点点的钻一般，在这个夜晚清晰呈现，格外浩渺。让她感到震撼的同时，又觉得自己如此渺小。

寄蜉蝣于天地之间，渺沧海之一粟。太渺茫了，尘埃不过如此。

她望着银河的时候，而身侧男人的视线却缓缓收回，望向了她。跳动的火光就映在她白皙动人的脸上，美得惊心动魄。

“银河太美了……”温弦痴痴地说着，等她收回视线，下意识地看向陆枭，猝不及防地撞入他漆黑的眼眸之中。

她呼吸停滞，心底也颤了下。他一直……在看着自己？

二人对视着，周围的气氛微妙起来。莫名地，温弦有些无措，迅速垂眸，火光映出她微微泛红的耳根。

可她似乎还是感觉他的视线落在她的身上，一动不动。

直到最后，她感受到他的身影一点点靠了过来。温弦浑身都绷紧了，细白的手指死死攥着袖子。

他的身躯倾了过来，草地上映出他的影子。而她也感受到了，和她逐渐交融在一起的温热呼吸……

冷月高悬，清清冷冷的月光如水迢递，倾泻在两个人身上，帐篷旁边的草地上映出两抹越发靠近的身影。

温弦的呼吸几乎都要停滞，这一幕是藏在心底心心念念了许久的，可当要来临时，她只觉得心脏要蹿出来，耳根滚烫得厉害，白皙的脸颊都染上薄红，鸦翅般纤长卷翘的睫毛轻轻扇动，羞涩至极点。

她垂着眼睑，根本不敢去看他。他微微偏头，视线落在她嫣红饱满的唇瓣上。

草地上呈现出来的影子，两个人几乎贴在了一起，就在这时，一道手机铃声突然响起，瞬间打破这气氛。

两个人僵了一瞬，下一秒，温弦手忙脚乱地拿出手机，那一刻，心底简直要炸了。

到底是谁在这个时候打电话过来？她要弄死他！

她拿出手机，看着屏幕上出现的来电显示名字时，眼前一黑，差点被气死过去。

陆枭盯着她手机屏幕上的那个名字：霍启。

他的眼底像是骤然席卷起黑压压的风暴，又是这个人打断了他。

好，很好。

陆枭沉默不言，漆黑冷漠的眼底闪过一抹凛冽之色，连带着周身的气息都骤降几个度。

温弦从没有如此想在这一刻宰了霍启，气得直接把手机关机，丢在了草地上。

顿时，周围再次陷入死寂的沉默之中。不过，这一次比之前多了几分说不清、道不明的尴尬气息。

“怎么不接？”陆枭微动唇瓣，语气冷淡了些许。

温弦心头一颤，连忙委屈巴巴地攥着他的袖子解释：“我跟他不熟，不认识，什么关系都没有。”她的求生欲很强。

哼！

陆枭的嘴角轻扯，视线看向远方的夜空，语气淡漠极了：“不认识，他怎么会有你的手机号？”

温弦委屈：“我发誓，我真的和他没关系，他是想追我，可我一直拿他当姐妹。”

“姐妹？”陆枭蹙眉，是个女人？

温弦为了追男人，简直把霍启当狗来屠。她急切地说：“他长得跟个女人似的，恨不得比我还漂亮，就是一个娘炮！小白脸！我没兴趣，一点都没有，我只对你……只对你有兴趣，看见你的第一眼就栽进去了，看见你的第一眼我就想上、上……”她意识到自己在说什么，顿时戛然而止。

脸臊得不行，她怎么一不小心就把内心的真实想法说了出来？

她看见他的第一眼就栽了进去？第一眼就想……上什么？

气氛又沉默下来，不过这时周围的气息有些燥热，让人内心不安地躁动。

半晌后，空气中传来了一个蚊子声似的羞涩软糯声音：“还可以继续吗？”

“继续什么？”陆枭问。

温弦的内心受伤了，继续什么，他难道不知道吗？

她眉眼微垂，遮住了眼底的失落：“没什么，算了……我困了，还是先进去……嗯！”还没等她说完，下颌突然被抬起。

温柔而清冷的月华下，陆枭偏头吻住了她。

有夜风吹来，撩动了她的发丝。帐篷立在旁边，清冷的月光将他们的身影投射在草地上。

逐渐地，那两抹影子不知何时缓缓倒了下去……

银河缥缈，星光璀璨。风轻轻浮动，这个九月的夜晚，难得地温柔。星河之下，不远处似乎有麋鹿出没，明亮的眼睛望着这边，像是感受到了什么，却什么都没有看见。

优雅的麋鹿往前一步，这时终于看到被帐篷挡住的一侧草地上，隐隐露出来的手。有人躺在草地上，一只修长有力的大手和一只纤细白嫩的手交叠在一起，没过了头顶，十指紧扣。

这时，又有一头麋鹿出现，相比之下，身形小一些。

两头麋鹿在月色下并肩而行，时不时交颈依靠，在这缥缈的银河之下，不论是哪一种生物，都是神圣而美丽的生灵。不论这个世界多么虚幻、银河多么缥缈，不论在哪里，似乎只要有自己爱侣的陪伴，这世间便已然足够。

此时，雄性麋鹿的耳朵微微一动，夜里这些生灵的听力更加敏锐，再冲着发出声音的地方看过去时，只见一个身躯高大挺拔的男人打横抱起了一个身形纤细的女人。

那画面很美，女人的长发挨着他的手臂倾泻下来，拨动着月色。男人俯身低头，二人便消失在了它的视野之中，进入那和夜色近乎融为一体的军用帐篷里。

它见过这个东西。很多人类会在有银河的夜晚来露营，只不过这个看似稳定的房子，其实是有生命的。果然没多久，等它再抬起脑袋看过去时，沉默不言的房子动了起来……

两头优雅而美丽的麋鹿望着那一幕，漆黑而明亮的眼眸里似有些不解的神色，即便不解，也不妨碍它们。

银河下，两头麋鹿交颈恩爱，走在哪里都彼此陪伴，像是一脚踏空，跌入了墨蓝色和紫色晕染在一起的璀璨银河里，陷下去，继续陷下去。

周围点点的星光格外明亮，似徜徉在自己的指尖，又似在自己的肩膀上跳动。

自己似乎和周围的一切融为一体，仿佛能感受到来自天地间所有生命的呼吸、所有的生灵所奏起的华丽乐章。

那两头麋鹿优雅地迈着步子冲着帐篷走去。

帐篷没有拉严实，女人的一截白嫩纤细的手臂露了出来，只是不知道发生了什么，那细白的手指死死地攥住了草地。

它们好像感知到一丝危险的气息，没有再靠近。那边的气息不知从什么时候慢慢发生了转变，像是绷紧了弦的弓，气氛变得格外危险而紧张，仿佛有凶猛的浪花在海面上拍打，有汹涌的浪潮在滚滚袭来。

两头麋鹿退后一步，在它们离开的时候，似乎听到了不知从哪座山上传来的钟声。

那钟声很响，似要将整个夜都给撞碎，也撞碎了她的最后一点点理智。

翌日，微风浮动，越野车疾驰在公路上，正前往机场。

"好了，这次真的会抵达，是真的，啊？昨天是怎么回事？昨晚、昨晚……"

车内，温弦接着一个电话，被电话里的人追问得一时言语无措、支支吾吾的，视线扫了一眼旁边开车的男人，又迅速移开。半晌后，她扭头看向车窗外的景色："别问那么多了，玲姐，我回去再跟你说。"

温弦说罢匆匆挂断了电话，车内陷入安静，只有风的声音。

她恨不得把自己都缩起来。她穿着深咖色的高领毛衣，外面是一件黑色夹克，美艳又帅气。不过此时半张小脸都藏在了领子下，只露出秀气的鼻尖、微微扇动的睫毛和泛红的耳根。

昨晚……昨晚她真的要死了，温弦有些后悔招惹了陆枭。

世间最凶猛的野兽也不过如此，将她一点点吞拆入腹，吃得连渣都不剩。她今天一觉睡到晌午，醒来的时候浑身酸痛，像被无情地碾过。

她睡了那么久，他都没有叫醒她。

再次醒来的时候，车子也修好了，她不知道是救援来了，还是他修好的，也没有问。因为那些都不重要了，那些是藏在风里的秘密，只可意会其中的奥妙。

毕竟，昨晚车子怎么就坏了呢？

经过服务区，车子停下。温弦去上洗手间，只是下车的时候，她动了动腿，咬紧唇瓣。

越野车的车身高，以往她上下车灵活得很，可眼下……

突然，身侧的男人那边的车门被打开，转瞬间他绕过车头，出现在了她面前。她顿时有些窘迫，男人轻而易举地把她从车上抱了下来，关上车门，二话不说地抱着她去洗手间。

温弦的脸瞬间涨红，她连忙道："我、我自己可以走。"

"真的可以吗？"他问。

温弦呼吸一顿，扭捏着挣扎了下，从他怀里下来。这个男人，他还知道哦！

她越想，越觉得真的是便宜了他。

温弦再出来的时候，男人已经在门口等着了，手里还拎着一个袋子，装着刚买的吃的东西。

他等待着她，有那么一刻，温弦有些恍惚，仿佛他是她的男朋友，两个人是再寻常不过的普通情侣、爱人。

可事实上……

二人往回走，陆枭陪着她，走得很慢。

这边的服务区景色极美，背后是一片花海，格桑花满地，在微风下微微摇曳。

温弦垂着眸，开口道："陆枭，你会来找我吗？"

陆枭眸色漆黑，她看不穿，也摸不透。他没有说话，温弦暗自轻扯了下嘴角，有些自嘲，低喃了声："也是……"

昨夜里，他眼底的深情似乎都要化不开了。

再开口的时候，她望着那片格桑花海道："陆枭，帮我拍张照片吧，我想留个纪念。"说着，她又笑了笑，"用你的手机，拍完发给我。"

她的要求，陆枭一一应下，拿出了自己的手机。

这一片是及腰的格桑花海，湛蓝如洗的蓝天，万里无云。

有清风袭来，卷着淡淡的花香，温弦缓缓穿梭在其中，沉浸在美丽的景色之下，最后转过身来，双手高高地举起搭在一起，露出了细白的手臂以及腰下一截白嫩的腰肢。

她微微仰头，闭上了眼睛，和那一片花海融为一体。

画面在那一瞬间定格，这是她留给青海的回忆，也是给自己的回忆。

陆枭望着定格在照片上的女人，眼底神色微微波动。他的心思很难猜，没人知道他是什么想法。

他给温弦拍了很多张照片，温弦过来验收，想凑个九宫格发微博，但有几张拍得不满意。

"再来一下，你看这个腰臀拍得不够翘。"她说着又走进格桑花海，摆了几个姿势，特意展露出自己曼妙而性感的身姿。

天使的面容，魔鬼的身材，清纯与诱惑相结合。

温弦再回来的时候，看着他手里的照片，这才美滋滋地欣赏道："这还差不多，你看这个屁股拍得和之前就不一样了，更挺翘了，简直'判若两屁'！"

判若……两屁？

她的口中怎么总是能够冒出如此令人想不到的词语？

眼角隐隐一抽，陆枭收起手机，淡淡地道："我看都差不多。"没什么区别。

温弦哪里知道他怎么想的，只是微微咬牙，轻哼了声："我看你还是渣男呢！爽完提裤子就不认人！"

谁料，下一秒，她听到他淡淡地说："我见过更翘的时候。"所以其他时候，都显得逊色了。

温弦看着他说完便离开的背影，反应过来后，整个人石化了。

他、他说什么？见过……

她是耳朵聋了，还是眼睛瞎了，这是从这个冷酷寡言、一本正经的男人口中说出的话？！

温弦再回到车内，脸红得跟什么似的，不知是气，还是羞。

车子启动，这一次是真的离开了。

下午，车子抵达西宁机场。

温弦磨磨蹭蹭的，在车里有些舍不得下去。

她不明白，为什么陆枭到现在都不要自己的联系方式，难不成这一夜对他来说，真的只是再简单不过的露水情缘？

陆枭将她的行李取下来，送她进机场，陪她取完机票，准备去安检。

到了这里，两人便不得不说分别了。

温弦只觉得心头又堵又涩，有着说不出的难受滋味。只是最后，她还是忍不住对陆枭道："你把手机号给我吧，回头把我的照片发给我。"

她为什么用他的手机拍照，还不是想让他多想起自己，也希望他能像自己喜欢他一样，喜欢她……可他别说微信了，就连自己的手机号码都不要。

陆枭却道："不用了，我有你的手机号。"

温弦一愣，望着他，陆枭也望着她。

他怎么可能不知道她的手机号，她所有的信息他都知道。温弦的心再次"怦怦"跳动起来，她支吾着没再说什么，只是点了点头。

"那……那我走了。"说着，她拎着登机箱，转身离开。

下一秒——

“温弦？”

她连忙回头，以为陆枭要做什么，却不承想他望着她的目光深沉，只是简单地说了句：“平安。”

温弦微微一笑：“你也是。”说罢，转身离开，再也没回头。

转身的时候，她嘴角的微笑渐渐消散了。自始至终，直到离开她也没有等到他的一句明确的话。

站在安检口的男人望着温弦过安检，看着她的身影一点一点地彻底消失在他的视野之中。

这时，他的手机突然振动了下，一个电话打了过来。他低头去看，怔了下，随后还是接通了电话。

“喂，妈。”

电话那边传来一个温柔的女人声音：“儿子，时间都过去那么久了，你也该回来看看了。”

陆枭沉默。

那边的人微微叹息了一声，继续道：“妈知道在那件事后，你很难过那一关，但这也是没办法的事，过去就过去了，活着的人还要继续前行。”

不知陆枭想到了什么，握着手机的手微微收紧，唇瓣轻抿。

“儿子，现在你父亲的病情又加重了些，已经来到上海的医院由一个美国的教授接手治疗了。但是你也知道他那个性子，倔得很，也不让我跟你说。妈知道你不想回来，但是万一他哪天……”话说到这里，无须多说，谁都明白后面的意思。

陆枭沉默良久，最后竭力调整自己的情绪，这才淡淡地开口：“我知道了，我会去上海一趟。”

前往上海浦东的飞机上，温弦戴着墨镜，坐在头等舱里，正看着飞机外。她安安静静的，不知在想什么。

这时，空姐来了，温柔地笑着对她道：“温小姐，您这个背包还用吗？不用的话，我帮您放在上面。”

温弦收回视线，目光落在自己的背包上，笑了下：“谢谢！”

刚要将背包递给空姐的时候，她不知感受到了什么，手上的动作一顿，随后她缓缓地打开背包。看到里面的东西时，温弦愣住了。

背包里，牛皮纸包裹着的是一枝向日葵，带着几片绿色的叶子，还有一捧格桑花做陪衬，清新夺目。

格桑花的寓意她知道，在藏语里是“平安”的意思。而向日葵……

她拿出了一张白色的卡片，上面刻着一句楷体的向日葵的花语：

入目无他人，四下皆是你。

有你时，你是太阳，我目不转睛。

无你时，我低头，谁也不见。

有一个男人，孤独傲然，沉默寡言，不会在口头上表述，所以他换了一种方式表达自己的内心。

“温小姐？”空姐再次温柔礼貌地笑着唤她。

温弦这才反应过来：“哦，好，马上，我马上。”说罢，再看向那束花时，她拿出手机拍了一张照片，随即小心翼翼地拉上背包拉链，似乎连那包裹着花的牛皮纸都怕折损。

她把背包递给空姐，自己拿着那张白色的卡片，一看再看，最后轻轻将其握在了手心里。

入目无他人，四下皆是你。

她再望向窗外的时候，青海的天还是那么蓝，只是有一刻，她似乎还置身于花海之中，有清风吹来，她周围满是温柔甜蜜的气息。

旁边一侧坐着一个戴眼镜的小伙子，冷不丁地看到这个戴着黑色渔夫帽和墨镜的女人时，一下子就愣住了，这、这个女人是……

他痴痴地看着她嘴角的笑，那么甜，那么美。他忙不迭地拿出手机，偷偷抓拍了一张照片，趁着飞机还没起飞，发了一条微博：“激动！飞机上偶遇女神温弦！只是不知道女神怎么会出现在青海，还笑得那么开心，像是陷入恋爱的少女。求告知，女神是不是背着我们有其他的‘狗’了？在线等，挺急的！”他发布完毕后，手机就关机了。

飞机起飞，穿梭在高耸的云层之中，逐渐将整个青海都纵览眼底。从天上看，地下的一切都变得渺小了。

温弦知道，在某一个角落，一定有陆枭的身影……

她人走了，可是一颗心却彻底留了下来，留在一个男人的身上。

四小时后，上海浦东机场。

一下飞机，温弦就被安排从特殊通道离开，即便如此，也阻挡不了外面茫茫接机的狂热粉丝们。

保镖们层层把关、严守，七八个摄影师也迅速准备好，等待她一出现，“咔咔”抓拍，这就是所谓的机场抓拍。不过很多明星是摆拍，她根本不用，身材完美，高挑又纤细，怎么拍都是极好看的！

果然，等温弦出来的时候，粉丝们狂拥过来，举着牌子大呼她的名字，不论是男粉丝还是女粉丝都激动坏了，疯狂地尖叫着。

“啊啊啊，弦哥，弦哥——”

“女神！看我一眼，看我一眼啊！”

温弦穿着夹克衫、牛仔裤，脚上蹬着一双马丁靴，戴着墨镜，美艳又帅气。低着头微笑着走出来，看到狂热的粉丝们，她隔着一层一层保镖跟他们打招呼。

“啊啊啊，我要死了！我的女神好美好帅啊！”

“老公！老公啊——”甚至有男粉丝大喊她“老公”。

果然，这一声吸引了温弦的注意，她定住脚步，微微拉下一点墨镜，嘴角轻勾：“听话，这称呼可不能乱喊哦。”以前无所谓，但她现在心底有“狗”了，哦，不，有人了。

听到这话，粉丝们更加疯狂地喊起了“老公”，追着她一路出去。

温弦出来的时候，一辆兰博基尼嚣张地停在机场门口。车门前，懒洋洋地倚靠着一个男人，手中捧着一大束火红的玫瑰，张扬又显眼。

男人黑色的头发略长，微卷，长相极为白皙精致，一双桃花眼自带风情，淡粉色的薄唇很诱人，这是一个相当漂亮的男人。

他穿着黑色的西装裤子，上身是一件干净的浅粉色衬衫，很少有男人将浅粉色的衬衫穿得那么好看，衬托得他越发矜贵，拿着大捧玫瑰花的手修长白皙。他的袖口戴着袖扣，银色带钻的 Ted Bake 袖扣散发着价值不菲的气息。

温弦一出来，就看见霍启倚靠着车，嘴角微勾，似笑非笑。

果然，围观的粉丝里混入的记者疯狂拍照，标题都想好了，就叫“霍家财阀集团的二少爷和大明星温弦拍拖的那点事”！

温弦一看那些记者挤在粉丝堆里，忍不住微微磨牙。

她拿着包包挡住自己的侧脸，走到霍启面前，在外人看不到的角度，凶巴巴地问：“你疯了？你找那么多记者干什么？”乱炒什么绯闻？！

霍启却笑得风情万种，一把拉过温弦的手，将九十九朵玫瑰花塞入她的怀里，随后侧身为她拉开车门。

他的脸上笑着，说的话却别有深意：“小弦弦，有些事情我还想问问你呢，你跑去青海做什么？还去了无人区，一个鸟都不拉屎的地方，你去那里确定不是和谁躲在那里卿卿我我？”

温弦上车后，无情地将那一大捧玫瑰花扔到了后座上：“我去干吗，还用得着跟你报备？关你什么事？！”

霍启轻哼了一声，丢给她一部手机：“你自己看，本少爷就从来没有看过你笑成这个模样。”

温弦低头拿过手机，屏幕上赫然是她在飞机上的照片，坐在靠窗户的位置，虽戴着墨镜，却挡不住她甜蜜的笑容，开心似乎能从屏幕里溢出来。

她微微挑眉，竟然被人偷拍了？

车子启动，兰博基尼开了出去，霍启冷哼一声：“我追了你快两年，如果敢被人截和，本少爷绝对饶不了他！”

温弦上下打量着霍启修长却有几分单薄的身影，再对比某人高大结实和紧绷的肌肉，默默陷入沉思。

半晌，她犹豫着道：“我觉得，你还是自己保命要紧。”

“什么？”

霍启敏感地察觉到了什么，咬牙问：“还真的有吗？！温弦，你给我说清楚！还有，你那天说我们是‘人狗殊途’，你什么意思？说谁是狗？！”

温弦懒洋洋地靠着车椅，姿态闲散慵懒，轻嗤：“你说呢？难道还能是我吗？”

霍启陷入死寂，良久后，出声：“汪！”

可可西里无人区管辖队。

傍晚，在食堂吃晚饭的时候，桑年盯着微博上的信息陷入了谜之微笑：“老大，你和我弦姐昨天没回来，是不是晚上……”

陆枭的眼皮子都没抬一下：“晚上？白天不行吗？”

桑年正意味深长地笑着把两个食指对在一起碰了碰，然而，在他们的老大说完这话后，他顿时瞪圆了眼睛，幼小单纯的心灵受到了深深的重创。

虽然那次在楼道外，目睹他们的老大压着弦姐狠狠亲的时候，他就知道他们之间的关系不一般了。但他发誓，他没想到两个人竟然真的……

桑年的耳根都涨红了，又羞涩又激动。

“你在想什么？”陆枭扫了一眼他涨红的脸，蹙眉沉声问。

桑年支支吾吾地道：“没，我就是在想弦姐娇滴滴的一个柔弱大美人，受得住吗……”

这时扎西忍不了了，起身卡住桑年的脖子，把他从陆枭面前拖走了：“孩子，你想知道的太多了。”这是他能随便臆想的吗？

扎西及时地从陆枭的眼皮子底下救了桑年一条小命。

陆枭面色深沉难明，不紧不慢地咽下嘴里的羊肉，随后对身边的手下吩咐：“后面一个月的值日都交给桑年。”

听到这话的桑年哭晕在厕所里。

第七章

你护世界我护你

上海，陆家嘴。

温弦裹着白色的浴袍，手中端着一杯红酒，站在偌大的落地窗前，俯瞰着整个上海最繁华的地段。高楼耸立，华灯初上，上海就像是一座不夜城，璀璨而夺目，无一不彰显奢靡的气息。

上海外滩的游轮缓慢移动，黄浦江在夜空下如点缀着星光的明亮彩带。与西部的壮阔浩渺相比，上海完全就像是另外一个世界。

这是一个名利场，充满了竞争、欲望、金钱、诱惑，无声的硝烟战火拉开序幕。

温弦轻饮一口酒，目光幽深，眼底神色复杂难明，身后传来玲姐的声音："明天有个电影发布会，周四有香奈儿家的代言，周五……"

"玲姐。"温弦打断她的话，回头看她，"你能不能帮我看看，有没有关于藏区的一些合作项目、电影或者品牌方在西部的活动，尤其是青海？"

玲姐是个身形稍微丰满的女人，性子风风火火，却格外精明能干。她和温弦一起工作，两人算是强强联合。

玲姐一听这话，愣了下，随后眼底闪过一丝亮光："看来你在青海遇到了一些影响你很深的人或事，这样吧，我先不追问是什么情况，不过你提出的这个意见，我觉得是非常好的提议。"说着，她从 iPad 里找出一份存档资料给温弦看。

"这是李寻导演的一份剧本，你也知道他是咱们国内顶尖的导演之一，走的国际奖项路线，他这里有个剧本准备今年在西部开始拍摄，但他对演员非常挑……"剔。

她的话还没说完，温弦感觉内心一颤，立刻道："玲姐，不管需要什么条件，都必须帮我拿下这个剧本。"

玲姐白了她一眼："看把你给急的，听我把话说完。这是一部和野生动物保护相关题材的电影，不过在那种环境下拍摄，条件非常艰苦。"

"而且一拍可能几个月，钱还不多。李寻导演在圈里出了名地讨厌明星天价片酬，只希望把经费用在拍摄上，所以……"玲姐摊摊手，看着她，

“我们之前选择更高片酬的好资源，所以根本没考虑这个剧本，现在已经被其他女演员定走了这个位置。”

温弦只觉得当头一棒敲，一口陈年老血差点吐出来。

要不要这样对待她？！

玲姐说得没错，像她这种在乎利益的人，才不会去争取没什么收益的文绉绉剧本。她只想赚钱，曾经贫苦和黑暗的时期，让她觉得钱才能给自己最大的安全感。

所以无穷尽地去赚取，可如今从青海回来之后，她想了许多事情。

不仅仅是因为青海有陆枭，还因为无人区的土地上，饱含着太多不为人知的酸甜苦辣，有人在这片土地上负重前行。

而这些使命都由生活在艰苦条件下，承担着重任的人去完成，纵使经历一次次危险，依旧义无反顾地去救援。

就如同陆枭。

所以，她想出演西部的电影或者参加综艺，积极宣传西部对环境、动物的保护，也想让更多人知道，有许多像陆枭这样的人在默默付出，为大家负重前行。

倘若她去青海没遇到陆枭，不会改变观念，也不会在乎这些。可如今，一切都变得不一样了。

温弦再开口时，视线落在了自己精心打理的向日葵和格桑花的花束上，她语气认真地道：“玲姐，帮我想想办法，无论如何，我都要拿下这部电影，我可以不要一分钱。”

玲姐蒙了：“你怎么了？是转性当圣母了，还是被青海的哪个男人给勾住魂了？”

温弦咬牙，这人猜得那么准干什么？！

玲姐看她喝酒做掩饰，心底也猜测到几分，轻叹了一声：“不管如何，你太瞩目，想要保护好自己的人就一定要低调。另外，李寻导演这部电影离开机还有段时间，我尽力帮你争取下。”

温弦一听，立马搂住了她的手臂，笑眯眯地道：“玲姐，我爱死你了。”

“得了吧，谁让我摊上你了。不过我丑话说在前头，电影制片人是一方扛把子程东原，女主角程霏雨就是他的妹妹，不好搞定。你如果想拿下这个角色，肯定要私下找程东原谈谈。”

听到玲姐的这番话，温弦嘴角的笑僵住了。

“咋了，因为他是你的前男友，为难了？”

程东原才华横溢，从法国留学归来，为人风度翩翩，精英人士，是一个三十多岁的男人，一直未婚。

温弦微微挑眉，回玲姐：“倒也不是，我们当初是和平分手，过去的都过去了。”

在别人眼中，他们在一起很多年，可他们不知道，那不过只是表面。程东原也很喜欢她，她却把他当兄长看。

不得不说，她一步步走到现在，除了自己的努力，也有程东原的助力。他是圈中知名的制片人，即便当年她只是一个小女孩，圈里部分人看在程东原的分儿上，也不敢对她如何。

否则，她想在娱乐圈里保有清白之身，那可能吗？

她也没有欠程东原太多东西，因为她曾经救过他的命……

“还说没事，看你纠结的样子。”玲姐戳穿她。

温弦反驳：“不是，我们分手的时候说好了，以后的路自己走。我们很久没见面了，可如今再去找他谈这个女主的角色，我……”

打不打脸，她疼不疼？

玲姐：“那你不想去青海拍戏了？不想去青海找你的相好了？”

温弦深吸一口气，咬牙：“好，我去！尽快给我安排上。”

玲姐“啧啧”了两声，感叹爱情的可怕，让一个只顾金钱利益的女人都转性了。其实身为温弦的经纪人，她全心全意地希望温弦走得更好，知道温弦小时候的经历，很心疼。

不过按长远发展，她更希望温弦进军国际有意义的电影作品的奖项，而不是那些流量作品。如今，温弦主动走出这一步，她当然同意。

“早点休息，后面有个电影开幕式要走红毯。”玲姐要离开了，临走前，不知想到了什么，又退了回来，问道，“宝贝，你能告诉我，到底是什么样的男人把你勾住了吗？”她不担心温弦对另一半的选择，只是好奇。

温弦也算见过形形色色的男人了，追求她的人多如牛毛，可除了程东原以外，再没其他男朋友，也对任何男人没兴趣。

温弦怔了下，随后缓缓看向繁华的夜景，轻声道：“他是这个世界上最好的男人。”

最好，最好的。

玲姐看她那认真的模样，心底颤了下，知道她这次是真的栽了。玲姐眨眨眼，问道：“怎么样，身材是不是很好？”

温弦皱眉：“玲姐，你怎么这么问呢，我是那么庸俗的人吗？我追求的是那种纯洁无瑕、真挚的……”

“快拉倒吧，我还不知道你？”

温弦沉默了下，再开口时，笑容逐渐邪恶，说道：“好吧，简直太好了。”

隔日夜里，陆枭跟噶卓还有扎西等人，交代好管辖区的事情后，他隐秘地开车前往机场，当晚坐飞机抵达上海。

凌晨三点，一架南航飞机在浦东机场降落。

清晨八点，上海一家肿瘤医院的住院区里的家属逐渐在走廊里走动，也有穿着病号服的病人在家人的陪伴下缓慢地移动。

此时，一个身躯高大的男人在走廊的护士台前停下了脚步。

一个护士路过，看到一个身躯挺拔、冷峻帅气的男人站在这里，笑着主动来问：“先生，您找谁？”

陆枭沉声道：“陆干臣。”

那个护士顿时瞪大了眼睛：“您找陆董……”话说到一半，她赶紧把后面的话咽下去，没想到这个男人的身份竟然这么……

“您跟我来。”她赶紧领着陆枭前往目的地。

上了年纪的人醒得都比较早，陆枭一出现在门口，就看见一个中老年男人的身影。他身上还穿着蓝白色条纹相间的病号服，一只手背在后面，另一只手正拿着一个洒水壶浇着窗台上的君子兰，看起来精神矍铄，浑身透着一股浓浓的老干部作风。

陆枭顿住脚步，他妈不是说“躺在床上起不来了”？

这时，一个中年女人从洗手间走出来，手中还拿着一条白色的毛巾，此时看见门口突然出现的儿子，愣住了。

“妈。”陆枭开口。

这一声“妈”，顿时让里面浇花的人动作一顿，随即转身看了过来。

陆枭的母亲长得很漂亮，又很温柔，看见儿子出现，喜上眉梢，连忙激动地走上前仔细打量着他：“儿子，你可算回来了，快让妈妈好好看看。”

陆枭和母亲拥抱过后，再看向自己的父亲，叫了一声“爸”。

后者从鼻息间溢出一声冷哼：“还知道回来？我还以为我进了棺材，你都不一定会回来！”

陆母连忙转身斥道：“胡说八道什么呢？！儿子难得回来，你就不能说点好听的？”

陆父一副威严的样子，被自己夫人说了一通后，想再说些什么还是忍住了，转身躺在了病床上，看起来像个重症病人的样子了。

“快跟妈说说，在那边过得怎么样，累不累，辛不辛苦？”陆母连忙问着。

陆父靠在床头，手中拿着遥控器，眼睛盯着电视，嘴里又忍不住开口道：“你问他那些做什么，应该问问他是不是把女朋友也带回来了？老大不小了，别告诉我还没有。”

陆母一听，又回头瞪了他一眼：“我说老陆，你怎么哪壶不开提哪壶？在那种偏僻的地方，儿子能遇到什么女人？”

然而下一秒，二人便听到自己的儿子低沉的声音：“爸、妈，我有女朋友了。”

陆母完全傻眼了。

什、什么？！她的儿子竟然有女朋友了？

这简直难以置信，她反应过来，一时间激动得不知如何是好：“真的吗？儿子，你真的会拱……哦，不，你真的有女朋友了？不是在骗我们吧？”

陆父看似在看电视，可余光忍不住频频看过来。

陆枭轻抿了下唇瓣，语气认真地道：“是真的有了，她就在上海。”

陆母捂着胸口，满脸欣慰，扭头对自己的丈夫感慨道：“老陆，你听见没有，儿子说他真的有女朋友了，现在人就在上海。”

陆父却皱紧眉头：“我怎么不信，他都快三十了，没见他带过一个女朋友回来，现在说有就有了？”

这真的不是善意的谎言？

这般想着，他重咳了一声，沉声道：“虽然我现在身体情况很不好，但起码还能熬个几年，你可别想撒谎来欺瞒我。”

陆枭沉默，他们怎么还不信了？

不过这些都不是重点，陆枭望着他父亲：“护士都已经跟我说了，您的肿瘤是良性的，虽然位置危险，只要积极配合，再活几十年都可以。”

陆父的脸色有些涨红，似乎被他气到：“你这小子，我自己的身体我还不知道吗，哪个护士瞎说的？”

此时陆母满脸笑意，在两人中间调和：“行了，都少说一句，儿子也是关心你，把你的病情问得这么清楚。”说罢，她又看向陆枭：“儿子，是谁家的姑娘，做什么工作的，家是上海哪里的？”

他们家在北京，不过地域位置都不要紧，只要陆枭能有个喜欢的女朋友，怎么都好。

他经历了太多，那颗心也顽如磐石，尤其是当年那件事发生之后，对他们全家的打击巨大，但是最痛苦的人还是莫过于他，他目睹……从那以后，他不愿与人接触，离开部队，主动退役去了西部。

她很怕自己的儿子一辈子都想不开。

陆枭的唇瓣动了动，他刚想开口，身后门口传来了一个女人的声音：“姑妈，我来了，我……哎？这人是谁？”

一个短发女孩子拎着水果出现在门口，脚尖抵住门，看着这个高大挺拔的男人，脑子一蒙。

待她走进来，看清男人的模样时，震惊不已："陆枭，你竟然还知道回来？！你知不知道，这些年姑妈、姑父都是我来照顾，有多辛苦！"她进来把水果往桌子上一摔，不客气地一顿吐槽。

陆枭看着短发女孩，沉默了。

眼前的短发女孩叫李在君，是陆枭的表妹，性格大大咧咧，从小在北京大院里混在一群男孩堆里长大的。她的父母是一对军医，在她小时候牺牲了，所以她小时候基本是他母亲带大的。

陆枭轻抿唇瓣，神色不变，非常官方："辛苦你了。"

"拜托，何止辛苦？！你当初拍拍屁股走了，你是不知道我姑父这个人有多难伺候。"说着，她拿出一个苹果，蹭了蹭，愤愤地咬了一大口。

陆父的眼角隐隐抽动，他重重咳嗽一声打断她，又看向陆枭道："你不是说你有女朋友吗？休想骗我们，有没有照片？快给我和你妈看看！"

陆父的话音刚落——

"哈？我哥有女朋友了？"李在君瞪圆了眼睛，难以相信。

她哥从小到大都枯燥傲然，不苟言笑，天哪，是谁那么想不开看上了他？完全被他的外表蒙蔽了！

她忍不住嘀咕着："姑父，你别想了，我猜八成是骗你的。"

这话一说，顿时陆父、陆母纷纷直勾勾地看向了陆枭。

陆枭无奈地扶额，只好默默拿出了手机。

李在君见他掏出了手机，迅速凑了过来，要看他女朋友的照片。她倒要看看他是不是在骗人。

等陆枭点开相册，再继续点开一张照片的时候——

"噗！"李在君嘴里的苹果顿时喷了出去，她也被口水呛得连连咳嗽，脸都涨红了。

陆父、陆母都惊住了，这是怎么了，怎么那么大的反应？紧接着，他们就见李在君涨红着脸，一脸啼笑皆非地看着陆枭道："哥啊哥，你真的当我们都是傻子吗？她怎么可能是你的女朋友？你从网上找张照片来冒充，也不找个眼生点的，竟然拿尽人皆知的大明星的照片来骗人，真当我姑妈、姑父不看电视啊。”

陆母的脸色瞬间变了，她连忙问：“儿子，什么情况？”说着，她也赶紧过来看他手机上的照片。在看到那张照片时，她也陷入了沉思。

照片上的女人，正是一线大明星温弦！她站在一片格桑花海中，微扬着头，双手高举过头顶，脸上带着迷人的笑容，美得璀璨夺目。

陆母看到照片，再深深地看了陆枭一眼，心里那叫一个恨啊。她捂住额头，头疼地低喃着：“不得了，不得了，在外面学什么不好，竟然学会糊弄你妈了！你真当你妈不认识她吗？前天我还在看她演的电视剧。”说着，她又有些伤心地捂住了胸口，“我就说，你这个性子怎么能找到女朋友，原来是骗我们的……”

陆父见到这般状况，气得太阳穴突突直跳，一个茶杯毫不客气地丢了过来：“滚！给我滚出去，你这个混账东西！”

陆枭手一抬，稳稳地抓住那只茶杯，一时间脸色格外微妙。他深深吸了一口气，道：“爸、妈，我没有骗人，她真的是我女朋友。”

“天哪！姑父，你看谎言都被拆穿了，我哥还在嘴犟，他现在怎么变成这个样子了？”李在君说着，又对陆枭咬牙切齿地道，“你说你的女朋友是温弦，我还说我男朋友是吴彦祖呢，你信吗？虽然温弦长得美，又性感，你是她的粉丝也无可厚非，但你撒谎也打个草稿啊。”

这两人连面都见不上，还女朋友呢，没想到她哥那么闷的人还挺会找美女的照片骗人，真逗！

陆枭扭头就走，他们不信，他也懒得解释。

他离开后，李在君看陆父气得不轻，连连摆手安抚：“你可别动怒，否则遭殃的还是我。姑父，你就往好了想，以前我哥连找都不找，现在好歹从网上找了张照片敷衍你，你就偷着乐吧，他已经进步了。”

陆父更气了。

李在君赶紧溜出来，来到走廊的窗户前，刚好看见那抹头也不回的挺拔身影。

她摇了摇头，轻叹一声。

她哥太低调了，专门跑到青海的无人区，这一待就是三年，在那种地方干着最辛苦、最危险的工作，他从小为人冷酷、寡言少语，主动退役前又经历了巨大的打击，让他本来孤僻的内心彻底尘封了。他像一块又臭又硬的顽石，对谁都是面无表情的扑克脸。别说在无人区，就算他回到北京，可能都不好找女朋友。

就算他长得帅，身材好，是家中独子，家世背景再深厚又如何？谁愿意天天晚上跟一块冰睡在一起啊？他还肖想大美人温弦，啧，不知有多少风度翩翩、花言巧语的帅哥在追她呢。

他这个冰山闷葫芦，拿什么跟别人抢？

的士在路边停下，男人俯身上车。

司机问："您好，先生，要去哪里？"

男人沉默了下，随后将手机上的地址给他看。

温弦的最新电影是一部爱情文艺片，正在进行电影的宣传开幕式，在上海中心的一个会馆举办。

这也是业界的一部大制作。由著名的文艺片导演所拍摄，女主是当红女星温弦，男主也是一线演员，这部电影即便是配角，最低配都是二线明星。

会馆外面围了一圈又一圈的粉丝，排场浩浩荡荡，多家媒体纷纷赶到现场进行拍摄采访。

会馆门外，有保安把守，就在这时，那些粉丝像是得到了什么风声，突然开始躁动起来。果然，在几辆车驶入后，他们看到出现的男神和女神时，顿时疯狂拥上去，尖叫起来。

"温弦！温弦！"

"啊啊啊，弦哥！"

男主角和女主角是分开在不同车辆里的，男主角一下车便引来一片尖叫，见到温弦的时候，粉丝更是狂热。

温弦今日穿着一件抹胸星空紫色长裙，头发扎起，垂下几缕发丝，美得夺目绚烂。而她的身边有一个男伴，那个男人身材修长，虽稍显几分单薄，倒是有一张精致漂亮的脸。

两人走在一起，宛如一幅美好的画卷。

就在那些粉丝的最后方，距离会馆一条街的位置，陆枭站在一棵梧桐树下，沉默地望着，时间像是在那一刻静止。

她光彩夺目，受万众瞩目，身边有美男陪伴，粉丝无数。而他，默默无闻地站在街头一隅，隔着很远的距离看着她。

片刻后，陆枭微微低头，从裤兜里摸出一包烟，抽出一根送入唇齿间叼着，火机“啪嗒”一声。有风吹来，他微微虚拢手，火苗透过指间缝隙，流露出微弱的光。他再微微眯起眼眸看向她的时候，鼻息和唇瓣间缓缓溢出的烟雾，将她整个人映在雾绡云縠之中，影影绰绰，仿佛平添了几分遥远的距离感。

他目光沉沉，现在明白了为什么他的父亲、母亲，甚至表妹都不相信温弦是他的女朋友。如果不是两人有过那一夜，恐怕他自己都不会相信。

他们两个人，原本生活在两个完全不同的世界。

温弦一下车，周围粉丝就高举着荧光牌狂热地呼喊着，媒体拍摄着。

她的笑容落落大方、温柔美丽，各个角度任由他们拍了片刻后，她虚挽着霍启的手臂走入会场。只是不知怎的，她觉得哪里好像有点不太对劲。

刚刚是不是有什么被她遗漏了？

温弦想着，下意识地扭头冲着一个方向看了过去。这一看，她就见远处一抹身影正转身离开，他穿着黑色冲锋衣、黑色裤子。

那道身影猝不及防地映入她的眼帘的时候，让温弦整个人都僵在了原地，内心猛烈地一颤。她看见了什么……

“怎么？”霍启察觉到她的异样，停下来问。

温弦的嗓子间却有些艰难地滑动了下，眼睁睁地看着那一抹身影在前面街头的拐角处离开，消失不见，她整个人都蒙了，心脏都在颤抖。

什么情况，他来上海了吗？自己是眼花看错了人，还是出现了幻觉？他不是应该在青海吗，怎么可能会在上海？！他怎么可能……会出现在自己的视线里？

“没、没事，可能看错人了。”说着，她和霍启进入了电影开幕式现场。

一定是她看错了，只是身影相似罢了，不可能会是他的。

霍启是这部片子的投资方之一，他和自己又比较熟悉，所以这种必要男伴的场合，她都是一个电话把他招来的。

会馆内，温弦上台，大方得体地侃侃而谈。在开幕式进行到一大半的时候，霍启从后台出来透气。

不知是不是他的错觉，温弦从青海回来后，似乎哪里变了样，可具体是哪里，他又说不上来。

她在青海发生了什么？难不成真的如同之前那个和她同航班的网友所说，她有其他的“狗”了？

后台这里有出口，直通外面的街道，而在出口的旁边，霍启看见那儿站着一个男人。在看到那个男人的时候，他顿时微微蹙眉。

那是——什么人？

在会馆后门入口处，一般不是狗仔就是保镖，霍启仔细看了看那人的体格……难不成是保镖？

霍启盯了他一会儿，缓缓冲着那个男人走去。

那人起码有一米八八的样子，身材高大挺拔，模样冷峻，穿着一身黑色的衣服，指间夹着烟在抽，浑身透着冷冽肃穆、闲人不可靠近的气息。

不过，谁让霍启脸皮厚，不拘小节？

陆枭在霍启一出现的时候，就认出了他。

陆枭微微眯起眼眸，看着那个男子冲自己走来，眼底逐渐渗透着阴沉之色。

霍启今日穿着一件白色的衬衫，手中拎着黑色西装，慵懒不羁。他走到陆枭面前的时候轻扯嘴角，直接伸出修长白净的手：“兄弟，借根烟呗。”他浑身透着一股子贵少爷的矜贵，眼底却没有看轻人的意思。

他从小生活富庶，钱对他来说无所谓，交朋友也不太在乎对方的身份，当然，身边的朋友自然也多是一个圈子里的，否则没那个实力玩儿。

他一般看人还是很准的。偏偏在看到这个男人的时候，虽让人怀疑是不是哪个大明星的保镖，但那冷冽的气质、肃穆的模样，倒让人一时间摸不准。

陆枭冷冽的眸子盯着他，没有动作。

霍启神经大条，见他没回应，顿时轻嗤一声，不要脸地直接从陆枭的裤兜里摸出了一包烟，掏出一根塞在唇齿间，再瞥向陆枭时，含混不清地道："喂，你干吗这么盯着我，你认识我？"

说着，他低头点火，不过刚抽了一口，顿时就被呛到了，连连咳嗽，白净的皮肤都泛起了红色。

缓过来后，他一脸嫌弃地盯着那包烟："这是什么烟，多少钱？这么烈。"

下一秒，陆枭从他手中夺过烟，收回视线，语气冷漠："六块钱，长白山。"

一听这话，霍启顿时再次被呛到了，盯着手中的那支烟，表情微妙了良久："本少爷这辈子就没抽过这么便宜的烟。"

陆枭的眼皮子都懒得抬起看霍启一眼。这个人，他知道是谁。

之前三番五次地从温弦的手机里看到"霍启"那个名字后，他后来上网查了下这个人。

对方家庭富庶，父母从事外贸生意，有几个钱，不过这些对陆枭来说算不上什么。网上一直在传霍启和温弦的绯闻，温弦也跟他解释过，不过此刻近距离目睹后，他那烦躁的心反而逐渐沉淀下来。

只一眼，他就知道温弦是不会喜欢霍启的。他知道，温弦喜欢什么样子的男人，不是白斩鸡，而是真男人。

霍启看陆枭浑身透着冰冷的疏离气息，也不在意，一只手插在西装裤里，一只手夹着烟，时不时地抽着，问他："哥们儿，说吧，你是哪家明星的保镖，我看你这身材不错，应该很能打吧？"这身材不知道被他挖了墙脚，送去保护温弦可好？

他说着，拳头还在陆枭的臂膀上捶了下，自顾自地满意地点点头，嗯，果然够结实。

“干什么？”陆枭冷冷地扫了他一眼。

霍启仰了仰下颌，对他说：“谁雇你的？本少爷花双倍价钱，你去保护我的女朋友。”

“你的女朋友？”陆枭的眸色沉了下来。

霍启顿时嘴角一扯，扬扬自得起来，叼着烟含混地道：“就那谁呗，大明星温弦，我的女朋友。”他还挺美滋滋的。

霍启只觉得周身的温度骤降，再瞄一眼身侧的男人时，心底一“咯噔”。只见身侧的男人，目光正幽深冰寒地盯着自己。之前在他手指间夹着的那根烟，此时正在他的指腹间极为缓慢且有力地被捏碎。

霍启讪讪地后退了一步，再开口时，说话都有些结巴了：“你、你干什么？干吗这么盯着我？”

“你的女朋友是谁？”陆枭盯着他，语气缓慢地问，言语间却隐隐透出一丝威胁，似乎在让他重新组织一下语言。

霍启被他这么犀利地盯着，心底莫名发慌，可二少爷从小就没经历过社会的毒打，不知害怕为何物，还是硬着头皮道：“温、温弦啊，怎么了？”

陆枭将指间的烟头彻底捏为渣滓，直勾勾地盯着霍启问：“你这么说，她知道吗？”

霍启的视线有些躲闪，同时心底越发觉得莫名其妙，这个男人是谁啊？怎么问这么多？

“兄弟，我劝你一句，不该问的事情别问那么多，她是不是我的女朋友，不都是早晚的事吗？”说着，霍启套近乎似的一把搂住了陆枭的脖子，凑近去低头跟他说，“我是看你身强力壮，肯定是一个厉害的保镖。我女朋友呢，每天有太多臭男人惦记着，我想让你帮我盯着点，尤其是看看她身边有没有什么陌生的男人出现。”

特别是从青海回来后，温弦整个人就有些心不在焉的，他深深怀疑她有动静了。

听完这话，陆枭愣住，她身边有没有陌生的男人出现……

霍启看他怔住了，转而问道：“愣着干什么，你是个保镖吧？谁家的，哪个明星的？”

陆枭沉默了下，脑袋里迅速回忆最近记忆里关于娱乐圈一些人的名字。再开口的时候，他一本正经地吐出了三个字：“吴彦祖。”

“啊？！彦祖？！”霍启瞪大眼睛，被震惊到了，随即连连拍了拍他的肩膀，“哥们儿，就是你了，彦祖花多少钱雇的你，我花双倍。你等着，我带你去见温弦，把你推荐给她。”

陆枭缓缓抬头，视线看向了偌大的会馆。他在这里不会留几天的，但是见她一面……

再开口时，陆枭语气冷淡地说：“那就试试。”

就由这个所谓的绯闻男友，带着他去见她。

霍启见吴彦祖的保镖都被自己撬走了，心底甚是满意，和陆枭交换了手机号，说带去见温弦的时间，等他的通知。

随后，霍启刚要走，被人从身后叫住。霍启回头：“怎么了，哥们儿？”

陆枭盯着他，突然开口：“你知道她胸前有颗很小的红痣吗？”

“啊？哪里？红痣？什么红痣？”霍启以为自己听差了，一脸蒙。

“没什么，随口一问。”说罢，陆枭转身离开，嘴角轻扯了下。

上海这个季节多雨，哪怕是过了梅雨时节，也会经常下着淅沥沥的小雨。

眼下，过了傍晚，这座繁华的国际大都市中，璀璨的灯火又逐渐陷入了雨幕之中。这里是一个贫富差距极大的地方，有钱人的天堂，没钱人的地狱。可不论哪一种人，都逃不开这凡尘间的世俗烟火。

一辆炫酷的兰博基尼在地面上飞溅起一地水花，驶入陆家嘴，前往温弦所住的汤臣一品。

汤臣一品俯瞰整个上海，将上海外滩尽收眼底。

车内，霍启一边开车，一边问温弦：“我带你去外滩吃米其林快餐吧，我让人好几个月前就开始排队了。”

温弦坐在副驾驶座上，踢掉高跟鞋，揉了揉脚，皱眉道：“不去，我今天得早点回去休息，明天约了人。”

她的奔驰大G花钱雇人从青海帮忙，还没开回来，否则今天就自己开车了。

霍启一听她这话，心底顿时“咯噔”了下，连忙问：“约了谁？我专门跑来当你的男伴，你都不约我，竟然约别人？”

太可恶了，到底是哪个臭男人，可别是她在青海所遇见的什么……

“是程东原，我们约了明晚六点在外滩西餐厅吃饭。”温弦毫不客气地打断了他的猜想。

然而，她这话一说完，霍启脚下一个刹车，脸色瞬间就变了。

竟然是程东原！正是她之前处了三年的男朋友。

“你会不会开车？不会开我来！”温弦被他突然刹车勒得胸口一疼，忍不住凶他。

霍启咬牙，强忍住情绪，对她道：“本少爷烦死他了，你找他做什么？还在西餐厅约会，别告诉我他是想找你复合！”

那个老男人都三十多岁了，还惦记着他的弦弦，心底没点数吗？

不行，看来他找的这个吴彦祖的保镖得赶紧安排上，防止老男人靠近她发起攻掠。

温弦紧皱眉头：“瞎猜什么？我找他是工作需要，我看上一部片子，要拿下女主的角色，他是制片人。”

“什么片子，你缺那点钱吗？我给你报销这笔钱，你别去找他。”

温弦立刻反驳：“那可不行。”

那部片子她打听清楚了，选址刚刚好，就是在青海。电影题材与环境保护和野生动物保护相关，还涉及文物保护，而那里每一处的空气都带着陆枭的气息。她都在那儿了，拍摄的时候跑去见他，还会远吗？

霍启听她直接拒绝了，以为她想跟程东原复合，顿时气得牙根直痒痒。

好，很好。看他怎么破坏他们的约会！

送温弦回到汤臣一品后，霍启在楼下拿出手机，拨打了一个电话。

片刻后，电话接通。霍启磨牙道："哥们儿，到你出现的时候了，明晚外滩的一家西餐厅，你跟我去一趟，帮我收拾个人！"

电话那头的人沉默了下："我不做打手。"

霍启降下车窗，往外面啐了一口："兄弟，我女朋友要去见她的前男友了，就约在浪漫的西餐厅，这我还能忍吗？"

对方死寂了一瞬，随后极为缓慢地一字一顿道："你忍不忍得了我不知道，但是我知道我忍不了。"

晚上，玫瑰花飘荡在浴缸内，空气间弥漫着幽幽的花香。

温弦靠在浴缸内，头发被毛巾包起，一张白嫩绝美的容颜似出水芙蓉，又纯又娇艳欲滴。浴缸上放着一个白色可伸缩的搁板，搁板上则是一小杯红葡萄酒。

眼下，她正拿着手机，在微博上编辑着信息。

今天在会馆看到的那一抹身影实在是太像陆枭了，可她想知道，陆枭明明在青海，怎么会出现在上海，更别提还出现在会馆附近了。

时间飞逝，已经回来几天了，她对陆枭的思念，在回来后的每一个夜晚都被无限放大……

尤其是临走前，在银河星空下和他的那一晚，不得不说常常让她……回味无穷。

编辑完信息后，她点击发送。

微博一经发出，她的微博上就有无数人疯狂拥入留言、点赞。她发的内容是在青海让陆枭给她拍的在格桑花海的几张照片，正中间则是她在飞机上拍的那一束向日葵照片。

这是一组难得的九宫格，而配图的文字是陆枭送她的向日葵花束的卡片上，写的那一段向日葵花语："入目无他人，四下皆是你。"

那个"你"，说的是谁？！女神是在对谁说？还是别人对女神说的？网友们的评论炸开了锅。

日不见阳光的暖：“我的天，霍少爷是不是终于守得云开见月明了？！”

五行缺钱：“啊啊啊，完了，我失恋了！”

js：“暴风哭泣，女神一定是背着人家有狗了，呜呜呜！”

虽然温弦和富二代霍少爷的绯闻闹得很厉害，但她从来没有公开承认过，如今发了这样的动态信息，基本上是证实了之前同航班网友的帖子，怎么能不让粉丝们内心震动，一个个疯狂地分析起来。

而这时，温弦拿起手机点开微信，找到了和陆枭的聊天框。

她轻咬唇瓣，输入信息。

尚路逍：“陆队长，在干什么呢？”

她到底是按捺不住了。

温弦以为他会比较忙，可能看不见，却不承想他的信息很快就发过来了。

陆枭：“没干什么。”

温弦看他的消息发过来，激动得手一颤，竭力镇定后，继续给他发信息：“陆队长玩微博吗？刚刚有个女明星好像曝光了恋情。”

陆枭：“不玩，没时间，不关注这些。”

温弦看着他敷衍而漠然的回答，心底忐忑纠结极了。

陆枭到底知不知道现在和他聊天的人是谁？才不是什么尚阿姨，而是她，和他一夜缠绵过的人——温弦。

温弦迟疑片刻，再发送消息时，她的眼眸深了些许：“陆队长，你知道我现在在做什么吗？”

陆枭发了一个问号。

尚路逍：“我在和喜欢的人说话。”

她发送这条消息的时候，耳根热了，轻咬唇瓣，忍不住溢出小女儿家的甜蜜情绪。然而，那边的人片刻后，才回复了句：“尚阿姨，时间不早了，洗洗睡吧。”

温弦看着那条消息，眼角隐隐抽动。

不知怎的，通过只言片语，她的心底莫名感觉陆枭好像心情不大对劲。

深夜来临，淅沥沥的雨声敲打着窗玻璃，整座城市都在雨幕之下，影影绰绰。

就在温弦泡着热水澡的时候，她怎么都不会想到——

夜里，一个男人站在小区外面梧桐树旁的公交车站亭下，隔着一条窄街，望着高耸的住宅区。她就住在这一栋栋豪宅中的其中一套房子内。

在小区门口的保安室里，保安大哥频频扭头盯着对面不远处那个公交车站亭下的男人。那人的指间夹着一支明灭闪烁的烟，视线一直望着小区内。

隔着淅沥沥的雨幕，这个男人的身影透着几分说不出的孤寂萧凉感。

保安大哥微微摇头："这就是差距啊，有的人住在几百平方米的豪宅里眺望上海外滩，有的人无家可归，只能站在公交车站亭下避雨。"

保安口中的无家可归的男人，低头默默抽了一会儿烟，黑色的卫衣帽檐遮住了他眼底的复杂神色。

这时他的手机又振了下，他低头去看，只见她发来的内容是："我来上海了，上海现在正在下雨，很美，仿佛整个世界都安静下来了。你呢？你那里是什么天气？"

陆枭站在公交车站亭下，湿漉漉的雨汽一点一点地从脚底开始侵蚀他。一阵风吹来，淅沥沥的小雨被风卷着冷冷地拍在他身上。

他望着那高耸的住宅，望着那明亮而柔和的灯光，再低头的时候回复了几个字："星空，晴天。"

他平平无奇，是繁华世界中的一抹尘埃，不会有人注意到他，就如同她永远不会知道他来到了上海，此时就在她的楼下望着那盏灯。

陆枭离开的时候，瞥见了在小区附近面包车上的狗仔，收回视线。他能做的不多，所以更不能这样出现给她添麻烦。

只是当他上了一辆的士后，想起她之前发的那条信息。他微微蹙眉，打开手机商店，输入了"微博"二字，开始下载。

虽然是晚上，可是娱乐大众是不会放过女神这么大的新闻的，尤其是关于感情状况的。

打开微博后，根本不用他搜索，直接冲上热门的第一条，显示“沸”的微博，就是来自她——温弦。

陆枭看着她发的那条微博，内心顿时微微一震。

翌日傍晚，上海外滩的一家西餐厅里。

优雅的西餐厅内灯光昏黄暧昧，餐桌上点着一根蜡烛，瓷白的细颈瓶里插着一根娇艳欲滴的红玫瑰。

从这个角度往外看，上海外滩的美丽夜景一一尽收眼底。

侍应生去帮霍启泊车，霍启今日开的法拉利。他看见西餐厅门口站着身躯笔挺的高大男人，上去直接拍了拍对方的肩膀：“兄弟，这前男友一直没结婚，还对我的女友旧情未了，可都靠你了。他敢对我的女朋友动手动脚，你就帮我削他，狠狠削！”

男人沉默一瞬，冷淡地蹦出几个字：“这不用你说。”

西餐厅在顶层，是一家旋转的西餐厅。此时挨着落地窗的绝佳观景餐位上，一个模样英俊儒雅的男人穿着一身质地精良的黑色西装，正风度翩翩、优雅绅士地为从洗手间回来的女人拉开了椅子。

这个女人穿着一身黑色无袖连衣裙，衬得她的肌肤更加白皙，一抹复古红的饱满唇瓣，性感中又不失霸气。

二人虽是约在西餐厅，可餐桌一旁却摆放着一个文件夹，里面是关于这次电影剧本的相关内容。

温弦微微一笑：“东原哥，该说的我都说了，我很喜欢这部电影，私下做了很多功课，我真的很想拿下这部电影的女主角，所以……”

她对面的男人不是别人，正是她之前处了三年的男朋友，虽然只是挂名。

程东原将视线从文件上收回，落在温弦身上。他是一个极为成熟的男人，一双琥珀色的眼眸似能看穿一切。他语气温和地道：“阿弦，我知道你上心了，但是这个世界上没有人比我更了解你，告诉我，你这么做是什么原因？”

“当然是想进军国际，拍摄一些真正有内涵的……”

不等她说完，程东原轻声打断她的话：“这些话你说给别人听还行，在我这里说，我会信吗？”话是这么说着，他的眼底却流露出浅淡的笑意。

温弦忍不住转开脸，暗自咬牙。

程东原目光深深地望着她。这么久不见了……她变得越发耀眼夺目，像是火红的玫瑰花，美得肆意张扬，却又富有深刻韵味。

两年后的今天，她竟然主动靠近他，难不成是后悔了？

温弦动了动唇瓣，刚想开口和他说什么，却被一道声音打断了。

“我家弦弦原来在这里呢，我一直在楼下等你，怎么还没结束？什么工作这么令人秃头？”

话音落下的同时，霍启的身影出现在了他们的视线内，径直冲着温弦走来，最后直接坐在了她的身边。

温弦看着不知从哪里冒出来的霍启，一脸疑惑。

霍启胡编乱造的本事越发精湛，再看向对面的时候，他故意流露出几分浮夸的惊讶表情：“哟，这不是程先生吗？原来是弦弦的‘前’男友。”说到某个字时，他还刻意加重了语气。

程东原看着突然冒出来的霍启，唇边只是淡淡一笑，并不说什么，似乎对他这样的“对手”，根本谈不上有压力。

“你来干什么？”温弦扭头问霍启。

他搞什么鬼？

霍启对她道：“我不是看你身边的臭苍蝇太多嘛，为了你的人身安全着想，我花大价格给你雇了个贴身保镖。”

“什么，保镖？！”温弦蒙了。

霍启说完，冲着前方某个方向招了下手，轻扯嘴角笑道：“你看，人都给你带过来了，还是吴彦祖的前保镖呢。那体格，绝对能横扫你身边一切图谋不轨的臭男人！”

温弦一听，一时间简直无语至极，捏着高脚杯轻抿一口红酒，视线却下意识地冲着他说的保镖的方向看过去，下一秒——

“噗！”温弦刚喝进去的一口红酒，蓦然喷了出去。

她不得不承认，有一瞬间，她的脑袋像要爆炸了。看着猝不及防地出现在自己的视线中的人影，她只觉得像是有一道惊雷在脑海里炸开，炸得她魂不附体，哆哆嗦嗦着，甚至不知道自己是谁、在做什么，自己在哪里。

霍启厉害，真厉害，她素来冷静淡定的脑子彻底被霍启给治理了。这是什么保镖？他真的敢说，也真的敢做……

而她这一喷，连带着自己整个人都呛得咳嗽起来，程东原和霍启迅速起身拿着帕子要给她擦拭。

温弦看到这一幕，瞬间头皮发麻！她马上退缩，疯狂地摇头拒绝：“别别别，你们都别动，我自己来，都别碰我！”

求求你们了，救救孩子吧！

在挣扎退让之间，她已经忙不迭地赶紧起身，生怕他们触碰到自己，求生欲爆棚！

与此同时，那抹身影也一步步走到她面前，最后在他们的餐位这里站定。身躯笔直的他站在光影之下，将他们这一桌的餐位都覆盖上了一层阴影，温弦和他的视线无可避免地撞在一起。

望着他不带丝毫情绪的帅气冷酷容颜、幽深迫人的视线，她的嗓子艰难地滑动了下，随后竭力地挤出一抹牵强的笑容。

尤其是眼下，她站起来后，手似乎都无处安放了，慌慌张张的，心底有鬼似的。可明明不是那么回事不是吗？

眼前的男人，不是别人，正是她从青海回来后日思夜想的男人——陆大队长，陆枭！

可是他此时出现在这里，堪比死神出现还恐怖。先不管他是怎么凭空出现在这里的，怎么成了霍启口中的保镖的，因为眼下还有更可怕的事情。

温弦颤颤巍巍地移开视线，整个人简直浑身发麻。她轻咳一声，对霍启支支吾吾道：“这就是你刚刚说的……”

“对啊，看着还不错吧？这就是我给你找的贴身保镖啊，这哥们儿虽然闷了一点，却很能干啊！之前可是给吴彦祖当保镖……”

温弦在心底忍不住咆哮，想骂霍启真的是个超级无敌大傻子！

可内心再想咆哮，她面上都得温温柔柔地笑着，含混着道：“嗯，不错，甚是不错……”

霍启听她这么说，顿时一拍大腿，笑得开心极了，连忙对陆枭道：“来来来，我的女朋友看上你当保镖了，先坐下。”说着让他和程东原坐在一起，四个人坐在这儿，这回看程东原还怎么勾搭温弦？！

“谁是你的女朋友？！”温弦刚坐下的瞬间又霍然站起来，满脸惊恐地望着霍启。这人能不能不要胡说八道？！

说话间，她又忍不住偷偷瞄了一眼程东原身边刚刚坐下的男人。陆枭的眼睛一眨不眨地看着她，看似平静，又像涌动着不可控制的滚滚浪潮。

天地良心，她是纯洁的、无辜的！

这时，程东原望着霍启，微微笑着，淡然开口：“霍少爷，的确，饭可以乱吃，话却不能乱说。”说到这，他顿了下，不紧不慢地说，“阿弦昨晚发了条微博，如果我没猜错的话，那上面暗指的人应该不是你吧？”

霍启瞬间瞪大了眼睛。

温弦微微一怔，陆枭也抬眸看她，两人的视线就在这硝烟四起中相撞。

温弦捏紧了手中的叉子，望着陆枭的时候，眼神深沉又急切，似乎在极力冲他传达些什么。

眼下，对霍启来说，被人驳了面子是小事，女朋友被人抢走了才是大事。他慌忙看了一眼温弦，再看向程东原的时候，心底“咯噔”了下：“什、什么意思？你说清楚，说的不是我难道还是你吗？”

程东原的确有一点本事，用纸巾擦了擦嘴角，优雅而温和地说：“你说呢？”

简简单单的一句反问，他没凭没据，仅凭三言两语就混淆视听，令霍启心头大乱，整个人简直要气死了，与此同时，想法也被程东原带偏了。

她在微博上发消息说的那个人该不会真的是程东原吧？所以她还想

专门去青海拍戏，那里人烟稀少的，他们两个人还是前男女友关系，这不正是为了旧情复燃做准备吗？

霍启这么一想，觉得脑袋发黑，太阳穴突突直跳。

好在温弦终于开口了，重重地清了清嗓子，一本正经地认真道："好了，我说你们能不能不要胡乱猜测？我饿了，要吃饭。"她说话间，视线还时不时地看向陆枭，似乎想通过每一秒机会，向他阐述清楚自己是无辜的。

她在微博上暗指的那个人不是他们，而是他——陆枭。

陆枭不动声色，漆黑修长的眼眸却深沉了些许。

霍启后来又点了吃的上来。

霍少想痛宰程东原，点了乳鸽鹅肝派、煎牛肋、帝王蟹甜豆、鱼子酱鸡蛋羹等。他竭力沉住气，脑海里想的都是怎么对付这个老男人。

温弦看来了这么多美食，刚要刀叉上手，眼前出现了令人窒息的一幕——

只见在她刚抬手的时候，霍启夹着一块牛肋，程东原切了一块真鲷，陆枭叉着一块鹅肝，三个人同时将美食送到她的面前……

要命！

温弦看着这一幕，心头一滞，差点当场去世，要这么刺激地对待她吗？

整齐划一的动作下，三个人的眼底都是她。

然而，在这样的举动后，霍启和程东原看着对方手里的食物怔了下，视线相撞，然后二人竟一起缓缓看向了陆枭。

霍启盯着这个他找来的保镖手中的鹅肝，整个人陷入了沉思。他和程东原这么做情有可原，可他一个保镖？

陆枭看他们的视线都集中落在自己身上，神色漠然地缓慢来了句："保镖，不都是这么做的吗？"

众人沉默。

霍启的表情有些微妙，彦祖的保镖照顾得这么精心？

温弦连忙轻咳了一声，然后笑着对他们道："我现在减肥，不能吃那么多。东原、霍启，你们自己吃吧。谁夹的不重要，重要的是我现在特别喜欢吃这个鹅肝，只吃这个了。”说罢，她拿起小碟子专门接过陆枭叉子上的鹅肝，随后，眼睛也一眨不眨地望着他，小声来了句：“谢谢！”

陆枭放下刀叉，鼻息间淡淡“嗯”了一声：“应该的。”

温弦顿时小心脏颤了下，连忙低下头，拿着刀叉小口地切着鹅肝吃，垂着眼睑，都不敢抬头了，生怕泄漏了她的那点小心思。

程东原身为一个三十多岁的精英男人，到底比常人敏感些。他偏头看了一眼陆枭，然后对霍启道：“霍少爷，你为阿弦找的保镖看起来真的是尽职尽责，在哪里找的，家是哪里的？”

这话看似夸赞，可背后的质疑任谁都能听出来。

霍启自认为自己还不傻，听出了其他的意思，顿时冷笑一声：“这好不好还用你说吗？我是在前日陪弦弦去参加电影开幕式时，在外面的保镖当中挖来的。”

一听这话，低头吃鹅肝的温弦身子顿时一僵。

他、他说什么？在前日会馆那里发现的陆枭？

温弦的心脏都颤动了两下，她陡然回想起当时自己下车后，在闪光灯下拍照时，恍惚间看到的那一抹转身离开的身影。

在意识到什么后，她的心脏骤然紧缩起来，一时间她感觉说不出地疼痛、闷滞，指尖发麻。

她缓缓抬眸看向陆枭，撞入陆枭的视线中，可很快他就微微偏转开了脑袋，眉头也轻蹙了起来。似乎不想让自己知道，他那天就在人群之外，在街道对面的一个角落，默默无闻地看着自己。

他从青海过来了，来看自己，却隔着人山人海，远远地看着。

温弦觉得鼻尖有些发酸，内心被说不清道不明的复杂情绪所充斥，对唇齿间美味的鹅肝都食不知味，舌尖尽是苦涩。

而这时，程东原也不管霍启说了什么，只是看向陆枭，对他说：“这位先生，能否把身份证出示一下？”

这个男人虽被霍启口口声声称为保镖，可他出现后的气场、姿态，浑身透着的那股冷冽肃穆气势，根本不是一般人所具有的。

陆枭沉默一瞬，还是将身份证递给了他。

程东原看着身份证，最后的视线落在地址上，怔了下。随后，他轻笑着对霍启道："霍少，你找的这个保镖看来还真的不简单，北京人，家住二环内的东城区，四合院啊，天子脚下。"

这北京可是没有一环的。

霍启着实有些蒙了，北京？二环？四合院？

不是，这年头当吴彦祖的保镖的人都这么有钱吗？

温弦吃着鹅肝的动作顿在了那里，眼睛一眨不眨地望着陆枭，陆枭则是神色平淡，冷冽的眼眸令人看不透。

温弦被惊到了，她知道陆枭是北京人，可他家竟然在——下一秒，她"唰"的一下从程东原手中拿走了身份证，仔细地盯着上面的地址以及上面的名字。

身份证是真的，不是作假，上面也清清楚楚地写着东城区哪条街多少号，故宫她当然去过，附近那条街都是四合院。

温弦翻来覆去地看了一会儿，再次陷入了沉思。

到底是哪里出现了意外，他不是可可西里管辖区的大队长吗？不是一个月四千块钱的糙汉子一个吗？

这时霍启也皱眉看向了陆枭："哥们儿，什么情况，你家那么有钱出来干这个？"

陆枭冲温弦手中的身份证伸出了手，淡淡地开口道："家道中落，全家人都挤在一起，除了能住人没什么用，当保镖能多赚点，贴补家用。"

霍启看他语气认真，神色复杂地点了点头。

一穷二白的男人，家里空有一套四合院却吃不起饭，嗯，出来给人当保镖，这经历实属励志。

程东原一听这话，视线看向窗外轻笑了声，不再言语。

温弦将身份证递给陆枭，视线忍不住在他的照片上多看了好几眼，心底忍不住颤了颤。

那张照片是他五年前照的，那个时候他才不过二十三岁。不过这些都不是重点，重点是那个时候他是寸头，寸头！她还是第一次看见有男人留寸头那么帅！

他的容颜极为出挑，不像霍启长得白净漂亮，而是非常帅气硬朗的男性五官，轮廓鲜明，下颌线条坚毅而完美。眉目漆黑，眼眸狭长，他是那种内双，眼皮很薄，看起来视线薄凉，冷淡却又格外犀利。

菱形的薄唇轻抿，上身穿着一件迷彩 T 恤衫，下颌微抬，寸头更是让他浑身透着一股子说不出的倨傲冷冽气质。

帅，这人真的是太帅了，让她腿软。

温弦恋恋不舍地将身份证递给他，再看向本尊的时候，心脏都要蹿出来了。

陆枭神色冷淡地接过来，只是他伸过去的指尖和她轻触。

温弦的心脏好像在那一刻骤停。再缓缓将手收回来的时候，她竭力按捺住心底的躁动，轻咳了一声道："既然今天和东原谈剧本也谈得差不多了，我还有点事，就先撤了。"

程东原说："我送你回家。"

霍启立马阻止："大晚上的，你送她回去？想得美！有我的保镖在，还用得着你来护送？"

他现在不管那个保镖到底住什么房子、有多少钱，就想拦住温弦这个前男友！

在他看来，她这个前男友看着不动神色，可实际上贼得很啊。对方这么多年不结婚，一直等着温弦，这是痴情吗？这是真爱吗？

错！

对方这是想让他的弦弦心底感动，感动得痛哭流涕，觉得这个人是世界上最好的男人，两个人再重新和好如初啊！

这才是这人的诡计，太恶毒了。

霍启越想越觉得这个三十多岁的老男人可怕，干脆起身走到陆枭身边："快，还等什么呢？花钱白雇你了，还不带着我家弦弦赶紧走？！"

说罢自己则是堵住了程东原的出口，堵得严严实实的。

陆枭微微挑眉，随后淡淡地开口：“好的，霍少爷，我会平安将人送回去，您尽管放心！”

他转身，冲着温弦伸出了手。温弦被他和霍启弄得一愣一愣的，还真的把包包和大衣递给了陆枭。

温弦冲他们说：“那、那我就先让保镖送我回去了。”

程东原微微蹙着眉头，站起来刚要说什么，霍启直接挡住了他，冲温弦连连扬手：“快走，快走！得让这个老男人知道自己已经是过去式了，要认清楚自己的身份！”

程东原见自己被霍启堵得严实，气得太阳穴都突突直跳，这家伙为什么叫霍二？这明明应该是二货！

看着两人离开后，程东原终于忍不住了，扯了扯自己的领带，无可奈何地轻嗤嘲讽道：“你拦我做什么？真正让你感到危险的人应该是那个保镖，而不是我！”

霍启：“本少爷信你个鬼！别在我这里挑拨离间，你真的当我傻啊！”

程东原气得把西装外套往椅子上用力一摔，这家伙要不是个富二代，小学都毕不了业！

今天温弦开的是一辆帕拉梅拉。

与之前不同，这次是温弦开着车，副驾驶座上坐着陆枭。

只不过眼下，这个男人双手环胸，目视前方。冲锋衣拉链拉到顶，贴着喉结，下颌弧度完美，整个人不苟言笑，任谁也看不出他此时到底在想什么。

温弦心里也没底，一边手撑着方向盘看路，一边时不时地瞄着副驾驶座上的心肝宝贝，轻咳了声道：“刚刚没吃饱吧，我们先去一趟超市吧，买点吃的。”

她还没问他怎么会来上海，因为觉得这可能不是一两句话能说清楚的事，先慢慢来。

岂料，她的话音刚落下，他就不冷不热地来了句：“绯闻男友带着我去见你的前男友，今天这顿饭我吃得很饱。”

温弦的胸口一滞，差点心肌梗死。她呵呵着干笑了两声：“别听霍启胡说八道，我都说了他是我的好姐妹。”

说话间，她的轿车一路开往超市的方向。

昏暗的车内，她透过后视镜瞄了瞄他结实的身躯，嗓子间微微滑动了下。他突然来了，她吃的喝的什么都没有准备，晚上带回家去，不得先去超市买点什么……

“我看还是去买点吃的，想吃什么？”醉翁之意不在酒，她问。

陆枭眸色冷淡地道：“不饿。”

温弦：“不不不，你饿。”

陆枭缓缓侧头看过去。

温弦一脸正色地轻咳了声，视线躲闪着，没再回复他。

很快，二人来到了超市，好在这个时候是晚上十点多了，超市里的人不是很多。

她推着一辆推车，走在陆枭身边。

她不停地问陆枭想吃什么，陆枭说不吃，可她一边点着头，一边将那些吃的东西扔进了推车里。似乎只想把推车填满，也不管装的是什么。

陆枭看着她拿了十几袋速冻水饺扔了进去，忍不住扶额揉了揉眉心。趁她又去前面买酒，自己将那些水饺都放了回去，不动声色地给她换上新鲜的蔬菜水果。

一路上，二人都是这样过来的，满腹心事的温弦都没注意购物车几乎被整个调包。

温弦很喜欢和陆枭逛超市的感觉。他能和自己一起出现在这里，让她觉得像是自己偷来的美梦，每一分每一秒都那么难能可贵。

两个人宛如情侣，她的心底都被填满，只想时间慢一点，再慢一点……

终于，还是到去收银台买单的时候了。

温弦刚才还磨磨蹭蹭的，到了收银台前，看陆枭摸出一个牛皮钱包，她突然要抢着付款了：“别，让我来！你大老远地来找我，买个东西怎么还能让你买单？”说着，她挤开陆枭，低头去拿车里的东西。

收银台上堆着满满的吃的，只是东西堆得差不多的时候，她的眼神有意无意地往旁边的货架子上瞟。在超市这些地方，口香糖和一些东西总是爱摆放在一起。

那细白的手在袖子下几次想探出去，都在有点风吹草动的时候收了回来，胆战心惊，似乎很怕被别人发现。

“小姐，还有吗？”收银员问。

“嗯，没、没了。”说话间，温弦迅速从旁边的货架子上拿了一个什么东西要塞在那堆吃的下面。

大抵是从来没干过这档子事，她心虚得不行，慌乱之下，那东西不但没塞进去，还“啪”的一下掉了下来，落在地上。

温弦呼吸一紧，连忙用身子将其挡住，装作什么都没发生。

然而，那收银员小姐却道：“小姐，你刚刚拿的什么东西掉了？麻烦你捡一下。”声音不大不小，刚好身边的人都能听得见。

那一瞬间，温弦的脑子“嗡”的一下要炸了，她慌忙低下头，恨不得将自己的整个脸都埋在领子里，装作什么都没听见的样子。

她似乎从来没那么窘迫过，也希望他什么都没有听到，可怎么会什么都如她所想的那般？

在收银员再次开口提醒的时候，她只觉得身后的男人突然动了下，弯下腰，然后捡起了一个东西。

要死了。

温弦认命地闭上眼睛，耳根都红炸了。她再睁开眼的时候，余光看见陆枭将那东西放了回去。

下一秒，她又见他的手在那些盒子前停留了片刻，转而换了另外一个。

耳边，他低沉喑哑的声音传来：“你拿小了。”

说罢，他看也不看她一眼，直接将一个盒子搁在了收银台上，目光淡漠，却又坦然。

他拿出钱包，高大的身躯挡住了她，对收银员小姐蹦出了几个字：“所有的东西一起买单。”

真的有那么一刻，温弦都想自己挖个地洞钻进去了。

那收银员见这个男人表情冷冽倨傲中透着几分正经，再看一眼那盒东西时，忍不住耳根臊红了些。

这男人啊，果然都是一个个看着正经！

温弦出超市时一直戴着渔夫帽、眼镜、口罩，高领大衣把自己遮得够严实了，但还是没脸见他。

她虽然嘴上贫，但实际做又是一回事，被他当场抓包，原地爆炸也不过如此了。

从超市出来，要开车离开的时候，陆枭阻止她上车。他语气冷淡地道：“笨手笨脚的，去坐副驾驶座。”

温弦上了副驾驶座，嘴里却小声咕哝：“你才笨手笨脚。”

陆枭启动车子，目视前方，鼻间淡淡“嗯”了声：“反正把东西掉在地上被围观的人不是我。”

温弦一听这话，差点“猛女”落泪。

车子往她的住宅开回去，一路上二人没怎么说话，车内弥漫着难以言喻、极为微妙的气氛。

不仅仅是尴尬，还有更多其他说不清、道不明的东西，让她心跳加快，耳根都跟着发烫。

毕竟他还生着自己的气，还等着她解释呢，可她倒好，先把其他的给惦记上了。

就在她缩在副驾驶座上暗自红着脸的时候，突然一道淡淡的声音又落下来：“你别多想，我来上海不是因为你，明天晚上就走。”

像是一桶凉水浇了下来，让她瞬间清醒过来，也浇得她有些透心凉。她还以为他是专门为了她……

陆枭语气淡淡地道："我要忙的事情太多，这次来上海是家里所需，不过意外碰上了你。"

意外？！

还好她不是霍启，不然还真的信了。他当她是什么，那么容易就能碰上？

她轻笑了声："噢，这样啊，那看来你出现在我的电影发布会上，也是挺意外？"

陆枭别开脸，舌尖忍不住在腮帮处抵了下，视线微微闪烁。再开口的时候，他说："我就送你到楼下，不上去了。"

温弦浑身一僵，以为自己听错了。

他敢不敢再说一遍？东西都买完了，他说不上去了，他是故意闹别扭吧？

瞬间，车厢内的气氛格外死寂，车子驶入了最后一条街，即将抵达。

气氛越发僵滞，谁都像是憋着一股气没开口。眼睁睁地看着车子抵达，温弦冷哼一声："有的人跩什么，别以为仗着我喜欢他就为所欲为，要走可以啊！"

陆枭握着方向盘的手紧了几分，眼底也越发暗沉。就在他微动唇瓣，刚想说什么的时候，却听她蚊子声似的咕哝道："大不了，大不了，人家撒个娇求求他留下来……"

陆枭的心底一颤，漆黑的眼眸似湖面漾起涟漪，他大抵没想到她竟然会反转地说这么一句话。

温弦说完那话后，就窝在副驾驶座上，微垂着眼眸，抬起左手，别过耳边散落下来的几缕发丝，举手投足间，都是小女儿家的羞怯。

陆枭一边开着车，一边从车载后视镜内看了她一眼，将她那模样尽收眼底，眼眸更加暗沉。

片刻后，温弦就听他轻咳了声，语气冷淡地说："那就撒个娇试试看。"

温弦差点被自己的口水呛到。

什么？他刚刚说的是认真的？！

她再看向陆枭时，却见他神色还绷着，下颌冷硬，专注地开着车，没看自己一眼，仿佛还在生气。

温弦深吸了一口气，自己也目视前方，可下一秒，她细白的手指却一点点地挪过去，最后拽住了他的衣服一角，轻轻晃了晃，咬着下唇，眉眼微垂，声音软糯娇柔地道："陆哥哥，人家错了，原谅人家吧……"

那声音绵绵软软的，像是勾人的弦，让人心神都跟着荡漾。

陆枭看着不动声色，目视前方，可那眼眸却越发漆黑，贴着冲锋衣的喉咙处，也微微滑动了下。

而温弦似乎还没意料到自己撒娇的威力有多大，继续拽着他的衣服的一角，娇娇柔柔地道：

"陆哥哥，是我不好，不该有霍启这个姐妹花；是我不好，不该和前男友吃饭，虽然人家真的只是谈工作。可是你的小妖精可以跟你发誓，人家微博上说的人就是你呀，就是那个送给人家向日葵的男人，就是那个和人家在星河之下共度一夜……"

"停停停！"男人突然出声打断她后面的话。

与此同时，她拽着他的衣服一角的手也被他的大手握住了。

他单手握着方向盘，温弦看着自己被他握住不再作乱的小手，陆枭冷酷帅气的脸到底是绷不住了，视线时不时地看向车窗外。

温弦的目光缓缓上移，偏头看他。

嗯？不知道是不是她的错觉，她怎么感觉自己好像在陆枭的嘴角捕捉到了一抹轻笑？

虽然转瞬即逝，却格外让她惊艳。

她眨眨眼，单纯无害地叫了声："老公？"

车子骤然一个急刹车，停在了汤臣一品的入口处，吓得旁边出来溜达的保安大哥都往后来了一个灵敏的跳跃。

温弦再也忍不住了，顿时哈哈大笑起来。陆枭却耳根都红了，大手攥紧了她细白的手指，下颌弧度也更清晰明显，似在磨牙，他道："不许笑。"

"哈哈！哎呀，你看陆大队长怎么耳朵都红了？真可爱！"

陆枭只觉得浑身的气血都往上涌，最后忍无可忍，咬牙道：“上楼，看我怎么收拾你！”

这话充满威胁，可温弦却彻底荡漾起来。

这会儿保安大哥过来了，认出了这是温弦的车，毕竟她是超级大明星，他还是她的粉丝。

车玻璃被敲了敲后，降了下来。

保安大哥一眼就看见了温弦，笑得眼睛都快看不见了：“原来还真的是温小姐回来了，我还当今天是谁呢，这车开得差点送走我。”

温弦顿时笑着咳了两声：“保安大哥，不好意思啊，我这新雇的司机不太会开车。”

司机？

陆枭无言。

保安大哥一听，这才看向陆枭：“哎，你这司机开车可得小心着了，要不是我今天躲得快哦，不然你那车轱辘可就轧到我的脸、脸上……哎？不对，我之前是不是在哪里见过你？”

话说到一半，保安大哥越看陆枭，似乎越觉得眼熟。

“嗯？”温弦挑眉。

不承想，保安大哥突然说：“唉？你不就是昨晚大半夜的还在对面公交车站亭下站着的男人吗？”

温弦笑着的嘴角缓缓僵住，随后她看向了陆枭。

保安大哥说什么？昨夜他在她的小区外面站了大半夜？

而陆枭一听这话，顿时蹙起眉头，唇瓣轻抿了下：“你认错人了，我不知道你在说什么。”

“不可能！我记得太清楚了，就是你站到凌晨三点，抽了半包烟呢。昨天夜里还一直下着雨，我换班的时候还跟我同事猜测，你是不是个无家可归的流浪汉！”

听了这样一番话，温弦心头像是被什么东西猛然撞击了一下，疼得她呼吸都有些停滞了，手指也开始发麻。

如果没记错的话，昨夜她还泡在浴缸里，拿着手机给他发信息，问他在哪里、在做什么，还问了他……他那边现在是什么样的天气。

可他明明一个人孤零零地站在她的小区外的公交车站亭下淋着雨、吹着风，一根接着一根地抽着烟，却依然发信息告诉自己：星空，晴天。

陆枭看着前方，神色却透着几分冷意。

温弦望着他，嘴角轻扯了下，轻笑出声，然后别开脸，看向另外一侧车窗，瞬间红了眼眶。

陆枭啊陆枭，他是不是真的要让她疯掉不可？！

保安大哥刚刚还兴致勃勃得像是发现了新大陆似的，可眼下察觉到微妙的气氛，觉得似乎说了什么不该说的话。

他刚咳了声，准备识时务者为俊杰地离开，却听到温弦叫住了他。

他连忙回头，温弦一字一顿地冲着他道："保安大哥，我其实说错了，他不是我的司机。"

"哎，我就说嘛，他根本不会开……"

"他是我的未婚夫。"

保安大哥愣住了。

温弦一字一顿地强调："他是我未来会结婚的未婚夫！所以，麻烦你以后再看见他，无论如何，拖也要把他给我拖进来！"

保安大哥目瞪口呆，整个人像是遭到了暴击。

"他、他是你的未婚夫？！"

那个保安大哥似乎还有些不相信，陆枭已经没有耐心了，眉目间尽是冷漠和倨傲之色，冷冷地蹦出一句："有的人能从流浪汉变成大明星的未婚夫，可有的人之前是保安，现在还是保安。"

这话说完，随着防护栏上去，他一脚踩下油门，进去了。

徒留保安大哥站在风中凌乱，眼角抽搐。

汤臣一品的房子都是电梯直通家里的。

温弦住在三十五层，中间偏上的位置，这个高度视野好，她也比较有安全感。

眼看着电梯的数字一层层增加，温弦这会儿倒是安静了，极为安静，显然跟保安大哥说的那些话，脱不了干系。

陆枭一手插兜，一手虚握成拳在唇边咳了声，一脸严肃和认真：“你这样说，不怕给你带来麻烦？你就那么信任他？”

温弦沉默了下，开口说：“小区门口经常会有狗仔，里面住的不止我一个明星，那保安大哥是愿意收明星的好处，还是狗仔的好处？”

即便是两头收，他也知道什么该说，什么不该说。

说到这儿，温弦犹豫了下，随着电梯抵达，率先走出去，小声咕哝了句：“而且，我不怕麻烦，我怕的是你有麻烦，我得保护你。”

陆枭站在电梯里僵了片刻，这才缓缓地走出来。

温弦一进来，就把大衣脱下，换上拖鞋，给他找鞋子。

只不过，她找出来的两双都是女式粉色拖鞋，最大的也才三十九码，一般是给朋友准备的。

她顿时有些尴尬，咳了声：“应该有些小，怎么办？要不不穿了，你就这么进来吧。”

陆枭盯着那双粉色拖鞋沉默了下，最后还是开口道：“我试试。”

论一个四十三码脚的男人怎么挤入一双小那么多号的女人的鞋子里？

温弦忍不住想笑，觉得画面太美，不知怎的，虽然给陆枭穿女式拖鞋，可怎么感觉他……态度没之前那么冷淡了，情绪似乎好转了些？

温弦的家里是现代北欧风的装修，看起来非常清新。

客厅有昏黄柔和的吊灯、绿色的墙壁壁纸、祖母绿的真皮沙发、白色的地毯，沙发的侧面墙壁处还有一个偌大的壁炉，白色的砖砌成的壁炉里面有火在轻微跳动。

陆枭看着温弦帮他去挂衣服，在昏黄柔和的灯光下，她似乎格外温柔又贴心。

温弦穿着黑色贴身裙子，踮脚、抬手的时候，纤细曼妙的身段被勾勒得淋漓尽致。

男人冷冷的视线微微一探，随即转开了视线。

温弦再来到他身边的时候，道："你来得仓促，没地方住，今天又这么折腾一趟，肯定很饿了吧，我这就去给你下点面。"

本来她还想一进来就把他给……可在保安大哥说了那些话后，她只觉得再那样做，简直是丧心病狂！

遇见了陆枭之后，她还想好好做个人。

就在她刚要转身的时候，手腕被人拉住了，直接被拽入了他的怀里，他从她背后拥住了她。

那一刻，温弦的呼吸都停滞了。下一秒，她耳边落下他温热的呼吸和低哑的声音："嗯，晚上没吃，我是饿了。"

温弦的身子一僵，随即耳根一点一点地红了起来。

他饿了？只是字面上的意思吗？

她不能多想。毕竟他是一个一本正经、严肃严厉的大队长，他说什么应该就是什么。

所以，再开口的时候，她支支吾吾地道："既、既然饿了，那我就下面条给你吃。"说罢，她微微拉开他的手，赶紧趿拉着拖鞋去了厨房。

陆枭望着她迅速离开的纤细身影，漆黑的眼眸则更深了些，随后俯身，将玄关处的吃的东西都拎了进来。

温弦的厨房是开放式的，她太忙了，做饭的时候不多。

陆枭打开她的冰箱，发现冰箱很空，顿时微微蹙眉，将采购来的两个袋子打开，帮她一层一层合理地放置好。她正将洗好的西红柿拿来烫皮，看到这一幕，有些羞愧，望着陆枭，心里平添出几分说不出的感觉。

她在做饭，他在帮自己整理冰箱，两个人和谐自然得像是一对恩爱夫妻。

夫妻……想到这个词，温弦的心底也莫名地颤了下。

这幅画面虽美好，可是他们每个人都清楚，这就犹如昙花一现，很难长久。他的工作还在青海，那里的一片土地还需要他来守护。

温弦搅拌着鸡蛋液，微微垂下眼睑，遮挡住了眼底深处的一抹落寞和复杂之色。

想起他之前在车里说过的话，她问道："陆枭，你说你来上海不是专门为我来的，那是为什么？"

如果她没听错的话，好像是和家里有关？

陆枭闻言，淡淡"嗯"了声，随后不紧不慢地开口："我父亲住院了，在上海看病，我回来看他。"

温弦瞪大了眼睛："什么，咱爸……哦，不，你爸住院了？！你怎么不早点跟我说，情况怎么样，要紧不要紧，钱够不够？！"她的确是担心了，那可是陆枭的父亲。

咱爸？

陆枭微微挑眉。

他关上整理好的冰箱走了过来，淡淡地道："他得了良性肿瘤，不过问题不大，手术也做完了，恢复得挺好，就快出院了。"

温弦连忙道："那我们去看看他吧，我跟你一起去。"

人没事就好，虽然问题不是很严重，她还是得去一趟。

毕竟……陆枭，他、他已经算是自己的男朋友了吧？就算他没亲口挑明。可一旦她见了他的父母，那么他们两人的关系不就更加近了一步吗？

陆枭的脑海里莫名回想起去看他父亲、母亲的时候，在医院病房里的一幕幕场景……

他说他有女朋友了，她叫温弦。李在君不客气地嘲笑他是在做梦，是疯了。温柔的母亲也恨铁不成钢地看着他，父亲更是直接冲着他砸过来茶杯……

陆枭沉默了下，蹦出一个字："好。"

带她去见父母是一回事，另外也是想让父母知道，他没说谎。

他的父亲明天出院，他晚上的航班回青海。

他道："那就明天上午去吧，我和他们说一声。"

温弦一看他同意了，低头煮面条的时候，嘴角都忍不住弯了起来。

他带她去见父母，这说明什么？尤其是对陆枭这么严肃认真的男人来说……

一碗面很快就做好了，手擀面在锅里沸腾，温弦将炒好的鸡蛋西红柿倒入锅里，瞬间香气在沸腾中四溢出来，浓郁的番茄汁将面条染上了鲜亮的色泽。

她又切碎了一点香菜、葱花，关火的时候再淋上一点香油，那一碗面虽然简简单单的，却是色香味俱全。

陆枭还真的是感觉饿了。

温弦对自己的这碗面很满意，不过她绝对不会说她只会做这个。

陆枭看着她穿着围裙，认真又温柔地给他做饭的样子，陷入沉思。这是除了他的母亲，第一次有女人给他做饭。曾经他在战场上经历腥风血雨，从未体会过这种温暖柔情。

温弦转身要去拿个大碗，却听陆枭突然开口："温弦，你知道吗？以后不能随便给男人自己的钱。"

"啊？"温弦有些没反应过来。

"我不知道你以前有没有这样，但是你要知道一个真正爱你的男人，是不会伸手管自己的女人要钱的。"

一个男人，有父母，有兄弟，怎么也轮不上向女人借钱，生死另当别论，但是在其他的事情上绝对不能。

温弦愣了好一会儿，这才缓缓地道："程东原是我的第一个男朋友，只是有名无分做个样子的，他比我有钱，然后就是你——"她说到这儿，语气顿了顿，脸色有几分微妙，"我本来还以为你是穷光蛋一个，我都做好了以后我多赚钱的准备，可不承想你竟然……"

"不管我有没有钱，你都不能给。"

温弦不知道他为什么这么执着于这个问题，只能先连连应下。

陆枭是真的饿了。

她做的面条又那么美味，端到桌子前，他低头没一会儿工夫就吃了大半碗。

温弦望着他吃饭的背影，心底莫名地像是被什么丝线扯动着似的，心底的某种感觉也越发强烈。

这样一个正直稳重，有能力、有责任心的男人，她觉得这辈子再也遇不到了，他给了自己无与伦比的安全感。

遇到陆枭之前，她从来都没想过结婚。可此时此刻，她竟真的觉得他是一个可托付一辈子的好男人。哪怕他们之间身份、工作差距大，可她不想放弃，一点都不想……

眼下，陆枭吃完了面，她赶紧转过身，作势去解开自己的围裙。可她越想解，手指反而越不灵活。

就在这时，一只大手伸过来，他来到了她的身后。光滑的白色瓷砖上，隐隐映照出两抹身影。

女人纤细，身材曼妙，男人身躯修长挺拔，像一堵墙站在了她的身后。

他低头去给她解开围裙，气氛似乎在一点一点发生微妙变化，这时他缓缓开口："温弦，明晚我就走了，我们加个微信吧。"

"什么？加微信，我们不是已经……"下意识地要说的话被温弦卡在了嗓子眼儿里。

"嗯？已经怎么？"

温弦纤细柔软的身子僵在了原地，不敢动，她攥紧了手中的抹布，呼吸都屏住了，轻咳了声："微信啊……这个东西我其实不太用，不太习惯，而、而且我们不是已经有电话号码了吗？那个就够了……"说到最后，她还干笑了两声。

在她的话音落下后，空气间微微安静了几秒。大抵是因为心虚，她觉得格外不安。

下一秒，她觉得身上一松，原来是陆枭帮她解开了围裙的系带。

她心底松了口气，刚想准备侧身溜走，身后的人稍微俯身，两只手臂从她的背后伸了过来，大手直接撑着将她抵在了灶台前。不偏不倚，他刚好将她完完全全地困在了他的怀里。

两条修长的手臂，不动声色地封住了她所有的路。

温弦整个人都蒙了。

这个姿势……雄性气息彻底将她包围。他这是做什么？

他再开口时，声音添了几分淡淡的闲散意味："不太会玩儿，用得不太习惯是吗？"

莫名感受到浓浓的危险气息的她连连小鸡啄米似的点头。

她到底还是没逃过，随着温热的呼吸落在她的耳际、颈窝，他清朗的声音也不紧不慢地落下："是吗，尚阿姨？可我看你挺会的，用得还挺习惯。"

"尚阿姨"那三个字一说出口，温弦只觉得脑海里如闪过一道惊雷般，把她的脑袋给炸开了。

他竟然……

她闭上眼睛，攥紧小拳头，耳根都涨红了。她竭力控制住自己，继续装糊涂："什么尚、尚阿姨，我怎么听不懂你在说什么……"

岂料，她这话说完后，只听耳边传来一声淡淡的轻笑："就是那个尚路逍的尚阿姨，你都不记得了吗？"

温弦攥紧手中的抹布，崩溃了，睁开眼睛，随后又再次闭上。

陆枭看着她憋得通红的耳根，继续开口："尚阿姨真的不是你吗？那她是谁？要不要帮我查一查？"说到这，他微顿了下，"毕竟，她还说……她想摸我的腹肌。"

啊——

话到这里，温弦的内心似乎有一只土拨鼠在咆哮！

她再也忍不住了，直接一把推开他就要离开，低着头，脸上火辣辣的。

可她刚走出去，腰肢被人从身后捞了回去，她惊呼一声，后背撞在了他的胸膛上。下一秒，他转过她的下颌，俯身低头吻住她。

与之前的猛烈不同，这次的吻变得极为温柔缠绵，吮吸着，厮磨着，让她的心都软化成了一汪水。

第八章

她的风情他难宁

上海又下雨了。

湿漉漉的，水汽打湿了玻璃，在外面的空气中弥漫开来。

只是不知何时，那濛濛的玻璃上映出了一道影子。

一个身躯高大的男人打横抱着一个女人从走廊里经过，去的那个方向是卧室……

世界似乎都安静下来，只剩下雨打玻璃的声音和她的心跳声。

等到一切都水到渠成的时候，陆枭盯着什么，漆黑中透着几分猩红的眼眸怔住了。

“怎么停下来了？”温弦沙哑的话音刚落，便感觉腹部涌上一股热流。

她足足愣了好一会儿，整个脑袋埋在了枕头里，小拳头用力地在床上砸了一下，眼泪差点掉下来。

男人的胸膛微微起伏着，陆枭拿起薄绒衣，两三下套在身上，遮住了他结实的胸肌和劲瘦强悍的腹肌。

“怎么办，我能做点什么？”他的声音低哑，眼底被她勾起来的火苗在竭力地被压制下去，自制力强得不行。

他没有什么经验，两个人又刚在一起，不知道怎么面对她这种状况，只觉得这个时候的她是无比脆弱的，像经不起任何风吹雨打的娇花，就别提海浪汹涌了。

岂料，他那话刚说完，温弦抬起埋在枕头里的脑袋，委屈地含泪道：“你不用做什么，你已经没用了。”

陆枭在房间里来回踱步了两下，手指穿过漆黑的发丝中，深吸一口气，下颌骨都隐隐勾勒出清晰的痕迹。随后他拿起手机，离开了卧室。

温弦委屈得要哭了，她猜测到生理期快来了，毕竟两人第一次的时候没做什么措施，她觉得是在安全期。

她裹着睡袍去了洗手间。不知道陆枭在做什么，等她再出来的时候，听到客厅里隐隐有男人的说话声。

她悄悄溜过去听。随后就看见他站在客厅里，打着电话，他的声音时不时传来：“红糖？放姜片？还有什么……”

温弦听到这两三个词语，心头微微颤了下。

他这是在跟谁打电话？怎么听着声音，那头像是个女人？

陆枭听着电话里的声音，微微捏了捏眉心。

“我知道了。”

等他准备挂电话的时候，电话那头的人突然来了句：“等等，你之前说的是真的？！你真的有女朋友了？！”

陆枭深吸了口气，淡定地道：“把你叫醒，麻烦你了，赶紧睡吧。”

说完，他率先挂断了电话，随即转身，准备去厨房，只是这时余光一晃，突然看见一抹穿着睡袍的身影。

那人站在墙边，白嫩的脚踩在地上。

陆枭顿时皱起眉头，大步走了过去。

“陆……你……啊……”

看他走过来，温弦的话还没说完，整个人就被他扛了起来，直接冲着沙发走去。他一般不喜欢说，看不过去的都是直接做，动作强势中却又不失温柔。

她整个人陷入沙发中，两只脚都被捏住了。他声音冷冷地道：“为什么不穿鞋就出来？肚子不会疼吗？那么大的人了就不会照顾自己？”

温弦被他教训得一愣一愣的，反驳不上来，只得转移话题，小声地问：“你刚才给谁打电话，我怎么听着好像是个女人的声音？”

她轻咬唇瓣，心底跟打翻了一桶陈年老醋似的。她知道陆枭的为人，只是她的占有欲在隐隐作祟。

陆枭听到这话，轻抿了下唇瓣，言语之间平添几分无奈之意：“我妈。”说到这，他转身离开，只是还没走两步，脚步顿了下，淡淡开口，“以后也是咱妈。”

这冷淡的话，却带着不轻松的分量，让温弦整个人都怔住了。

她愣愣地看着陆枭离开的高大身影，鸦翅般的睫毛缓慢地扇动了下，眼睑处瞬间浮上了一抹浅浅的红晕。

她嘴贫，没个正形，什么都敢说，可那都是自己的意思、自己的一厢情愿，但他不同。

温弦的心跳在停滞了一瞬后，陡然间有些加快。陆枭这么说……是认真地把她当成未来的媳妇了？

在意识到什么后，温弦把小脸都缩进了睡袍里，遮挡住了半张脸，似乎生怕他人看见她的嘴角都快咧到耳根了。

陆枭从卧室走出来，给她拿来了一条白色的毯子：“盖着点肚子，还有脚，不能着凉。”

温弦顿时像个幼儿园小班的小朋友似的乖乖点头。

陆枭现在比她更清楚厨房的食材，按照电话里他妈的说法，去做红糖姜汤。温弦看着他的身影，内心被一种难以言喻的东西填补得很满，很满。仿佛她是一片飘浮不定的落叶，在一次一次接受风吹雨打后，终于找到了它的根，再也不用离开。

晚上在西餐店吃了点凉的，温弦的腹部开始隐隐作痛了。

等陆枭熬好红糖姜汤走过来的时候，温弦的小脸已经变白了，她紧闭着眼睛，额角的发丝都被隐隐打湿，黏在脸颊上，整个人透着虚弱无力的美。

“温弦？！”陆枭察觉到了她的不对劲。

温弦只觉得自己浑身的力气都像是被人抽空，腹部一阵阵钻心的绞痛，让她整个人都不受控制地蜷缩起来。听到陆枭的声音，她唇齿间溢出低低的声音：“没、没事……老毛病了。”

她总是这样，气血不足，又因为早年间拍戏的时候格外拼命，生理期还要在隆冬十二月的水中拍戏，虽然剧组做了措施，可还是让她冻得浑身失去知觉。她没有背景，想少靠程东原的关系，不想攀附于他人，所以只能自己死扛。

陆枭看她这个模样，眉头紧皱。她都这个样子了，竟然还告诉自己没事。她不是很怕疼吗？她不是脚崴被他接好都要装有事让他背着吗？

可为什么一到了真有事的时候，她却一口一个“没事”。

陆枭越想脸色越发难看，眉宇间显然有几分愠怒之色。可即便如此，他抱起她，让她靠在自己怀里的时候，动作更是轻缓，生怕让她难受。

他拿勺子喂她喝红糖姜汤，还先吹了吹，怕烫到她。

温弦乖乖地靠在他怀里，不知是不是太疼，眼角都有些湿润。她再缓缓开口时，声音沙哑：“陆枭……你真好！”从来没有人这样照顾过她。

陆枭一怔，沉默片刻，一字一顿认真地告诉她：“温弦，你永远都不能看一个人对你有多好，要看他会对你有多坏。”

好是可以装出来的，而坏，会要了人的命。

他不知道别人，也没有过别人。但遇到温弦后，她看起来很聪明，可她对一个人动心的时候又很傻，愿意为一个男人陷入危险境地，不顾自己的性命；愿意给一个男人自己的钱，不考究他有没有说谎。

自己为她煮一碗红糖姜汤，她就说他真好。但是她不知道，这世间不是所有的男人都是他。

他们不论是在受训的时候，还是在战场上，如果被敌人的伪装所蒙蔽，那等待他们的就是输、就是死。

温弦迷迷糊糊地听到这话，内心微微颤了下，似乎没太能理解。她声音虚弱地问：“为什么要这么说……你会伤害我吗？”

陆枭没有回答她。

她又缓缓地道：“其实我不怕的，陆枭，因为我知道那个人是你，所以我知道你不会伤害我。”

她虽然被爱得少，可她不要廉价的爱，只有陆枭，也只能是他的爱。

她宁缺毋滥。

她那柔缓的话说完，陆枭的身躯僵了下，冷冽的眼眸望着她，神色变得越发深沉。

外面的雨还在淅沥沥地下着，整座城市被笼罩在雨幕之中。室内，柔和的灯光下，她躺在沙发上，靠在他的怀里，身上盖着毯子。

对比之下，一切似乎都那么令人安心、宁静。

那一刻，她也听到了他落在耳边的话。

“我只会保护你。”

温弦，我只会保护你。

这是他对她许下的承诺。

温弦沦陷了，陷入了他的怀里，也陷入了那醉人的温柔里。那种令人心安的踏实感，从未有过。

温弦不知道自己是什么时候睡着的，只是迷迷糊糊间，她的腹部仿佛被炙热的大手熨帖着，让她的身体一点点变得温暖起来。

陆枭看着她的脸颊在他怀里蹭了蹭，看着她恬静美好的睡颜，微微拨弄了下她额前被打湿的发，静默了一会儿，最后小心地抱着她起身，离开了客厅。

翌日，温弦再微微睁开惺忪睡眼的时候，入目的是男人穿着烟灰色薄绒衣的胸膛。

她愣了下，一时间还没反应过来这是什么场景。

温弦没想到自己竟然被陆枭这样一手搂着，睡了一夜。

她昨晚因为腹痛睡得太早了，现在不过早上五点。她微微抬头，就看见了男人坚毅而完美的下颌、轻抿的唇瓣、挺拔的鼻梁和英俊的眉眼。

他长得真的很帅，很有男人味，哪怕是睡着的时候，他还是眉头微蹙，一脸认真的样子。

温弦望着他，目光说不出的痴迷，细白的手指也忍不住缓缓凑过去，想要轻触他的脸颊。

就在她刚要触及他的下颌的时候，手被人握住了，男人睁开了眼眸，睫毛垂下来看着她，两人的视线就这样在清晨里相撞，谁都没有说话。

温弦看着手被他攥着，自己被他望着，顿时有些红了耳根。

“陆枭。”

“嗯？”

她微微转开视线，小声地说：“怎么办啊？好遗憾！”

陆枭被她直白的话弄得扶额，耳根也跟着臊红了，似乎体内的每一个细胞都在躁动。

再看向她的时候，他微微深吸了一口气，道：“你知不知道你这么说，好像你想跟我在一起，就只是为了我的身体？”

“那不然……”看着他扫过来的视线，温弦嗓子眼儿里的话顿时卡住了，她转而干笑了两声，又变成，“哈哈，当然不是，我最爱的是你的灵魂，是你正直的品质，是你的……”

陆枭听不了她的故意吹捧，伸出手捂住了她的嘴巴。

温弦却笑盈盈地看着他，喜欢一个人，被堵住了嘴巴，情绪还是会从眼睛里冒出来的。

她的眼里像是含着一汪春水，格外动人，陆枭被她看得莫名后背发热，眼眸幽深。

她可真的是会折磨人。

他觉得不能再继续待下去了，否则就是在折磨自己。他转身准备下床，可刚要离开，就被一双细长白嫩的手臂从背后拥住。她柔软的身子，紧紧地贴着他结实宽阔的后背。

这怎么让人顶得住？

“陆枭，别走……”

她的声音那么温柔，早上刚醒来，还有些沙哑，她从后面搂着他。

有一刻，陆枭是真正明白了，为什么自古以来就说“英雄难过美人关”。他那一身冷硬傲骨、正直铁血，在面对她的时候都化为绕指柔。

“陆枭，你也想的，不是吗？”

“我没……”

随着搂着他的腰身的手下滑，陆大队长瞬间没了声音，下颌绷紧，浑身僵硬。

她贴在他的耳边，诱人的声音像是深海里的妖姬：“陆大队长，还是你的身体更诚实一点。”

落地窗前白色的窗帘轻轻飘动。上海今天有了太阳，缓缓从高低起伏的高楼之中一点点上升，逐渐将上海外滩映照得波光粼粼，金色的光束洒满整个天际。

一架飞机从天际飞过，映衬着那一抹金色的阳光，显得无比渺小，却又如此震撼，有些模糊了男人的眼眸。

陆大队长的背是挺拔的，腰是劲瘦有力的，下颌是完美的。他呼吸急促，攥紧拳头。

此时此刻，他被彻底掌握在她的手中。

中午陆枭煎了两块牛扒，又做了一份浓郁的羊肉枸杞汤给温弦补气血。两个人吃完收拾好，这才准备去医院。

本来他们要上午出门的，直到现在才出门，谁知道这一上午的时间都发生了什么。

温弦上身穿着一件丝质衬衫，可她看着镜子里自己脖子上的痕迹，顿时羞涩又懊恼。

这让她怎么挡？

陆枭将一切都收拾好了，一只手插入裤兜，后背挺得笔直，正站在客厅里和谁打着电话。

温弦走过去，懊恼地让他去看他干的好事。

陆枭看着她白嫩的脖子上的那些痕迹，打着电话，视线变得深沉。

他对着电话淡淡“嗯”了一声后，一把拉过她的手腕，一手堵住了手机听筒，在她耳边微微咬牙落下一句话：“你自找的。”

阳光灼灼，金色的光透过路边高大的梧桐树的叶子，斑驳细碎地洒落在柏油马路上。

前往医院的路上车水马龙，和以往的繁华拥堵没什么两样，可堵车的时候温弦反而有了耐心。

她看着身边开车的男人，自己倚靠在座椅上，嘴角忍不住微微漾起。

如果……能一直这个样子该多好，她真的希望这条路没有尽头，就这样一直开下去，开下去。他开着车，她吹着风，听着车载CD，这世界的美好也不过如此吧。

不过她知道，这情景显然是不可能长久的，那么未来该怎么办？

她不会选择让他离开青海，那是他的工作、他的使命，一方疆土需要他守护，他又岂能被儿女情长所牵动？所以自己唯一能做的，就是尽量离他近一些。

“陆枭，你今晚就要回去了，你会想我吗？”温弦突然偏头问。

正在认真开车的陆枭从车载后视镜里扫了她一眼，轻抿唇瓣，道：“说这些做什么，没有什么意义。”

不管想不想，他还是要走。她说出来，徒留离别的情绪更加浓稠。

温弦看他言语那么冷淡，顿时冷哼一声，双手环胸看向车窗外：“臭男人，舒服完了就瞬间无情了。”

陆枭的眼角微微抽动，他忍不住想扶额。他的喉结微微滑动了下，眼眸幽深，最后落下一句话：“你要照顾好自己，在这边工作不要太累。”

温弦的眼底有光微微闪动，嘴角轻扯了下，陆枭肯定不会想到青海的戏已经被她接下来了。她忙完手头的工作，马上就会去青海拍戏，到时候又会看见他。

不过她现在才不会告诉他，她要突然出现，让他以为自己是在做梦！

二人很快就到了医院。

只是这时，陆枭突然来了一个电话。电话里有个女孩子在叽里咕噜地说着什么，温弦努力地竖起耳朵想要偷听。

陆枭将她的小动作都尽收眼底，挂断电话的时候，不等她开口，有些无奈地道：“是我妹，她在医院照顾我的父母，刚打电话来让我去医院交尾款。我爸今天出院，她在医院门口等着我，我先过去一趟。”

温弦听着陆大队长难得解释这么多，顿时摆摆手，毫不在意那般：“说那么多干吗？快去快去，我随后就到，一会儿直接去你爸的病房。”

马上到医院了，有些堵车，停车还得费些工夫，陆枭将车停在路边先下去了。温弦转移到主驾驶座上，这会儿心情有些紧张起来。天杀的，她竟然真的要见陆枭的父母了！

此时，医院门口站着一个穿黑色牛仔外套的短发女孩子，正踮着脚探头看着四周的车辆，似乎在等人。

就在她又准备拿起手机的时候，突然一抹高大醒目的人影映入眼帘。她一看，立马跑了过去。

“哥，你走来的？我怎么没看见你打车过来？”李在君气息微喘地问。

陆枭神色淡漠：“我的女朋友开车送我来的。”

“噗……你的女朋友？哥，行了啊，在我这儿不用装的。”李在君说着嗤笑了一声，还撞了撞他的胳膊。

陆枭懒得理会她，反正他有没有女朋友，他们很快就知道了。

他先去窗口排队缴费，李在君跟在他身后，这会儿不知想到了什么，突然跟他道：“对了，哥，你还记得小时候我们家附近有个爱哭鬼叫秦语嫣的吗？”

陆枭蹙眉：“不知道，不认识。”

“她家后来搬到上海了，刚才我出来的时候，好像看见他们一家人去看望我姑父了。”李在君皱着眉说道。她应该没有看错，因为她对那个秦语嫣的印象还挺深的。

她小时候像个男孩子一样，而秦语嫣就是个爱哭鬼，娇气得不行。都是女孩子，遇上什么事，周围的大人们却都让自己让着秦语嫣。这让她很不爽，好在她哥是会护着她一些的。

看陆枭没什么情绪变化，她又撞了下他的胳膊道：“喂，哥，你说他们一家三口过来，会不会还有其他居心？我看那秦语嫣今天打扮得还挺漂亮，她小时候好像还对你有意思。”

陆枭被她叨叨得烦得皱起眉头，说实话，对其他人来看父母，他没有想那么多。

他的家庭不是一般家庭，他的父亲更不是一般人，现在出院，来看望的人定然很多，他都习以为常了。

再开口时，他语气淡漠：“没印象，我已经有女朋友了，一会儿她会来看爸妈。”

李在君顿时瞪大了眼睛，有些难以置信地望着他：“不、不是吧，哥，你真的有女朋友了？”

这都要来医院了，难不成是真的有了？她没记错的话，他可说他的女朋友是温弦啊！

如果他真的有女朋友也就信了，但若是大明星温弦，她打死都不信！那可是超美、超性感又超有钱的国民女神！

楼上病房内。

“身体没事就好，看着还是很硬朗。”一个穿着优雅的女人笑容满面地道。

“对，这老陆啊，你难得来上海一趟，我看你不要急着回北京，你们全家可以去我们的别墅住一阵，好好休养一下。”

说话的正是秦语嫣的父母，曾经他们都在北京，是邻居，不过后来举家去了上海。但两家联系没断，秦父和陆父曾经还是大学同学。

病床上的陆父摆了摆手，扶着老腰坐起来，扯起一抹笑：“那倒不必了，我这身体不要紧的，还能再活个几十年，我还得看着我儿子结婚生子。”

这话一说，秦母顿时眼睛一亮，笑着道：“陆枭还没结婚？现在有女朋友了吗？我们家语嫣刚从英国留学回来，现在也还没有男朋友。”

“妈……”秦母的话音刚落下，旁边一个亭亭玉立的女子顿时有些红了脸，连忙拉住了她母亲的袖子。

“当真？我儿子他可没有……”

“老陆！哎呀，你先等等，儿子说他有女朋友的，你别乱整事！”陆母这会儿从洗手间出来，听到这话，连忙打断他。

陆父愣了下，有些诧异地看向自己的妻子：“什么情况，儿子不是没对象吗？”

陆母的脸色有些尴尬，她赶忙笑着道：“你跟儿子接触少，昨天儿子的女友不舒服，大半夜的，他还给我打电话呢。”

说实话，她也是有些蒙。

昨晚儿子说女友来月事腹痛，他该做什么，听到这些话的时候，她整个人都惊呆了。还不等她问太多，他就挂断了电话。

听完这番话，秦家父母神色有些复杂。秦语嫣在她母亲身后，双手捏着一个包包规矩地站着，此时眼底闪过一丝波澜。

秦母怔了下后，又优雅地笑道："原来陆枭有女朋友了，那他的女朋友一定非常优秀吧，毕竟你们陆家可是名门之后。"

陆父摆摆手："随意，他自己喜欢就好，就他那古板的性格能找到就不错了。"

"哎呀，瞧您说的这是什么话，陆枭可是毕业于国内最好的军校，模样、个头、素质都是一等一的。按我看啊，您儿子的这个女朋友必然是非常优秀，否则怎么配得上陆枭？肯定比我们家语嫣强多了！"秦母笑着说到这，顿了下，又缓缓说，"就是不知道，陆枭在青海那边能遇到什么样的啊……"

这话音落下，氛围瞬间变得有些微妙了。

秦母这番话一套一套的，看似是把陆枭的女友捧上天，夸得无与伦比，最后又来了一句转折，顿时令人遐想无边。

是啊。

陆枭在那种鸟都不拉屎的地方工作，也没人知道他背后的身份，干的活儿危险又辛苦，谁会看上他？

任谁都听出了这话中的意思，陆母脸上温柔的笑都僵了几分。

早年他们都在北京的时候，她就不喜欢这个秦家的女人，特别爱攀比，虚荣心、好胜心很强，每次开口半句不离她家女儿有多优秀，拿了多少奖。

怎么？当她糊涂，听不出那些话背后的意思是说她儿子找的女朋友比不上她秦家的女儿？

陆母沏了一杯茶水后，这才缓缓起身，后背挺得笔直，笑着道："秦妈妈说得不错，虽然我还没有见过未来儿媳妇的面，但是我相信，我儿子找的女朋友肯定是最优秀的，他的眼光一直都很刁，一般的可入不了他的眼。"

秦母的脸色微变。

陆父则给自己的后背垫了个枕头，咳了声，唇边有一抹淡淡的笑：

“是，我夫人说得不错，不过我们看待未来的儿媳妇，为人才是最重要的，其他的倒是不要紧。”

秦母听到这话，眼神微微闪烁，唇边又是一笑：“老陆，你们连面都还没见呢，现在叫儿媳妇会不会太早了？”

此时，门口一道冷冷的声音掷地有声地落下：“不早，我的未婚妻马上就过来了。”

说话间，一抹高大挺拔的身影出现在了病房门口，冷峻帅气，气场强大。

陆枭的身影一出现，瞬间吸引了所有人的视线，尤其是秦家人。秦语嫣愣愣地望着他，一时间都有些移不开视线。

陆枭……没想到那么多年过去了，他比年少的时候更加夺目出众。

是啊，她早该想到的，年少时那个少年就已经如此出色倨傲，在进入军校以及后面参军入伍之后，经历过历练和锤打，他只会变得更加优秀出众，让人望尘莫及。

秦语嫣怔怔地望着他，呼吸有些乱了。他刚刚说，他有未婚妻了，是吗？

秦母看着陆枭，上下打量，显然没想到这陆家的儿子竟然比她想象的还要出众。现在在哪里工作不要紧，他又不可能在那里干一辈子。陆家的强硬家庭背景，更是她所看中的。

她微微一笑道：“这孩子这么多年没见了，现在可真的是一表人才，不过你刚刚说什么？你说你的……未婚妻，马上要过来了？”

陆枭神色淡漠，鼻间淡淡“嗯”了一声，视线看向他的父母，语气冷淡：“昨天没来得及通知你们，临时决定的，她坚持要过来看看你们。”

这话音落下，陆父和陆母不淡定了。陆母连忙道：“是真的吗？儿子，你的女朋友真的要过来了？！”

说真的，还真的让她这老母亲的心紧张起来，毕竟在这之前，他们还对陆枭说谎有女友的事而耿耿于怀。可这一眨眼，今天他的未婚妻都要来看望他们了。这怎么不让人激动？！

陆父这个稳重、久经世事的男人此时也有些坐立不安，看了看自己身上还穿着的病号服，再看向陆枭，眉头紧皱："你这孩子，这么大的事情怎么不早说？起码让我换身得体的衣服。"

如今他的女朋友要过来看望他们了，陆父这才意识到陆枭说的是真的。

那边的秦母沉默了好一会儿，眼下又忍不住笑着搭腔了："老陆，你也别这么激动啊。话说也是，一般都是男方主动带着女方来看父母，可陆枭刚刚却说是对方坚持要来看……"说着，她笑了两声，"这么主动的女孩子，我还是第一次看见呢。"

她言语背后的意思不要太明显。

不说陆父、陆母皱眉，心生不悦，就连李在君都忍不了了，开腔："我的小嫂子是太忙了，秦阿姨该不会以为谁都像你那么闲吧，来管人家的家事？"她性格直，最讨厌那种说话拐弯抹角的人了。

他们想让他们的女儿当她哥的女朋友，当不成还心生嫉妒了？

她这话说完，屋里秦家人的脸色顿时不好看了。

陆母心底舒坦了不少，不过也给李在君使眼色，让她控制一下，别弄得太僵。陆父也觉得气氛有些尴尬了，于是打开电视想缓解下气氛。

电视机刚一打开，陆枭便听见电视里传来了熟悉的女人的声音，他微微一怔，望了过去。

他这一看，只见电视上，一个女人穿着一件气质优雅的巴宝莉风衣出现在发布会上。无数闪光灯的照射下，她和公司股东宣布他们公司在香港上市的消息。她是一线大明星，同时拥有自己的影视公司，投资各个领域。

看到这一幕，众人的视线都被吸引过去，没办法，谁让电视上的女人太漂亮了，又美又酷，气质那块儿压得死死的，不愧是当之无愧、男女老少通吃的国民女神，让病房里的所有人在一瞬间看怔了。

片刻后，刚才被李在君怼了的秦母这会儿盯着屏幕，笑着幽幽地说："是啊，您家儿子这么优秀，我看也只能像温弦这种长得漂亮、有能力、气质出众的极品美人才配得上吧。"

陆父拿着遥控器的手指向了电视，愣愣地问："这、这不是我未来的儿媳妇吗？"如果他没记错的话。

这话说得突然，陆母想阻拦都没来得及，脸上满是尴尬之色。好家伙，她儿子说有女朋友，可怎么也不能是人家温弦啊！那可是天天出现在荧幕上的国民女神！

果然，陆父说完，秦母便笑了："哎呀，老陆，陆枭的女友是温弦？这孩子是从哪里淘来的照片安慰你的吧？陆枭是好，可这两人八竿子打不着的关系啊！再说人家长得那么漂亮，又有钱、有能力，追她的大公司老板、富二代可多了，陆枭在青海那么艰苦的地方工作，这一般女孩子都不愿意在那儿遭这个罪，更别提……"话说到这儿，言语之间的讽意尽显了出来。

陆父的脸色顿时就变了，陆母的面色也沉了。李在君更是气得牙根直痒痒，刚想愤愤地开口说什么，就听见她哥冷冽低沉的声音落下："温弦怎么就不能是我的女朋友了？"

"什么？"秦母和秦语嫣一愣，抬头看向他。陆母他们也蒙了下。

下一秒，只听门口传来了一些人细碎急促的脚步声："温小姐慢点，在这边，周围的通道都给您先封上了，不会有人发现的，放心……

"对，陆先生就在这个病房……"医护人员怕有大明星出入，引起路人围观哄乱，赶紧做好相关措施。

门口的脚步声越来越近，最后一抹高挑纤细的人影赫然出现在了病房门口。她穿着一件咖色风衣，束腰勾勒出纤细迷人的身段，长发散落下来，巴掌大的脸上戴着墨镜，手中还拿着康乃馨搭配百合的花束。

出现在门口后，她摘下墨镜，顿时露出了绝美的容颜，嘴角一勾，明媚璀璨的笑容以一种不可抵挡的震撼的冲击力，深深地映入了他们眼底。

那张在电视上刚刚出现的绝美容颜，此时出现在他们的视野之中，不过几尺远的距离——让病房里除了陆枭的所有人全部瞬间傻住，瞪大眼睛，难以置信地望着她的出现。

"伯父、伯母，你们好！我是陆枭的女朋友。"

你们好，我是陆枭的女朋友——这句话不亚于一颗炸弹在原地炸开，让他们所有人的心都被炸得停止跳动，脑子一片空白。

空气骤然变得极为死寂，李在君望着出现在门口的小嫂子，眼角忍不住抽搐起来，指尖也忍不住轻颤。

眼前的大明星——又美又性感的温弦，竟然真的是自己哥哥的女朋友！她不是在做梦吧？她哥怎么会找到温弦当女朋友……

最先反应过来的还是陆父，他轻咳了声，然后要起身下床。温弦见状，连忙过来扶住他的手臂："伯父，您快别动，在床上歇着就好，听陆枭说您刚做完手术，现在要多多注意。"

温弦过来的时候经过李在君身边，吓得李在君浑身抖了下，这是真人啊！活的！

陆母也反应了过来，脸上的笑容怎么都遮掩不住。她连忙试着拉住了温弦的手腕，笑着道："哎呀，弦弦，没事的，他的手术一切顺利，不用担心。倒是你，那么忙还要过来看望我们。"

温弦顿时笑着道："伯母，您说这话就见外了，我是陆枭的女朋友呢。"说着，她走过去，直接挽住了陆枭的手臂，笑眯眯地望着他，笑得璀璨又有几分羞涩。

陆枭一只手还插在裤兜里，和她对视一眼后，便微抬下颌，眼里流露出几分倨傲之色，似乎在让他们所有人都好好看看，他的女朋友是不是温弦。他没有说谎，他也是有女朋友的！

高大帅气的儿子身边站着一个那么漂亮优秀的大美人，陆母只觉得自己的心脏都要裂开了。她激动地笑道："弦弦，你说这话才见外！什么女朋友，我们陆枭可不随便带女孩子回家，这还是第一次。他刚刚都说了，是带未婚妻来看我们的！"

温弦下意识地看向陆枭，却见陆枭好像突然不自在了似的，视线有些躲闪地看向他处，下颌绷紧，耳根都微微泛红。

温弦望着这一幕，心底涌上一股甜蜜，温柔地道："是啊，在我看来，陆枭已经是我的未婚夫了。"

陆父和陆母顿时心想，自己儿子这辈子积了什么福啊？！

此时此刻，秦家一家人的面色已经不能用难看来形容了。

秦母的脸都僵住了，秦语嫣的脸色也有些泛白。

片刻后，秦母阴阳怪气地说：“没想到，陆枭的女友还真的是温弦。老陆，你们也真是的，自己儿子的女友是大明星都不说。”

陆母这会儿走到自己儿子身边，忍不住拍了他两下：“的确，真是的！你也不早点跟妈说温弦是你的女朋友。”

陆枭微微扶额，捏了捏眉心，无奈地沉声道：“妈，我说了，是谁说我骗人，是谁扔茶杯来砸我……”

“去去去，别胡说八道，我们家是和谐友爱的社会主义小家庭，谁会对你动手？！”陆父忙打断陆枭，他才没有扔茶杯。

陆母也跟着道：“对，对，咱们家温馨有爱，就差一个媳妇进门了！”

温弦笑容羞涩，看向陆枭时，眉眼含情：“这要看陆枭的了。”

眼下，秦家人望着人家，脸彻底绷不住了。

秦母极为牵强地扯起一抹笑：“这也是，不过陆枭在西部地区工作，这两人是怎么认识的？陆枭这孩子看着不爱说话，没想到追女孩子还挺有一套，把大明星都给追来了。”

秦母的话别有深意，可他们也的确好奇，儿子的冷淡性子怎么突然开了窍？

温弦的眼底微微闪过一抹光，嘴角微勾，她半是玩笑地道：“大家倒是想错了，不瞒你们说，我是去西部旅游的时候遇上的陆枭，我的车子出了点事，路上他刚好救了我，可能……这就是一见钟情吧。”说到这，她顿了下，视线望着陆枭，“在我看来，他就是我的英雄，稳重、正直、勇敢，有责任心……是现在这个社会不可多得的好男人，所以，是我追的他……”她的目光一直望着他，眼底满是欣赏和爱意，看得陆枭的耳根泛起薄红。

他轻咳了声：“没有她说的那么好，就是遇上了。”

听到这样一出浪漫的情节，秦家人面色复杂难看，陆母和李在君的少女心倒是要炸了。

“这车子坏得好、坏得妙，坏得呱呱叫啊！”李在君又是捂脸，又是攥着陆母的手臂，激动又亢奋。

秦母眼底有光微微闪烁了下，她又笑了起来：“倒真的是一出英雄救美的好戏，不过温大明星突然急着来看陆枭的父母，大概也是知道了我们陆枭不是一般人家的孩子吧？听说啊，那些大明星最喜欢嫁入这种……”

“咯！”陆父突然咳嗽了一声。

温弦微微皱眉，眼底有几分疑惑：“这位阿姨，您说的是什么意思？什么叫陆枭不是一般人家的儿子……”说着，她有几分诧异地看着陆枭，微微笑着道：“你有什么瞒着我吗？”

秦母看到这一幕，表情再次微微僵住。

陆枭却眉头微蹙，淡淡地道：“没什么瞒着的，在我看来，我们家庭就是普通家庭，和平常人家没有什么区别。”

这话一说，知情的人顿时都看出来了，温弦根本不知道陆枭的背后身份，也不知道那病床上坐着的是什么人。

秦母面色僵了一瞬，这才笑呵呵地道：“温弦还不知道啊，在你面前的可是陆董事长，那可是……”

“行了！”陆父打断她的话，虽然还穿着病号服，却不怒而威，“我儿子说得没错，我们家不过只是普通家庭罢了，倒是我儿子能找到这么出色、能力出众的女孩子，的确是我们陆家积来的福气！”

话音落下后，空气安静了一瞬，他想要堵住谁的嘴很明显。

陆父再看向温弦时，素来严肃的目光里流露出几分温和之意：“孩子，下次去北京的话，就别住外面了，来家里住。”

温弦的心颤动了下，心尖弥漫上一些说不出来的滋味，很复杂，像是触动了她内心深处的某个地方。

来家里住……那几个字眼让她陌生害怕，却莫名地渴望。

她知道，陆父是真的认可了她。

这时，她的手指被陆枭的大手握住了，他声音低沉地道：“下次住家里，早上我带你去天安门看升国旗。”

温弦心底正柔软着，被他这突如其来的直男式浪漫震得浑身一抖擞。

谈恋爱吗？凌晨四点带你去看升国旗的那种？

她深吸了一口气，扯出明媚的笑容，重重点头：“好！”

看到人家领着未来儿媳妇回来，和谐团圆，秦家一家人此时彻底待不住了：“既然老陆你身体一切都好，儿子还领了媳妇回来，那我们还有点事，就不多打扰了。”

陆父一听这话，顿时摆了摆手：“谢谢来看望！我这老腰现在不行了，你们慢走，我就不送了。”

彼此一番虚情假意地寒暄后，秦家人离开。只是在离开的时候，秦语嫣的目光还一直流连在陆枭的身上，她还时不时地看向温弦，眼底的神色格外复杂。

最后，她悄悄拿出手机，在包的遮掩下打开了摄像头，冲着二人在一起的身影拍了一张照，神不知，鬼不觉。

温弦一个大明星，恋情应该不能随意曝光吧……

她是一个大明星，可陆枭则是一个素人，一旦恋情曝光，对他的生活影响甚大，到时候陆家还会让他们在一起吗？

就在她跟着父母要离开的时候，突然——

“等等。”

是温弦叫住了她，秦语嫣顿时身子一僵，转过身的时候就见温弦微微一笑：“这位小姐和她的父母一看便是通情达理的好人家，我和陆枭现在还不方便公开，所以麻烦先替我们保密。”

秦语嫣柔柔地笑了下，点点头，算是答应，可在出了病房的门后，那笑容瞬间敛去。

病房内。

秦家人离开后，连空气都清新多了。

李在君这会儿看着温弦，别提多激动澎湃了。她咳了声，白净秀气的脸蛋涨得通红，支支吾吾道：“小、小嫂子，我能麻烦你给我一张签名吗？”

温弦不用想也知道这是陆枭的妹妹了，偏头，笑着眨了眨眼：“好啊。”

啊啊啊！李在君激动地在原地蹦了两下，连连大喊：“嫂子真棒！”

陆枭看她这个模样，语气淡漠：“你的男朋友呢？”

“啊？什、什么男朋友？”李在君蒙了。

陆枭的眼皮子都懒得抬，指尖一边扳正自己的领子，他一边淡淡来了句：“你不是说我的女朋友是温弦，你的男朋友就是吴彦祖吗？”

“噗，谁？”这回换温弦没忍住笑喷了。

李在君的男朋友是吴彦祖？

陆枭那话音落下后，李在君尴尬窘迫极了：“哥，你不要瞎说，我可没说过那话。”竟然当着小嫂子的面拆她的台。

可谁能想到，她哥这个沉默寡言的冰山，女朋友竟然真的是大明星温弦。

温弦看破不说破，笑着道：“彦祖都结婚了，我还认识好多其他更好的男人，你喜欢谁尽管跟我说，嫂子帮你搭线。”

李在君一听眼睛都亮了，刚要激动地开口，突然想到了什么，又吞吞吐吐地憋了回去，最后只得低着头抓了抓短发，耳根泛红，腼腆地小声来了句：“谢谢小嫂子！”

温弦见状，微微挑眉。

这么说，还真的有？不过怎么话说到一半她就咽下去了？

温弦没多问，毕竟这是女孩子家的隐私，只是主动给了李在君一个微信，让她随时可以联系自己。这又让李在君激动得不知如何是好，彻底成为温弦的铁杆小迷妹。

当李在君扫完她的微信二维码，看着上面的头像和名字时，顿时一愣，随即陷入了谜之沉默。

这非常具有年代感的荷花头像也就算了，可这微信名字……尚路逍？

李在君突然看向了笑容温柔甜蜜的小嫂子，又看向她一本正经、不苟言笑的哥哥。

她的眼角隐隐抽动了下，这个名字会是她想的那样吗？

李在君的身子战栗了一下。

不，不会的，这两人看起来一个比一个正经，肯定是她想多了，是她的思想猥琐了！

陆枭和温弦二人又待了一会儿，刚好帮陆父办理出院手续。

陆父心情极好，还是头一次享受儿子和未来儿媳在身边帮衬的滋味，人越是年纪大了，便越在意亲情和家庭的温暖。

人生一辈子，不过如此。

等他们再分别的时候格外不舍，百般强调让温弦去北京的时候，就去看他们。

温弦知道，陆父和陆母是真的把她当成未来儿媳妇了。

其实来的时候，她也忐忑，虽不知道陆枭背后的身份，但看那套四合院，她心底就能摸个七七八八了。

她不在意这么多，从一开始喜欢的就是他这个人，虽然起初目的不纯，可后来完全被他这个人征服。

如今，陆父和陆母以及小在君的态度，让她觉得她是不是真的可以融入这样一个家庭之中？她能做好吗？

那种期待又忐忑害怕的心情盘踞在她的心底，让她不敢想太多、奢望太多。这一切都太美好了，她很害怕这只是一场梦……

两个人在一起的时间总是过得很快。

晚上八点多的时候，陆枭已经到浦东机场了，今夜准备飞青海。

李在君和温弦一起来送陆枭。离别总是让人感伤，李在君识趣地将时间单独留给了二人。

一路上，陆枭都没说什么话，整个人变得格外沉默。两个人之间的距离，会是一直存在的问题。这次两个人见了面，可下一次又会是什么时候？

反倒是温弦，来的时候一路上笑眯眯的，和李在君说说笑笑，看起来心情不错，一点都没被离别的情绪所干扰似的。

本来开车的男人寡言少语，看她这般，嘴里什么都不说，眼眸却黯了又黯。

识趣的李在君进了机场就和他们说再见，先溜了，生怕再多待一秒，他哥就用视线冻僵她。

“陆枭，这个背包你拿好，我给你带了一盒水果在飞机上吃，还有这个……”在安检口附近，她拿出一支护手霜在他面前晃了晃，微勾嘴角，笑着道，“在青海买的，那会儿看到这个，突然想到了你。那边风大，保护好自己的手。”

陆枭听到她这么说，内心微微一颤，不过当看到那支粉色管状的护手霜时，沉默了下，随后微微蹙眉，很硬气、很直男地道：“我一个大男人用什么护手霜？”

可是他说话间，手却将护手霜接了过来。

温弦看他“口嫌体正直”的模样，嘴角的笑意更深了，下一秒，倏然踮起脚在他耳边小声说：“我怕你的手太糙弄痛了我呀。”

陆枭身躯一僵，唇瓣轻抿，目光幽深而灼热，喉结微微滚动了下。

温弦撩完就跑，当什么都没说似的：“我去把水果给你洗了，等下我。”

陆枭的视线直勾勾地盯着她离开的背影，眼底深处似闪过一抹极致的隐忍之色。片刻后，他缓缓低头，看向那支粉色管的护手霜，最后，单独将它揣在了自己的外衣兜里，触手可及。

他一个大老爷们儿用这个，不为什么，只因为这是她送给自己的。

温弦再从洗手间出来的时候，刚走过一个拐角，突然被人摁在了墙上。

“啊！”

她惊呼一声，看着近在咫尺的男人，有些结结巴巴地道：“你干、干什么，你不是在安检口，来这里做什么？”

这边人少，二人又在这犄角旮旯里。

眼前的男人眉眼微垂，望着她，眼底漆黑幽深，里面似缱绻着太多压制的情绪。他盯了她好一会儿，到底忍不住开口了：“我要走了，你就这么开心地送我？”

简单的一句话，听着没什么情绪，可温弦却听出了委屈、不甘、幽怨。

温弦的视线有些躲闪，她扯起一抹笑：“怎么会？我很舍不得你，也很想你，想你想得眼睛都要湿了。”

她才不会告诉他，她马上要去青海拍戏了，就这两天的工夫，到时候在他对自己思念得不能自拔的时候突然出现，给他一个惊喜。

陆枭怎么会知道她的打算，一眼就看穿了她的敷衍，鼻间溢出一声冷哼，淡淡地道：“小骗子。”

温弦眨眨眼，一脸无辜，带着诱惑的语气道：“好吧，我骗了你，想的不仅仅是你，还有你的……”她觑了一眼他的身躯，不言而喻。

脑子“嗡”的一下，陆枭骤然握紧拳头。

李在君还在等小嫂子送完她哥出来，两人一起回去，不过她来到安检口的时候，顿时蒙了。

刚才那两个人呢？她哥这么快就进去了？小嫂子去哪里了？

李在君不免有些担心起来，生怕她的小嫂子的一番伪装被私生饭所发现纠缠。所以，她开始在附近四处寻找起来。

当她准备去洗手间看看的时候，刚一拐弯，不知道看到了什么，顿时吓了一跳，连忙又缩了回去。

她刚刚看到了什么？！

她反应过来刚才是怎么一幕画面后，瞪圆了眼睛，整个人都惊呆了。她那大美人嫂子，正被她哥压在墙上给……

她激动得手都在颤抖，赶紧拿出手机，打开摄像头，偷拍了一张照片。

太刺激了。

她要发给姑妈看看，让她看看她那冷酷的儿子的另一面！果然有了女朋友，人就是不一样了。

温弦再从机场出来的时候，领子还有些凌乱，李在君就当没看见，只是抓了抓自己的短发，不好意思地笑了两下：“小嫂子，你和我哥分开，下一次还不知道什么时候见面，我哥肯定很舍不得吧？”

机场外面的光线有些晃，温弦将帽子压低，嘴角轻扯了下：“你哥这个人不善言辞，就算舍不得也不会说。”

李在君“嘿嘿”笑了两下，突然说：“不会说，会做就行。”

温弦的脑海里一下子想起自己被他摁在墙上的画面，耳根不自觉地开始发热。

陆枭的确什么都没说，只是亲完她之后，目光深深地望着她，指腹摩挲着她的唇瓣，声音低哑地道：“保重！”

后来，他走得利落，头都没回一下。

温弦不敢想了，心脏在微微颤动。才刚刚分别，她已经控制不住地开始想念他。

温弦开车送李在君回去。车子疾驰在高速公路上，一架飞机从空中飞过，逐渐飞向更遥远的天际。

温弦微微眯了下眼眸，内心响起一句话：陆枭，等我。

在车上，温弦接了一个电话。一看来电，她微微挑眉。

“喂，怎么了，我们的霍二少爷？”她的声音有几分闲散。

霍启那边沉默了下，最后还是忍不住咬牙愤愤地道：“姓温的！好啊你，你果然还是要去西部拍戏。你跟我说实话，你是不是要和程东原重归于好？”

温弦一听，眼角隐隐抽了下，无奈地道：“我说霍启，你是不是管得太多了，我和谁在一起和你有什么关系？”

她不知道拒绝霍启几百次了，可他就死缠在她身边，盯着她的风吹草动。

真没劲！

霍启一听这话，以为她是默认了，顿时气得牙根直痒痒，最后干脆撂下一句话：“青海见！”

他认死理，相信只要他坚持，总有一天她会看见他的好。所以，不好意思，他就要当他们两个人之间的大灯泡！

青海，他也来了！

青海，可可西里管辖区。

冷月高悬，银光暗淡，遥远天际的火烧云在被墨兰色的夜一点点吞噬。

一抹猩红的光在夜里时亮时弱，今夜没有风，只是温度随着季节的转变，脚下的大地都变得更加寒凉了。

院子里站着一抹高大的黑影，微微抬头，望着星辰闪烁的夜空，听着四野的蛩鸣。

这是陆枭回来的第二天夜里，一切如常，一切照旧，若不是亲自经历过，有些事情就如一场梦。

这时，钉着棉布条的门被打开了。一抹人影被人从里面蓦地推出来，桑年的身子往前趔趄了两下这才停住脚步，最后没办法了，冲着陆枭“呵呵”地笑道：“老大、老大，外面这么冷站在这儿干啥呢？”

陆枭淡淡地扫了他一眼，弹了弹指间燃尽的烟灰：“没事。”

桑年一听，胡乱地捋了捋后脑勺上的碎发，尴尬地笑了笑：“老大，你回来后就心不在焉的，是不是在上海发生了什么事？是不是……看见我弦姐了？”

他们都不太敢提这事，虽然大家都知道老大和弦姐两个人之间有一些暧昧，可是他们心底也清楚，再如何也只是一场邂逅，该走的人还是要走，两个人很可能只是彼此的过客。

毕竟……这两人的工作差距、所处的位置差距……太大了啊。

他们为什么那么小心地避免提起这事？大概是老大相较于之前，某些地方发生了变化。

尤其是在弦姐演的广告出现后，他会一直望着、沉默着，那是以前从未有过的举动。

这意味着什么？

他们想，弦姐身为一个大明星，后面会继续自己的生活。可老大很有可能陷入那温柔乡之中，上了心，动了情。所以他们嘴上不说，一个个心底都有些于心不忍，心疼老大。

这不，那帮混浑蛋把他推出来，让他来安慰老大。可他怎么安慰呢？

桑年一脑补安慰老大的画面就浑身一抖，觉得可能是嫌自己的命长了。

果然，在桑年说完后，陆枭微微蹙眉，直勾勾地盯着他：“你到底想说什么？”他怎么觉得哪里有些不对劲？

桑年一听，干笑道："那个……老大，你也别难过，有的人始终就是一个过客，你就当、就当一场风花雪月……"

陆枭的眼眸死死地盯着桑年，桑年讪讪地后退了两步，一脸无助，表情跟快哭了似的。

这也不怪他啊，有些东西很难讲。他们的老大再厉害，到了上海那个名利场便成了普通人，若是再看到弦姐回归自己高高在上的位置，老大的内心岂不是会有更大的落差？

陆枭看着桑年复杂甚至是带着些许同情的表情，似乎突然明白了。他倏然冷笑一声，扔掉烟头在鞋底用力踱灭，最后一脚踹开桑年："给我滚一边去，别挡路！"说罢，他就进去了，脸上的表情冷冷的。

而此时大厅内，队里的一帮小伙子还有收发室的李大爷聚集着，盯着电视机屏幕正看着什么。

听到门口传来动静，一看来人是谁，顿时有人连忙抓起遥控器小声道："快，快换台。"

当陆枭进来的时候，就看见他们迅速换了一个电视频道，一个个一本正经地继续盯着电视机。

陆枭盯着电视屏幕沉默了下，再开口的时候眼底像是凝聚着黑压压的云，不紧不慢地冷冷撂下一句："你们一帮大老爷们儿就看这个？"

电视上，赫然播放着《喜羊羊和灰太狼》的动画片。

灰太狼被红太狼拿着锅铲在后面追着，它正冲羊村大喊一声："我还会回来的——"

望着这一幕，队里一个个孔武有力的大老爷们儿不敢说话了。

他们中间的李大爷摸了摸有些秃顶的脑袋，笑呵呵道："别说，这年头的羊还挺聪明呢……"

众人转开脸，他们不知道、没看见、听不懂。

桑年这会儿也进来了，只觉得他们的老大周身的气息越来越冷，他缩在门口瑟瑟发抖。

就在这时，老大的手机响了。桑年的心肝颤了一下，随后就看见他们的老大拿出了手机。

陆枭望着“尚路道”发来的微信：“亲亲宝贝，你快打开电视！”

外加一个羞涩扭动的表情包。

他的眼神顿时微微波动。

下一秒，桑年听他们的老大淡淡地说了一句：“把电视遥控器给我。”

大家伙顿时蒙了，似乎没想到他们的老大会主动要遥控器。

他可是从来不主动看电视的啊，只有这两天在电视上看见那个谁的时候，才会盯着多看一会儿。

大伙面面相觑，扎西将遥控器给陆枭拿了过来。

陆枭一手插兜，身躯笔挺地站在那儿，单手接过了遥控器，按照温弦在微信里说的，将电视调转频道。这个电视频道不同于那些偏娱乐性质的频道，更加严谨和严肃些。

而此时，电视上正在播放一个古今中外朗诵者的节目。能上这个节目的人，多是非常厉害又比较低调的。

然而这时，只见电视里的主持人面带笑容，优雅从容地道：“下面有请我们的国民女神温弦，她来为我们献上一首来自英国维多利亚时期最著名的诗人之一——伊丽莎白·芭蕾特·布朗宁的十四行情诗《How do I love thee》。”

话音落下后，场内顿时响起了激烈的鼓掌声和尖叫声。毕竟罕有粉丝流量那么大的一线大明星来参加这种正经认真的节目，大家都激动坏了！

而此时，管辖区大厅内的一帮大小伙子，还有李大爷都怔怔地望着这一幕，噤若寒蝉，大气不敢喘一下。因为他们刚刚跳转的就是这个频道啊！

可谁想到，他们的老大竟然给转回来了！

陆枭眼睛一眨不眨地望着电视屏幕，身躯都有些怔住。

伴随着场内传来的美妙优雅的钢琴曲声，一抹穿着素雅的白色人鱼长裙的女人缓缓出现了。她捏着长裙一角，柔软的长发都被扎起，只余几缕散落在耳际，脖颈纤细而白皙，宛如优雅的天鹅。

她一出现，整个管辖区大厅内一点声音都没有了，一个个望着她。

她真的太美了，此时此刻像是一个不可亵渎的女神。她的手中拿着一个话筒，随着背景的钢琴曲声，她望着镜头，唇瓣轻启，带着几分暗哑的迷人声音缓缓传来：

How do I love thee,let me count the ways.

（我是多么爱你，让我细细数来。）

I love thee to the depth and breadth and height.

（当感受超出视线可及的。）

My soul can reach,when feeling out of sight,

（存在与美好的极致时，）

For the ends of Being and ideal Grace.

（我的灵魂才能达到我爱你的深度、广度与高度。）

…………

I love thee with a love I seemed to lose,

（我用我那，）

With my lost saints,I love thee with the breath.

（仿佛与我迷失的圣徒一起遗失的爱去爱你——我与我一生的呼吸。）

Smiles,tears,of all my life!and,if God choose,

（微笑和眼泪一起爱着你！ 还有，如果上帝让选择的话，）

I shall but love thee better after death.

（我死后应会更加爱你。）

…………

就在她缓缓念着动人的情诗时，几乎所有人都沉浸在了那美妙的一刻，似让人的心都要化掉。

陆枭望着这一幕，整个人一动不动，陷入了深深的静默之中，只是望着她。最后，他冷冽的眼底深处似微微闪动着什么。

桑年他们一帮小伙子虽然不懂那么多，可也能体会那种美，沉浸在了其中。

当桑年再看向老大时，顿时心底微微一颤，是他的错觉吗？

老大望着屏幕上的女人，从这个角度能看到他刚刚还冷冽的眼眸，此时云消雾散，蓄满了柔和的光。

桑年似乎看到老大钢铁般冷硬冰寒的心，都在此刻软化成了水，整个人周身的气息都变得不一样了。此时脑海里突然闪过一个大胆的想法，顿时令他心头一震！他再看向电视屏幕的时候，睫毛都有些轻颤。

难不成电视上弦姐朗诵的这首英国诗人的情诗，是专门朗诵给一个人听的？

当他陷入这个想法中时，电视屏幕里的温弦已朗诵完情诗。只是在诗词结束的那一刻，她缓缓抬眸，看着镜头，视线深情而动人："I love you, Lu."

我爱你，陆。

那一刻，全场静默了一瞬，然后气氛炸开，全场观众疯狂地尖叫着！

与此同时，遥远的青海可可西里西部管辖区的大厅内鸦雀无声，只剩下从电视机内传来的观众的尖叫声、沸腾声，观众不断地呼喊着温弦的名字，一遍又一遍……

电视播出后，很快这一段朗诵被网友截出来放到了微博和各大娱乐平台上。

温弦之前在微博上发的九宫格照片以及那一段向日葵的花语告白，已经让所有粉丝震惊，那仅仅是一个暗示、猜测。如今，一向很少参加这种正经朗诵会的女神，出乎意料地上节目朗诵了一首情诗，并且在朗诵结束之后，念了一句"I love you, Lu"。

她这算是真的官宣了。

网友们彻底炸开了锅，有的咆哮流泪，有的尖叫呐喊，疯狂转发、留言。

这一刻，几乎全网的人都想知道这个"Lu"是谁，到底是谁俘获了他们女神的芳心，让她一而再地在所有人的面前直抒她的爱意。

管辖区大厅内，电视机的屏幕上，主持人满眼笑意地望着温弦：“温弦，恐怕你念完这首情诗之后，你的粉丝都要炸开锅了。”她微顿了下，试探地问道，“可否跟我们说说，为什么会选择一首这样的情诗，这背后有何寓意吗？”

虽然寓意再明显不过，主持人还是非常识大体地给了温弦一个台阶下。

温弦却柔和地微微一笑，面对镜头直接道：“这首诗是想献给我爱慕且崇拜的一个人。”

现场观众再次炸锅了，网络上也纷纷转播。

有那么一刻，陆枭的内心像是完全被什么东西填满了，可还要往外溢，他的呼吸都变得缓慢。他就那么望着她，仿佛时间都变得格外冗长。

天地银河间，他的眼底只剩下她的身影。

管辖区的大厅内，所有人的视线都忍不住悄悄地看向他们的老大，一个个眼底噙着抑制不住的激动，在电视屏幕和他的身上不断转移。

这个时候他们都明白了，弦姐的那一首情诗献给的不是别人，正是他们的老大啊！

他们的老大姓什么，就姓陆！

而此时，屏幕里他们的弦姐继续缓缓地道：“我承认，我从来没有遇到这样一个人，他正直勇敢，有责任心，有担当……具备许多我没有的品质，他总是在默默无闻地奉献着自己，甘之如饴……”

他在不为人知的地方，做着最辛苦、危险的工作，只为了守护那一片土地。没人知道他是谁，但那片土地上的生灵知道，青海的风也知道。

最后，温弦看着镜头，笑容温柔又明媚：“他是一束光，而我将永远追随他。”

他也是这个世界上看似冷酷，其实是最温柔的人。而她，将永远屈服于温柔。

温弦说完那一番话后，现场无数人尖叫着，呐喊着她的名字。她却一直望着镜头，唇边带着柔柔的笑，似乎就是在望着他那般。

而事实也的确如此。

陆枭听她说着那一切，望着她在冲自己笑，外表看不出来什么，内心深处却在微微地颤动着。

在同步的网络上，所有人疯狂迫切地想知道那个人究竟是谁，是谁有那么大的优点、那么大的魅力。

节目上的温弦大抵早就猜到了。所以最后，她又温柔地笑了笑：“他只是一个伟大的普通人，我希望大家不要去查他是谁，因为他在保护这个世界，相比之下，我的愿望很小很小。”说到这儿，她顿了下，缓缓落下最后几个字，“我只想保护他。”

他在保护这个世界，而她想保护他。

这大概是比“我爱你”还要动人的情话，演讲会上的气氛在这句话后燃到了极点，就连她低头微笑着退场的时候，场内的鼓掌声和尖叫声都久久不绝。

在某一刻，陆枭的内心深处仿佛有什么瞬间涌了上来，如汹涌的浪潮顷刻间便倾覆他的全身，弥漫至他的四肢百骸，他再稍微动弹一下的时候，后背都热了起来。

他攥紧了手，目光幽深得让人难以揣测。

这个时候，管辖区内的那帮大小伙子都看向他们的老大，再也忍不住地号叫着扑了上去。

“老大，你可太厉害了！弦姐当着全国人民的面跟你表白啊！”桑年激动地搂着他的脖子开始晃。

“啊啊啊，我要嫂子的签名！要签名！”其他小伙子更加亢奋。

扎西也不甘示弱，掐着嗓子学温弦的声音：“人家的愿望很小，只想保护陆大队长。”

陆枭似乎看不下去了，眼角隐隐抽动着，一脚踹向了矫揉造作的扎西：“滚蛋！”随后把桑年从后背上揪下来，结果被更多人扑住，一帮人打闹起来。

在这个过程中，陆枭之前周身的冷意都消散了。不仅如此，他的唇还在某个时刻轻扯了下。

一帮人亢奋地打打闹闹了好一会儿，陆枭真的拿他们没辙了。

这会儿，手机突然响起来。

陆枭赶紧借此机会，从他们之中逃脱，推开门，来到了管辖区的院子里。

他看着手机屏幕上出现的荷花头像发来的语音，最后微微吸了一口气，摁下了接听。

他没说话，而电话那头在沉默了一瞬后，响起了一道熟悉、动听而甜美的声音。

“喜欢吗？”她问。

陆枭静默了一瞬，然后淡淡地“嗯”了一声。

那边顿时传来了她的笑声。她一直笑，笑得让他的耳根都有些热了。

“温弦？”他突然唤她的名字。

温弦逐渐停止了笑声：“嗯？怎么啦，我的亲亲宝贝？”

陆枭：“我想你了。”

这句话落音后，电话那头瞬间安静了，只剩下彼此的呼吸声。

不知过了多久，温弦缓缓开口：“我哪都很想你。”她很认真地说。

陆枭微微咬牙，下颌线的弧度更加清晰明显了。

陆大队长的耐性，一次又一次地被突破极限。

这哪能怪得了他？

谁能想到，刚刚在演讲台上一本正经、认真深情地朗诵着情诗的她，私下会是这样？

可这样的她，只给了他一个人。这样的撩拨，她也只给了他一个人。

对温弦来说，她要用尽自己的万种风情，让他在任何不和她在一起的时候，内心都无法安宁。

温弦离开节目之后，直接买了隔天去青海的机票，像是一天都等不了，一分一秒都等不了。

晚上，程东原给她打来电话，说剧组要给她订机票，让报一些相关信息。

他才不会为了这点小事来找她，自然别有深意。

温弦回应：“不用了，我提前一天去青海，就不和你们一起走了，咱们在青海会合。”说罢，她就要挂断电话。

程东原叫了她一声，温弦疑惑，他难得迟疑了下，最后还是问道：“温弦，你今天在节目上说的‘Lu’……是谁？我认识吗？”

温弦怔了下，觉得哪里不太对劲，问：“为什么会这么说？”

程东原道：“你上微博。”

温弦有些蒙，翻看手机的时候，还发现有几个霍启打来的未接电话，不过她眼下也来不及回复，直接上了微博。

看到“沸”的那一条微博内容时，她沉默了。

她公开有喜欢的人的事情果然在网上传开了，不过这不是重点，重点是那条“沸”的话题内容是：“扒一扒温弦的神秘男友，最大的可能是他——Luis（路易斯），中文名程东原，毕业于国外名校，是温弦的前男友！”

温弦看到这儿，眼角隐隐一抽，继续看内容，上面有模有样地分析着：“为什么猜测那个神秘的Lu是他？不仅仅是因为程东原的英文名，他更是电影圈的金牌制作人，参与的电影作品非常有含金量，反映了社会上的一些现实，符合温弦口中背后默默无闻的‘英雄’。更重要的是，有小道消息爆料，温弦私下接了一个去青海拍戏的剧本，制作人正是程东原，看来两人兜兜转转又在一起了……”

此条微博被一个娱乐大V转发，造成的轰动不小，还蹿上了热门。

温弦终于明白了程东原的意思。

哪怕所有人都被意外带偏注意力，可程东原自己却比任何人都清楚，温弦说的不是他。

一抹复杂的滋味涌上心头，温弦一时说不清是怅然，还是酸涩。

电话没有挂断，温弦缓缓开口：“你认识的，不过东原哥，帮我保守这个秘密吧……”

程东原蹦出一句话：“是那个所谓的保镖吧？”

温弦怔了下，没想到被他发现了。

她没有否认，只是淡淡地“嗯”了声：“是他。”

程东原在那头微微深吸了一口气，没再说什么。

他不是霍启，人家都住在北京四合院了，还傻傻地相信对方只是一个普通的保镖。

只是如今，他不得不怀疑，她去青海拍戏也是因为那个男人。如果他没猜错，对方现在应该就在青海。

隔天，一架上海的航班飞向了青海。

温弦的经纪人、助理，整个剧组都被她扔在了后面，她提前一天过来。

对现在网络上爆料的关于“Lu”的消息，其实网友误以为是程东原也未尝不可，她从一开始就没有奢望那些狗仔、娱乐记者、粉丝会真的放过“Lu”的身份。

刚好程东原出来打掩护，也是为了能够更好地保护陆枭。

温弦装得很像，下午坐飞机抵达青海的时候，还装作在上海和陆枭发信息，说最近工作很忙，可能不能经常骚扰他了。

而他却回复：“你忙你的，不用管我。”语气很干脆利落。

温弦看得微微挑眉，寻思她还真不是个性感不黏人的小妖精。

过了一会儿，她又忍不住骚扰他：“陆枭，把头发剃成寸头吧，好帅，我想看。”

她还没有忘记，之前在他的身份证上看到的照片。

岂料，陆枭却倨傲地回复了一句：“你让我剃我就剃？剃了你也看不到。”

温弦没再回复，只是扯起嘴角笑起来，抬头看着车窗外的景色。

她叫的车在公路上疾驰，看着远处天际的火红落日，茫茫戈壁滩上有扭曲不倒的胡杨林、两三只藏羚羊。

她降下车窗，冲着窗外大喊了一声：“青海——我又来啦——”

风扬起了她的发丝，将其吹得凌乱。

而她的内心也在呐喊：陆枭，我来找你了！

第九章

不是猛兽便是神

管辖区。

傍晚，陆枭刚从外面忙完回来，今天一支越野队伍的车子陷入“鸡窝坑”，救援结束后他也弄得一身尘土。

回到房间，他两三下脱了衣服，露出了精壮的身躯，还有有力的肌肉。

完美的倒三角身材，展现得淋漓尽致。

水流冲刷着他的身躯，他的指尖从黑色的碎发中穿过，在某个时刻，他不知道突然想到了什么，随后来到了弥漫着水汽的镜子前。

他在旁边的架子上拿起一个物件，下一秒，就听到一个理发的推子嗡嗡地响了起来。

他微微偏头，下颌颈肩的肌肉弧度在无形中被拉扯得更加性感，没有犹豫，从侧面的头发开始推起来。

从机场到管辖区需要很久的时间，毕竟青海那么大。

桑年和扎西今天回来得晚，晚上八九点回到管辖区门口的时候，突然被一抹人影惊到了。天！

只见他们的老大不知何时剃了寸头，整个人的气质凸显得更加冷冽硬朗。

不过这些都不是重点，重点是他的手中竟然拿着一支粉色的护手霜，一直盯着……

桑年浑身一抖。

一个冷酷高大的男人，拿着一支粉色护手霜不紧不慢地往手上涂抹，神色冷漠又认真。

嗯，那画面……着实不要太美。

果然是猛男必备！

桑年走过去的时候，忍不住“嘿嘿”笑了两下：“老大，你还用上护手霜了？”

陆枭冷眼扫过去：“怎么，不行？”

桑年搓了搓自己的手掌，笑着直勾勾地盯着护手霜道：“这天风是挺大的，我看我这手被吹得有些干裂，老大给我也来点吧。”说着他就伸出了手。

然而，他刚伸出手就扑了个空，陆枭直接把护手霜揣进了自己的兜里，神色冷淡：“没有，要用自己去买。”

桑年意有所指：“可人家没有给男朋友贴心买护手霜的女朋友啊！”

陆枭的身躯僵了下，下一秒，他的唇边溢出一声轻嗤：“谁让你没有？！”

“噗，哈哈……”

扎西不客气地大笑出声，看着站在风中凌乱的桑年。

无人区的工作闲暇之余总是很枯燥，陆枭不会那么早入睡，便开车出去巡逻一圈。

在公路上开车驰骋的时候，头顶是星空，周围是茫茫戈壁，天底下仿佛只剩下他一个人。

他曾经从来不会觉得时间冗长，可如今，脑海里有一种叫思念的东西在夜里放大，无限地放大，侵袭着他的四肢百骸，侵袭着他的每一个细胞。

他巡逻回来，车子在管辖区门口停下来的时候，已经是晚上十点了。

他熄了火，没有立刻下车，有几分颓然疲惫地倚靠在了座椅上。他沉默了好一会儿，拿出手机，打开相册，点开了几张照片，认真地慢慢看着，指腹在手机屏幕上轻轻抚过。

他知道温弦很忙，手指在微信的输入框里犹豫了几次，最后还是发了一条消息过去。

陆枭：“睡了吗？”

标准的直男对白。

陆枭本以为她工作忙不会那么快回复，却不承想她很快发来一条信息：“刚忙完，我正在回家的路上。怎么，陆大队长，你是不是想我了？”

陆枭盯着那条消息，胸膛明显起伏了下，眼眸深了些，他回复：“所以，怎么办？”

温弦收到这条信息后，好一会儿都没有回复。

几分钟后，温弦才发来消息：“陆枭，你有多想我？”

多想，他到底有多想？

陆枭深吸了一口气，抬手捏了捏后脖颈，活动脖子，发出了“咯咯”的声音。

他似乎从未体会过那种几乎失控的感觉。的确，是失控，脑海里全部被一个人占据，那种感觉很陌生，是如此折磨人。

他下车，在黑夜里站着，几乎和整个夜色融为一体。终于忍不住，他拨了一个电话过去。

对方接通。

陆枭：“温弦。”

她那边隐隐有风的声音：“嗯？”

陆枭：“我想你。”

温弦：“很想？”

他：“嗯，很想。”

话音落下，温弦沉默了下，突然说：“那你回头，试试看？”

那你回头，试试看？

这话从手机听筒里传来，清晰地传入他的耳中。反应过来后，陆枭的身躯僵住，漆黑的眼眸瞬间一凛，他直直地看向前方的黑夜，浑身的血液似乎在一点一点地凝固。

风在那一刻都停止了，周围所有的声音都寂静下来，他唯一能听到的只有他的心跳声。

一下一下，强而有力的心跳声。

陆枭大抵是一辈子，都无法忘记这个晚上。

他高大僵硬的身躯缓缓转过身，甚至他的手中还维持着拿着手机放在耳边的动作。

黑夜里，那一抹再熟悉不过的纤细身影，出现在了他的视线里。夜空下，她穿着一件深咖色的高领毛衣、帅气的黑色夹克衫、藏蓝色牛仔裤、马丁靴。和她当初离开青海的那天穿得一模一样。

她的长发散落下来，帅气又美艳，背着手在身后，微微偏了下脑袋，眼睛一眨不眨地望着他，冲着他笑。

那一刻，天地间所有的事物都失去了它原本的色彩。

她站在那儿笑着，哪怕什么都不做，藏区璀璨浩渺的星河都成了她的陪衬。

陆枭望着猝不及防地出现的她，缓缓放下了手中的手机，眼眸一眨不眨地望着她，仿佛这是他的错觉。

这是他思念过度，产生的幻觉。

毕竟在昨晚，她还在上海，还出现在电视上……可在一天后，此时此刻，她出现在了他的视线之中。

温弦望着他，看着他整个人都僵在那儿，完全怔住的样子，嘴角的笑意越发加深。下一秒，她突然抬脚冲向了他。

几乎是在她扑上来的那一刻，陆枭手中的手机也掉了，掌下取而代之的是她柔软的腰肢。他的胸膛被她撞上，脖颈被她用力地搂住，鼻息间在刹那间也被她身上的清香所萦绕，这一切的一切都再真实不过了。

那一刻，陆枭的另外一只手也缓缓拥住了她，修长有力的手臂越发收紧。

他低头埋在她的发丝、颈窝间，深深地嗅着属于她身上的馨香，闭上了眼睛。

哪怕他有太多的疑问，想知道她怎么会出现在这里、怎么会再次回来，可此时此刻，那些似乎都不重要了。这天地间，只剩下他们二人。

温弦的内心简直要炸裂了。

看到陆枭的那一刻，她不仅仅是激动，内心更是被难以言喻的甜蜜所充斥。

这个沉默寡言、不善言辞的男人，终于开口说他想她。

他很想，很想。她很开心，很开心。

下一秒，埋在他胸前的她和他拉开了些距离，微微踮起脚，嫣红的唇瓣轻启，舌尖在他的喉结处轻轻舔了下，细长漂亮的手指抚过他的脊椎末梢，最后落在了他剃了寸头的脑袋上。

他留寸头实在是太帅了，仿佛让她感受到了五年前在部队里的他的样子，又与现在的他相融合。

“陆枭。”她的声音哑极了。

陆枭的鼻间溢出一声闷哼。

温弦："我要疯狂了！你这个心口不一的家伙，好让我着迷！"

他怎么会那么令人着迷，恨不得让人每分每秒都跟他腻在一起？

她因为是跑过来的，呼吸还有些急促，气息紊乱地和他的交融在一起。

在她的那句话音落下，陆枭眼眸深处像是有凝聚着化不开的墨，让人难以揣测他此时内心的想法。

他的大掌倏然下滑，随后温弦搂着他的脖子，纤细的身影往上一蹿，陆枭直接托住了她的身子，她双腿分开夹在了他劲瘦有力的腰身上，额头抵住他的额头，抱紧了他。

两个人深深凝望着彼此，交融在一起的气息也变得越发滚烫。

温弦的眼底是化不开的爱慕和柔情，她纤长浓密的羽睫一垂，微微偏头，唇瓣贴了过去。

男人收紧了手臂，微抬的下颌绷紧，勾勒出清晰明显的冷硬弧度。

无数浓烈的思念和爱都在此刻爆发。

二人彼此深深地吻着，她还是不敌陆大队长汹涌的思念，他用力地勾缠着她的舌尖，吮吸着，几近疯狂地去索求，让她的神经都发麻了，浑身酥软。

夜空下，身躯高大的冷酷男人，双手托抱着一抹纤细身影，他微微抬头。背后是一片星海，清冷的月光将二人的身影拉得很长、很长。

二人的影子再缓缓拉开的时候，女人的胸口有些紊乱地起伏着。

陆枭盯着她，倏然又抱着她走到了车前，将她窄细的肩胛骨抵在了车窗框上。

温弦将手收回，轻抚着他的耳根。她眼睛雾蒙蒙的，嫣红的唇瓣更是红肿湿亮，一副被蹂躏过的样子。

"温弦。"他的嗓音很哑。

"嗯？"她眼底闪动着明亮的柔光。

陆枭："你怎么会出现，怎么会又来找我？"

温弦静静地望着他，手指细致地抚过他的眉眼："因为我比你想我，还要想你。"

陆枭将她的后背抵在车窗框上，再次低头。

他轻柔地啄着她的唇，舔舐着她的唇瓣，像是怎么吻都吻不够。

夜里寒凉的风在此刻都变得柔和了。

不知过了多久，陆枭抱着她准备往管辖区院内走去，怕她吹风受凉。

温弦却倾身搂着他的脖颈贴在他耳边低语："我想去车里。"

这里是管辖区，纵然已经到了所有人都休息的时候，可进去的时候也难保会被碰上。此时此刻，她只想见到他一个人，把自己所有的时间都留给他。

陆枭的身躯只是僵了一瞬，随即他便单手托抱着她，打开了车门，俯身将她抱了进去。

随后，他绕过车头，打开车门上来，漆黑的眼眸深深地看了她一眼，下一秒，便启动了车子。

常年在无人区地带疾驰的"猛兽"，随着一声轰鸣，在夜里骤然冲了出去。

微敞开的车窗里呼哧哧地灌着风，吹得她发丝凌乱。星空下，她的肌肤如此白皙，唇瓣如此嫣红，眼眸如此性感勾人。

她脱掉了黑色夹克衫，踢掉了鞋子，修长纤细的腿搭在了车前，微微在车内伸了一个懒腰，毛衣被向上拉着，露出一截白嫩柔软的腰肢。

她像是一个妖姬，专门来乱陆队长的心。

陆枭从车载后视镜里望着她发丝微微凌乱的模样，双手越发攥紧了方向盘，油门一脚踩到底，将她载向距离管辖区很远、很远的地方……

管辖区内，听到那一声犹如野兽发出的轰鸣，桑年微微打开窗户探出了脑袋。外面四下已经空空如也，他揉了揉眼睛，一脸蒙。

什么情况，他们的老大这个时候开着车去了哪里……

车子在月色星空下疾驰，像是要通往天边的尽头。

车窗关上后，车内陷入了静默之中，安静得只能听得到彼此的心跳声。

温弦倚靠在座椅上，这一刻，一路上舟车劳碌所带来的疲惫都卸了下来。看着前方天际的星空、望不到头的公路，她缓缓转过脑袋望着他的侧颜，隐隐勾起了嘴角。

他不是说……不剃寸头吗？不是说，不能她说什么就是什么，剃了她也看不见吗？

可如今，他就是剃了。哪怕她看不见，他还是剃了。

只因她的一句喜欢。

正在开车的男人，穿着一件黑色的薄绒衣，后背挺拔，袖子微微被拉起，露出了修长的手腕，握着方向盘的手修长有力，骨节分明。

温弦一只手撑着下颌，望着他的侧颜，眼底像是涌着星光。

以前她不知在哪里看过这样一句话，都说寸头才是考验一个男人颜值的真实标准，而他大概是留寸头最帅的男人的典例了。

他剪了寸头后，脸部的轮廓变得更加清晰明显，棱角分明，鼻梁挺拔，下颌弧度完美。尤其是额角，那一抹细微的疤痕也再没了遮掩，除了冷酷刚正，气息更加凛冽外，多了说不出来的那股子男人味，多了那股子狠劲。

她心底痒痒的，深深陷入了其中。

陆枭察觉到被她盯着，只觉得她的眼神……毫不掩饰。

他看了她一眼，视线幽深："干什么？"

温弦没说话，笑着转过了脑袋目视前方，却在下一秒，手偷偷探了过去，指尖触碰到了他的手臂。

过了片刻，越野车的速度放缓了些，他单手握着方向盘，另外一只大手捏住了她不老实的小手。

"别乱来。"他说，声音低沉。

温弦的视线微微闪烁，她也不看他，只是被他握住手指时，轻轻地在他的掌心搔了搔。

像是过电一样，一股酥麻直抵他的神经末梢，让他脑海里的那根弦都要绷断了，喉结有些艰难地滑动了下。

而在这时，车里响起她低柔的声音："那乱来……是什么样子的？"

陆枭的后背都在发热。

车子最后越过戈壁滩，来到一处地势平坦的高坡处，这才停了下来。

夜晚是漆黑的，可漫天星光却散下了它的银辉，洒落在大地上，洒在了那辆几乎要融于黑夜里的越野车上。

车厢里静静的，两个人一时间都没说话，可在那手刹处，两个人的手却握在了一起。

温弦觉得他似乎很热，手掌心都被他越发炙热的手弄得有些湿润，周围只剩下了彼此的呼吸声和心跳声。

温弦突然听他声音又沉又哑地说："结束了吗？"

结束了吗？

只有温弦才明白他的意思。她转过脸，视线直勾勾地盯着他。

他虽然还望着前方，耳根却微微泛起了一抹薄薄的绯色。

"想？"她问，言语间还带着一分轻笑。

这一声似乎有些激到了他，下一秒，握着她的大手蓦地一个用力，她的身影就被他拽了过去——

"啊……"她惊呼一声，整个人猝不及防地跌落在了他的怀里。

温弦的呼吸有些凌乱，双手抵着他坚实宽阔的胸膛。

车厢内灯光昏暗，她鸦翅般的睫毛微微扇动，再看向他的时候，便撞入了他漆黑的眼眸之中。

他攥住了她的手指，稍微用力地捏了下，鼻间发出淡淡一声："嗯。"

温弦的眼底噙着笑："那怎么办？还没好。"

陆枭的身躯微微僵了一瞬，可也仅仅是一瞬，温弦察觉他的一只手突然扣紧了她的腰身。他的胸膛明显起伏了下。再开口时，他沉声道："那你怎么还这么折腾地跑过来？坐好，我送你回去。"

温弦却不动，视线还是直勾勾地望着他。

陆枭对上她热情的眼眸，漆黑的眼睛有几分危险地眯起，不客气地道："回去坐好！"

温弦："我不想回去。"

他有些无可奈何地抬手揉了揉眉心，轻嗤：“那你想做什么？我跟你在一起又不是为了你的身体，你清楚的。”

不知怎的，听到这句话，温弦的唇微微扬了起来。她又开口：“你不是，可我……啊。”

她身上突然被重重地掐了下。

“你敢说‘是’试试？”目光变得冷冷的，他认真又危险地威胁着她。

温弦捂着被掐的腰部，委屈得差点眼泪汪汪：“人家还没说完嘛，你不是，我自然也不是，我怎么是只馋你的身子的那种人呢？你看人家当着全国人民的面给你表白呢……”

她越说越委屈似的，他是真的用了力道啊，真的是个狠心的坏男人。

她抬起拳头在他的肩膀上砸了下，陆枭任由她发泄，最后一把握住了她的手腕，一点点上移，握住了她的手指，放在自己的唇边轻啄了下，幽深的视线平添了几分哄劝之意：“听话，我先带你回去休息，这个时候你不能折腾身体。”

温弦却倔得不行：“不回去，晚上我也不想回去，一夜都要跟你在外面。”

陆枭别开脸，呼吸深沉，似乎是拿她没辙了。他道：“你知不知道你在折磨我？”每一分，每一秒都在折磨他。

温弦坏得明明白白：“我知道。”

陆枭再三攥拳，真的是被她逼得一点办法都没有。

温弦突然拿过了车窗下放置的一瓶水，拧开，仰头咕嘟咕嘟地喝了起来。喝完她再看向他的时候，小舌尖伸出来，轻舔了下嘴角。

她倾身过来凑在他的耳边说了什么。

陆枭的脑子轰然一下，炸了。

遥远的天边有一抹金色的光亮起，温弦的睫毛微微颤动了下，蹙了下小眉头，随后缓缓地睁开了眼眸。

“醒了？”

陆枭的声音在车厢内响起，大抵是一夜没怎么休息的缘故，透着一股慵懒的沙哑感。

车椅被调成了一百二十度，身上还披着他的外衣，她都不知道昨夜什么时候睡过去的，太困了。

温弦缓缓睁开惺忪的睡眼后，被远方的一幕惊住了，内心都在微微颤动着："你、你什么时候带我来这里的……"

这一切真的不是做梦吗？昨夜她在车里睡着了，可周围是草原，而眼前是什么？

他们的越野车在一座屹立着的山头上，前方是陡峭的山崖。而远处，是冰雪覆盖的极高山脉，白茫茫一片，此起彼伏。下面是鳞次栉比的山林，在这高处还能看见远方的湖泊，在逐渐亮起的光线下，闪烁着粼粼的波光。

这一切不是最震撼的，让她连呼吸都不觉屏住的，是那日出。

太阳一点点地从天际升起，一片金色、一片赤色的光交织在一起，那一刻黑夜退去，日出逐渐将天地间的万物染上了鲜明的色彩，为所有的生灵重新带来了活力和生机。

陆枭看着她的眼底映衬着金色的光，轻扯了下唇："这是无数旅游者想要看到的景色，可并不常有。"说罢，他微顿了下，"我见过很多次，每一次都很震撼，可我总是一个人。"

这话音落下，温弦内心微微一颤，随后她移开目光看向他。

日出之时，他的鼻梁被金色的光线切割出峰影，侧脸映衬着远处的山川和湖泊，让她的灵魂都剧烈震荡。

这一刻的他，像是一幅上帝鬼斧神工地将他和山川日出一起勾勒出来的永恒画卷，深深地印在了她的脑海之中，一辈子都无法忘记。

她道："陆枭，以后你不再是一个人。"

这样的景色，没有喜欢的人陪伴着欣赏，是一种极致的遗憾。

陆枭昨天后半夜没有睡，而是开了很远的路，带着她来到了这里。

她舟车劳顿着实是累了，被他从腿边捞上来，依偎在他怀里没多久就睡着了。睡得很沉，很沉。

藏区的美丽之处，没人比他更熟悉。

如今，她陪着他见过了星空银河，见过了日出金山，这辈子似乎都再没有遗憾。两人下了车，凉风袭来，吹得她精神抖擞。

陆枭帮她把衣服披上，温弦看着他，最后别开脸，冲着被金色覆盖的山川、湖泊，双手放在唇边做喇叭状，大喊了一声："陆枭，我好喜欢你啊！会喜欢你很久很久，你知道不知道？！"

她的声音一遍又一遍地在山川间回荡开来。

陆枭望着她清秀白净的眉眼，目光深深："温弦，很久是多久？"

温弦的气息还微微喘着，听见他这话，她也看向他。山川间的风吹得她的发丝缠绕在了唇边，她用指尖拨开，再认真不过地看着他："就是我生命的尽头吧。"

就是我的生命尽头吧……

那一刻，温山软水不及她的眉眼半分。

山间的风，伴随着日出轻涌过来，带着阳光的味道，温热又让人眷恋，吹得她微微闭上眼睛，感受着这一刻。

"陆枭，我们来日方长。"

陆枭握住她的手："不说来日，现在最好，当下最好。"

温弦笑了。

再看向陆枭的时候，她揉了揉自己的腮帮子，坏心眼儿地冲着他眨了眨眼："是啊，当下最好，就是嘴巴有点酸。"

管辖区早上收到了新通知。

国家科学院那边派来了相关人员要在可可西里进行地质考察。据说来人是个地质学教授，在地质和物理这方面很有造诣，是国家难得的栋梁之材，所以上面希望管辖区这边要负责好这个人的接应工作和安危问题，确保他在这边考察一切顺利。

一早收到消息后，桑年赶紧去楼上通知他们的老大。

然而哪儿都找遍了，都没找到老大，最后看向二楼的一间客房，他心底一急直接打开了门，不知看到了什么，他瞬间瞪大了眼睛。

里面传来一声女孩子的大喊，伴随着一句“流氓”，一个枕头砸了过来。他慌不择路，吓得连道歉都没说出来，赶紧跑了，一大早上那脸跟猴屁股似的，红得不行，整个人不在状态了。

食堂阿妈家的女儿怎么会在里面？

当他跑到管辖区院外的时候，看见从外面回来的老大。

他刚要上前说上面的任务，就看见副驾驶座的车门从里面打开，一抹纤细高挑的人影走了下来。

天哪，他是在做梦吗？老大竟然带着弦姐回来了，弦姐不是在上海吗？！

此时弦姐不知在和老大说些什么，嘴角勾起，笑得明媚又璀璨。

他连忙抬脚冲着两人奔了过去。他气息微喘，听到弦姐对着老大说：“亲，你这么优秀，建议你这边重新自我介绍下呢，不然我再给你口算下也行。”

桑年正激动地冲过来，听到这话后，一头雾水。十八岁的小伙子就是那么俊俏又单纯：“老大，什么口算啊？我的心算和口算上学的时候可好了，用不用我……”

他这话还没说完——

“噗……”

温弦笑疯了，笑得腰都直不起来。

那头穿着黑色外衣的陆枭眼角狠抽了下，他抬脚就将一块石头冲着桑年踢了过去：“给我滚！”

桑年委屈、无辜又无助。

那边温弦幸灾乐祸还没几秒，就被陆枭不客气地拎走了。他咬牙，狠狠撂下了一句：“还不够？那你就给我等着！”

中午吃饭的时候，温弦的出现再次引起了一片哗然。

管辖区的小伙子们一个个激动得满面通红地跟她打招呼，只是和之前不同，这一次他们开口都齐齐地叫着嫂子，叫得那叫一个舒坦，一个甜。

“嫂子，你怎么又来这里了，是不是舍不得我们了？！”

“去你的，那显然是舍不得我们老大。”

陆枭的视线扫向后面排队打饭的两个队员，他们一个个忍着笑，咳了又咳。

温弦也笑着，眼睛亮亮的，看了一眼陆枭她直言不讳道："身为你们队长的女朋友，怎么能让他一个人在这里成天面对你们这帮小伙子？他该多想我啊！"

队员"扑哧"一声没忍住，下一秒又赶紧捂住嘴巴，生怕笑出来被他们的老大一脚踹飞。

然而，这一次陆枭什么都没说，只是有些用力地捏了捏她的手指。

温弦笑着反握住他的手。

食堂餐桌边，噶卓和扎西也过来了。

噶卓放下餐盘坐下来："头儿，你应该知道那个教授的事了吧？他明天过来，上面让我们去接应，那人叫、叫什么来着——"

陆枭拿着纸巾擦了嘴角，沉声接下了他的话："萧亦行，国家直属科学院的院士，一会儿就组织几人的小团队，这期间一旦他出门考察，就跟着保护他的安危。"

随后这件事就交给了噶卓，明天他去接应。

饭后，管辖区院外。

陆枭正在抽烟，一只手插入裤兜，低着头，后背依然挺得笔直。

温弦出来的时候，看见他那个模样，心底莫名颤了下。她怎么觉得，他好像有什么……心事？

她走过去，也没问，而是轻笑了下，道："院子里的小狼狗崽子去哪里了？没看见它对我叫嚣的样子，我还不习惯了。"

现在她看见它，可要让它好好知道下社会的险恶，看陆枭这回还会不会护着它？

陆枭微皱了下眉："或许是老李带着它出去撒欢儿了吧。"

她还想说些什么，却见陆枭的唇瓣轻抿了下，他再看向她的时候，认真地跟她道："温弦，你能来找我，我很开心，但是你知不知道我更希望你继续忙自己的事，不要为我而受影响。"

她不该放弃大城市的生活和工作，而跑到这里跟他吃苦。

他不想这样。温弦一听，突然笑了，眉眼柔化，眼中似有闪闪的星光，内心也跟着在微微颤动。

这果然是她选择的男人啊。

“笑什么？这件事很严肃，我在很认真地和你说，你不要不当一回——”

“我要在青海拍戏了。”不等他说完，她打断了他。

陆枭顿时怔了下，眼瞳都有些凝住：“你说什么？”

温弦继续微笑，认真地看着他：“陆枭，我接了一个大导演的剧本，他要在青海拍戏，拍的是与当地自然、动物和文物保护有关的电影。我对此挺感兴趣的，所以就接下来了，而且听说这部电影还要拿去国外参加比赛呢。”

她说得很认真，仿佛她接下这个剧本完全只是因为感兴趣，想拿奖。

陆枭听着这一番话，没有开口。

他背着阳光而立，眼底像是凝聚着化不开的隐忍，他在竭力地压制着他的情绪。下一秒，他一把拽住她的手臂，将她拽到了他的怀里。

温弦猝不及防地撞上他的胸口，闷哼了下，随后就感觉他紧紧地拥住了她，力气很大，紧得似乎想将她融于他的骨血之中。

温弦趴在他的肩头上，迟疑了下，小手还是在他的肩膀上轻拍了拍，轻笑道：“我说认真的呢，我真的不是为了你，只是想来拍摄这部电影，你可不知道他们花了好多好多的钱来请我拍呢。”

虽然她常常骗他，但那是为了趁机吃他的豆腐。

可她知道，现在不行。

如果让他知道自己是专门为了他才来拍摄这部片子，他的内心肯定会有压力和负担。

陆枭搂着她，没再说话，只是闷闷地“嗯”了一声。没人知道，他到底是信了，还是没信。

最后，二人缓缓分开的时候，陆枭问：“那大概拍摄多久？”

温弦眨了眨眼，笑着道：“据说可能得几个月吧，谁知道呢？反正我跟着剧组走。”说到这儿，她顿了下，又道，“本来准备跟你说的，因为我明天就要去剧组的拍摄基地了。”

陆枭的目光微微一荡：“位置在哪儿？”

温弦报上了一个地方。那个地方是青海的影视拍摄基地，距离可可西里，车开得再快估摸也得十小时。

不过他们为了取景，应该不会仅在影视基地里拍。

陆枭眯了眯眼眸，道：“那行，今晚我开车送你过去。”

温弦听他这么说，心底莫名增添了几分说不出的感觉，有点痒痒的，还有点甜，没拒绝。因为他现在不仅保护着这里，也保护着她，承担起身为她男朋友的责任。

那种成为他的女朋友的感觉……很美妙，让她充满了踏实和安全感。

噶卓和桑年出来了，两人要去忙事。

桑年不知出来的时候又撞见了谁，少年清俊的脸上还有几分羞赧之色。他回想着刚才那个小姑娘瞋他的眼神，抓了抓后脑勺的短发，跟噶卓说：“噶卓叔啊，你说为什么只有女的叫男的‘流氓’，我咋就没听说过有女流氓呢？”

正在低头点烟的噶卓看了他一眼，随后冲另外一个方向抬了抬下颌，示意他看过去。只见不远处，一辆牧马人越野车前，一个身影纤细窈窕的女人正钩着他们大队长的脖子，踮着脚在他的脖子处又啃又亲，像是一个树袋熊似的挂在他身上，如狼似虎地黏着他。

而他们的老大身躯笔直地站在那儿，微倚靠着车门，一只手搭在她的腰上，似想阻拦她，却又阻拦不了，冷峻的面容上虽是无奈的表情，可唇边又带了一分轻笑。

桑年看着那一幕都傻眼了。

噶卓这时瞥了他一眼：“这回懂了吗？哪个男人碰见女流氓会说出来？”享受都还来不及。

翌日。

烈日灼灼，高辐射的光线照射下来，炙烤着沥青公路。

一路上开着跑车过来跟经历了一年四季似的，经历了噼里啪啦的倾盆大雨的洗礼，也有暴雪狂风的怒吼。前方的天空都变得灰蒙蒙的，那条公路像是没有尽头。

终于，在想走捷径穿过戈壁滩的时候，本来就低底盘的跑车没多久就陷入了一个泥坑里，无论加多大的马力都无济于事。泥浆随着轮胎的转动飞溅，车身弄得泥泞不堪。

“你怎么这么笨，会不会开车？！”

车门骤然被打开，副驾驶座上的一个男子骂骂咧咧地下来了，他穿着一件白衬衫，领口的几颗纽扣微微敞开，露出大片锁骨。

他气得摘下墨镜，戴在脑袋上，露出了那张精致漂亮的脸，此时那双桃花眼里满是怒火，似乎气得不行。

不是那纨绔“小公举”霍启，还是谁？

司机在车里眼角抽搐：“霍少，是您非得让我往这儿开……”

“闭嘴！我什么时候说过了？！”霍启恼怒，一脚踹在了跑车上。

他真的是出行不顺！这一路上都是什么破天气，这里究竟是什么鬼地方？！

司机被他虐习惯了，这会儿结结巴巴地问：“那……少爷，现在怎么办？”

“什么怎么办，当然是找救援啊，这轮子陷在里面，你难道想本少爷亲自去推吗？”他说着，气得来回踱步，一手掐着窄腰，一手从自己略长微卷的碎发中穿过。

有比他这个司机还笨的人吗？

这时，他的视线被不远处的公路上一辆正在驶过来的大巴车吸引住了目光。他微微眯了下眼睛，只见车子玻璃上面的牌子上写了——西海镇。

那正是他要去的地方，也正是温弦他们剧组的拍摄基地。他为了能去剧组陪她，还专门投资了三百万元。

司机还在想怎么求救，下一秒就看见他们少爷重新戴上墨镜，从副驾驶座上拿起大衣，然后冲着公路那边走过去。

“喂，二少！你干吗去？！”司机连忙大喊。

他家二少爷头也不回地回答：“你慢慢想办法吧，本少爷先走一步了。”

司机盯着他的身影蒙了，随后狠狠地搓了一把自己的脸。

这人就这么走了？如果他没猜错的话，这位矜贵的小少爷身上连现金都没有！霍启是个娇生惯养的人，开车只开跑车，吃东西只吃米其林大厨做的，在大城市里他还算什么都懂，可来到了这里就是个一窍不通的人。

眼下，霍启站在公路中间拦着那辆大巴车，疯狂地挥着手，那辆鱼龙混杂的大巴车真的停了下来。

霍启见状，赶紧不管不顾地上了车。

司机远远地看着那辆大巴车载着他家少爷疾驰而去，崩溃地抓着头发，脑海里瞬间脑补了多年后，他们少爷失踪，最后在深山老林里被发现砍柴烧饭的凄惨画面。

他浑身抖擞了一下，赶紧拿出手机拨打了一个电话。

霍启微微喘息着上了车，额前的碎发还有几缕被打湿了。

然而，他一看见车里面的二十几号人就蒙了。

车上二十来号人，男女老少都有。只是他一上来，尤为突兀，引来了二十多道视线盯着他。

藏区不同城内，车上的人看起来似乎都比较奔波劳碌，所以一个个看着他的时候面无表情。

霍二少爷突然沉默了，喉结滑动了下。

他本能地收回视线，看到旁边靠窗处刚好有一个空位，他也不管这车里的空气是否比外面沉闷，不管这座位是否油腻、椅罩是否发黑，赶紧走了过去。

原来，这就是大巴车啊，原来里面能坐这么多人。

只是此时空位的旁边还坐着一个人，挨着过道。那人穿着黑色的大衣，里面浅蓝色衬衫打底，衬衫外又套了一件烟灰色羊绒毛衣。他双手环胸倚靠着车靠背，微低着头，眼眸微合，鼻梁上架着一副银边金丝眼镜。

霍启没太仔细看，只是觉得这人的身影隐没在阴影里，外面灰蒙蒙的天光使他的肌肤透出冰冷的白。

“不好意思，哥们儿，让一下哈！”说着，霍启就擦着他的膝盖过去，动作有些大，撞上他硬邦邦的膝盖，挤着坐在了大巴车的一隅，和那人靠在一起。

霍启刚坐好，视线冷不丁地对上了前面的壮汉司机，对方的声音透着不可拒绝的威胁性：“后上车的记得买票。”似乎对他刚才的拦车行为还很不满。

霍启愣了下，白皙细长的手赶紧摸了摸身上的口袋，想要拿出钱包。他一摸才发现，身上除了手机，还有两张银行卡，竟然什么都没有。

他微微咬牙，在壮汉司机的视线再一次扫过来的时候，低着头装作什么都不知道，仿佛这样可以逃过一劫。

这怎么能行？

没一会儿工夫，一个蒙得严实的女人走过来，腰间还围着一个粉红色腰包，声音却很冷漠：“去哪儿？”

霍启的手攥紧了椅罩：“西、西海镇。”

那女人从腰包里拿出了一张小票：“二百五十块钱。”

也甭管这是多少钱，主要是他身上……

再开口的时候，他“呵呵”笑了下：“能……刷卡不？”

“不能，只能现金。”女人面对“如花似玉”的男人毫不动摇。

这就尴尬了，他一时间拿不出现金，无数双眼睛盯着他，莫名觉得这辆车里比他想象的危险多了……

实在没办法了，他悄悄地看向了身边——闭着眼眸，似在假寐的男人。

他从这个角度看，男人鼻梁上架着的眼镜反射出几分冰冷的光，下颌、脖颈的线条向下，肌肤透着一股瓷器般光滑坚硬的质感，浑身的每个细胞写满了“生人勿近”。

可霍启大概不是……“生人”？他蹭了蹭鼻尖，膝盖撞上对方的腿：“嘿，哥们儿，帮我个忙呗。”

他这话一说完——

那个一直低头、双手环胸的男人眉头微蹙，缓缓睁开了眼眸。

男人将视线向旁边轻扫过去，淡淡问了句：“帮什么？”

他的声音不带情绪，却透着一股子冰雪消融的味道。

霍启听他回应了，嘴角一扯，不太好意思地道：“能不能先帮我付个车票钱，我身上没现金。”说到这，不知想到了什么，他又连连道，“哎，你别以为我是骗子啊，等我到了市区里，就可以去银行取钱，十倍还给你。”

这一番话落下，男人抬起眼皮子，看向霍启，不过镜片有些反光，令人看不透他此时在想什么。

他盯着霍启，沉默了好一会儿。强烈的光线下，霍启逆光坐着，精致漂亮的脸蛋被部分光线勾勒得更加清晰。

突然传来开车的壮汉司机粗哑的声音：“原来没有钱，难道你想坐霸王车？”

“不不不，兄弟，我有钱、有钱，本少爷很有钱的！就是车坏了，停在半道上了。”霍启连忙解释，完全不掩饰自己的财力。

可他现在这个狼狈模样谁会信？壮汉司机冷哼一声，幽幽地开口：“你想坐免费的车不是不可以，等到了下一站，你跟我单独下去一趟就行。”

霍启下意识地浑身一僵，莫名地察觉到几分危险气息。

“下、下去干什么……取钱吗？”他结结巴巴地问。

对方却不说话了，只是时不时从后视镜里直勾勾地盯着他。

霍启的脑袋都死机了，这到底是什么情况？！

他看向身边的男人，白皙修长的手指忍不住拉了拉对方的袖子：“兄弟……”

售票的女人盯着霍启，眼底流露出一分鄙夷之色：“既然如此，那你就等下一站的时候……”

“现金支付，多少钱？”男人清冽散漫的声音倏然响起。

售票的女人愣了下，最后出示票据：“二百五十块。”

霍启大概永远都不会知道，他差点因为没有这二百五十元人民币，就遭到这个社会的狠狠毒打。

温弦还在去剧组的路上。

坐在陆枭的越野车里，此时看到来电，她微微挑眉，接了起来。

“喂，弦姐……是我，霍少的助理，是这样的……”

温弦听着电话那头的话，越听越想翻白眼。

挂断电话的时候，她深吸了一口气，狠狠咒骂了句，随后对陆枭道：“能不能帮我找个人？”

陆枭看她脸色铁青，皱眉：“谁？”

温弦咬牙：“还能有谁，就是霍启那个蠢货！”

她把电话里的消息说给他听，咬牙道：“一定得尽快找到这个蠢蛋，否则时间越久，他丢失的可能性就越大。”

陆枭的脸色有点冷：“一般人不至于。”他大抵是没想到那个男人也来青海了。

温弦一听，忍不住嗤了声，骂道：“霍启才不是一般人，有的人是出门不带脑子，可他不一样，上帝将智慧洒满人间，洒到他的时候他倒好，机智地撑起了一把伞。”

所以，他根本没有脑子！

陆枭微微沉默，再开口时，淡淡地“嗯”了一声，声音低沉地道：“我可以找他，但是不要以为这样就可以让我忽略他是一个男人的事实。”

“哈？男人，你不光高看他了，还小看我了，你不知道其实还有一些……”后面几个字还没说完，温弦连忙将其卡在了嗓子眼儿里。

“一些什么？”

陆枭把车速都放慢了，眼底像是傍晚的天空，逐渐沉淀出暗色，脸上不带丝毫的表情。

承受着旁边冷飕飕地扫过来的视线，她移开目光，干笑了两声，道：“还能是啥，就……粉丝追着叫我‘老公’呗，不过你不用担心，那些都是粉丝，粉丝们都那么叫，是对我的爱称，但是私下我都不认识的……”她说到最后，声音越来越小，变成了嘀咕。

陆枭收回视线，冷哼一声，没有说话。

温弦感觉后背凉飕飕的，怎么办，还没等分开呢，就把他给惹毛了。

陆枭冷着脸开车，温弦故技重施，手指悄悄探了过去，拉住他的袖子。岂料，他直接抬了抬胳膊，避开她的触碰，目视前方继续开车，脸上什么表情都没有，周身散发着不好招惹的冷冽气息。

完了。

温弦一拍大腿，叹息一声，怎么哄宝贝男友不要生气？在线救助，挺急的。

陆枭轻抿唇瓣，眼底弥漫上一层冰霜。她的圈子，他不了解，但他是相信她的，可还是有火苗从心底蹿出，似要把一切焚尽。

生气归生气，温弦还是报上了霍启之前大概所在的区域。

陆枭一言不发。

温弦没办法，悄悄拿出手机给经纪人玲姐发了条信息："玲姐，男人吃醋上火挺大的，怎么办？"

玲姐很快回复："还用说吗？妹妹，帮他灭火啊，一次不行就两次，两次不行就三次。"

温弦看着这条消息沉默半晌。她倒是也想啊，奈何身体不允许。她犹豫了下，又发信息："要不发个红包？好像男人都是这么哄女人的。"

玲姐："你是钞票机吗？"

温弦："……"

她突然想起之前在上海的时候，陆枭对她说过的那句话……不要随便给男人钱。默默收起手机之后，无计可施的温弦抬起小手，"啪"地假装给自己脸上来了下。

"哎，我这嘴啊，什么时候能不惹我家亲亲宝贝生气呢？"她幽幽地道。

陆枭的视线都没扫过来一眼，他不冷不热地说："声音有点假，没打着吧。"

她深深吸了一口气，竭力按捺住自己想要喷出一口陈年老血的冲动，两根细白的手指落在太阳穴上揉了揉，不停地在内心告诉自己：自己选的，自己选的，看在"颜高活好"的分儿上也得忍了。

在那辆大巴车上，霍启正前往西海镇，这一路折腾得太累了，他神色怏怏，有些疲惫，眼皮子一合一合的，昏昏欲睡，又怕坐过站不敢睡。

实在是太过于困乏，霍二少爷像只慵懒的猫咪似的打了几个哈欠后，脑袋一歪，靠在了椅背上。只是他睡觉极为不老实，没一会儿，脑袋就一点一点地歪了下去，倒在旁边那人的肩头上。

戴着金丝银边眼镜的男人身躯一僵，随即视线缓缓从一本 Plate Tectonics 国外地质学书籍中抬了起来。

他微微转头，看见肩膀上枕着一个人的脑袋。那人黑色的发有些长、卷，皮肤很白，鼻梁很挺，合上的眼眸前覆着一层浓密的睫毛，唇瓣是淡粉色的。

男人望着霍启，下一秒，不客气地抬手将他的脑袋推开。

霍启的脑袋动了动，半醒半睡的，哼唧了一声又垂下脑袋睡着了，只是没过片刻——当男人的视线继续落在密密麻麻的英文书上时，“咚”的一下，肩膀一沉。

“啪”的一下，书合上了。男人轻抿唇瓣，镜片下的眼眸透着一丝不耐和抵触之色。

霍启不知道迷迷糊糊地睡了多久，只是感觉睡着睡着，脑袋蓦地一晕，像是一脚踏空了，整个人不受控制地倒下。

他慌忙睁开眼睛，条件反射地坐直，惺忪的睡眼望着眼前，只见身边的那个男人不知何时站了起来。

他拎着一个便携的黑色拉杆箱，似乎是准备下车了。

霍启这才发现这个男人还挺高的，从他这个角度看至少有一米八几，只不过那个男人浑身透着一股子……嗯，他说不上来的感觉。

对方仿佛是淡泊名利，与世无争？

只是眼下那个与世无争的哥们儿，正盯着自己肩膀某处一摊可疑的痕迹，皱紧了眉头，脸上的表情一言难尽。

霍启早早收回了视线，什么都没察觉到，咂巴了下嘴角，随手抹了一把，慵懒地伸了个懒腰，溢出一声轻哼。

男人看到这一幕，脸色都有些绿了。

霍启伸着懒腰，突然感觉有一道视线紧盯着他。他看过去，撞上了男人的目光。

愣愣地看了他几秒，霍启似乎反应过来，连忙对他道：“哦，我想起来了，哥们儿，你的微信号是多少？我等会儿把钱转给你。”

男人沉默几秒后道：“不用。”

此时，前方马上到下一站，噶卓带着人已经来接应了。

霍启看他要离开了，连忙伸手拉住他：“别呀，兄弟，不能这样，我这人从来不贪小便宜，你必须把微信给我，否则我会良心不安的。”

男人低头，看着霍启刚擦完嘴角口水痕迹的手，握住了他的手腕。没人知道那反射着冰冷的光的眼底是什么温度。下一秒，他拿着那本书“啪”的一下打开了霍启的手：“我说了不用。”声音更冷了。

他转身，霍启再次拦住了他，揉了揉被打痛的手腕，漂亮的桃花眼里浮起一抹不悦的神色：“不是我说，哥们儿你什么意思啊，真的当我是要饭的了啊？！”说着他眯了眯眼眸，“你不让我给，今天我就不让你走了！”

男人紧抿唇瓣，从未见过如此无礼之人。

这会儿车子终于到站，男人被霍启拦住无计可施，最后拿出了手机。

“嘿，这就对了嘛，你帮了我，我会还你十倍，不会让你吃亏的！”霍启迅速扫了他的微信，添加对方为好友。

嗯？

他扫出来后，是一棵从未见过的树木的头像，上面叫——清风徐来。

霍启舔了舔唇瓣，细品了品，点点头，果然文化人的名字起得都不一样。在车上睡着前，他就看见那人拿着一本书在看，还是英文的，嫌他在旁边不够困吗？

男人下车后，看着一条好友添加名字显示：你的小可爱。

他的嘴角僵了下，额头仿佛滑下三条黑线，随后他无视请求，把手机揣入兜里，离开。

车子继续缓慢行驶。

霍启趴在窗户处，看见几个身材结实的人专门接走了男人。

这人是干吗的？

“萧教授，我们是可可西里管辖区的，这一路上辛苦您了，后面您跟我们来。”噶卓说着让人接过男人的行李。

男人声音温和地淡淡道：“没事，我自己来。”

此人不是别人，正是科学院派来的地质学和物理学科学家——萧亦行。

几小时后，一辆越野车拦住了一辆大巴车。

大巴车离开的时候，温弦一脚冲着霍启踹了过去：“你这一天天的，能不能别给我添麻烦，你一个娇气小少爷跑到这里来添什么乱？！”

霍启灵敏地避开：“哎哟，我的弦弦，我能有什么事啊，你也太小瞧本少爷了。”说着他不知看到了谁，顿时微微瞪大了眼眸，“哎？保镖，你也跟着来了？！”

陆枭站在旁边的车前，双手环胸，脸上不带丝毫表情，没有理会这话，只是冷冰冰地扫了霍启一眼。

霍启走过去围着他打量了片刻，觉得哪里有些不对劲，突然皱眉：“弦弦，你和这个保镖之前认识吗？”

温弦听到这话怔了一下。她看了眼陆枭，后者视线淡漠，看不出什么情绪。

目光闪烁了下，她凶巴巴地道：“这不是你给我找的保镖吗？问这个干吗？！”

倒不是她想欺骗霍启，而是他知道后肯定一哭二闹三上吊，闹得她有男人的事尽人皆知。

霍启皱眉，盯着陆枭，幽幽地说：“总觉得哪里不太对劲，我不会是被利用了吧？”

温弦心底“咯噔”了下，连忙拍了拍他的肩膀：“不会，只有废物才会被人利用。”

霍启一听，顿时豁然开朗，笑了：“对，没毛病，本少爷那么聪明，可不是废物。”

车子又疾驰几小时后，最终抵达了影视基地——剧组所在的地方。

这边拍摄的剧组并不多，条件又恶劣，没什么人愿意来，可此时基地里却停了一辆辆的车，一看车牌号，都不是本地的。

看来人都到得差不多了。

温弦大老远地就看见一帮人站在基地外，平常在大城市里光鲜靓丽的人，到了这里个个弄得灰头土脸的。

如果她没认错的话，导演李寻的脑袋上还戴了顶军绿色的雷锋帽，披着军大衣，手里拿着本子，在那指挥说着什么。

车里因为有霍启在后面坐着，温弦倒是不敢像之前那样对陆枭放肆了，只是还时不时地看着陆枭，还在发愁怎么才能让他不生气。

她发现后面没了霍启叽叽喳喳的声音，回头扫了一眼，果然看见他低着个头，睡着了。

她微微松了一口气，随后扭头小声对某人说：“我要到了。”

这一拍摄，还不知道几天能看见他，毕竟二人距离不近，她拍戏肯定又忙又累。来之前，程东原给她打了一剂预防针。

陆枭开着车，淡淡地“嗯”了一声。

温弦看他那么冷淡，心底七上八下的。

两人马上要分开了，他还在生气，玲姐说给他去去火，她倒是想，可两人还不知道什么时候见面，他总不能这么些天一直都生气吧？

距前方基地还有些距离的时候，陆枭突然停车，沉声道：“那边有好多你们的人看着，我就不送你过去了。”不能对她造成什么影响。

温弦想说什么又怕被霍启听见，只好无奈地解开安全带。

唉，她交了个男朋友怎么还得偷偷摸摸的？

“那我就走了……”

都这个时候了，他真的不再对自己说些什么吗？

陆枭淡淡地“嗯”了一声，依然没有看她。

温弦在内心叹息一阵，偏头准备去喊醒霍启。

她刚动了动唇瓣，“霍”那个音还没发出来，就被人倾身堵住了嘴。

越野车停在路边，距离前方的影视基地不过几十米，一群人站在那儿，霍启还在后面歪着脑袋憨憨地睡着。

她的眼前被黑影覆盖，温弦怔怔地看着陆枭微合着的眼眸，喉结没出息地滑动了下。

下一秒，他有些低哑的声音传来：“闭上眼睛。”

温弦反应过来，赶紧听话地闭上了眼睛，心跳却要从胸腔蹿出来了，“怦怦怦”的，如同有鼓在敲击。

天哪，霍启还在后面睡着，可陆枭就这样光明正大地当着他的面……

从车内镜子里的某个角度，可以隐隐窥到陆枭轻抚着温弦的脸颊，他的喉咙处在微微地滚动，似乎怎么汲取都不够。

霍启下车后，打了个哈欠，舒服地伸了个懒腰，看着已经开走的越野车，他有些奇怪地看了一眼温弦：“哎？他这个保镖怎么自己一个人开车走了？”

温弦站在公路上，一直望着那辆疾驰而去的车，最后缓缓地认真说道：“离群索居者，不是猛兽，便是神灵。”

“啊？就是他是一个人的意思呗，一个人就一个人，咋还‘猛兽’‘神灵’了？”

搞得这么深奥，霍启不明白一个保镖能有什么能耐。

温弦轻嗤，转身冲着剧组的方向走去，没回答霍启。

他不懂。

只有猛兽才独行，牛羊总是成群，陆枭一个人远离繁华的花花世界，来这里守护这片土地，不是神灵是什么？

只有在她身边的时候，他不仅仅是她的神灵，还是她的猛兽……

第十章

风雪夜的避风港

不远处又一辆车开来了，是程东原。

他身上穿着黑色羊绒呢子大衣，围了一条围巾，风度翩翩，优雅绅士，手上还戴了一双黑色的皮手套。

他一下车，就和导演说着什么。他身为制片人，相当于剧组里的总负责人，导演是工程师，所以程东原说换女主的时候，导演才同意。

但其他人——意见可就多了，只是不敢说罢了，程制片的妹妹都沦为剧组的女二了。

一行人看见温弦和她的绯闻男友霍启出现后，再看看程东原，大多一副有些不服气的样子。

一个直接点名换她当女主角，一个直接为她投了三百万元。所以看见温弦，一个个都呵呵地笑着，点头致意，惹不起，惹不起！

“你来了。”

程东原看向温弦，微微颔首道，顺便冲着霍启也点了点头。

岂料，霍启冷哼一声，不搭理他。温弦在电视上给一个男人表白，网上都说那人是程东原，就连自己也是这么认为的，所以一看见他，就气得不行。

程东原无所谓地收回视线，对着众人道：“好，现在大家都到齐了，咱们来认识一下方小姐，她是我们在这边的顾问，大家平常有什么不懂的就问她。”

温弦这才注意到他身边还站着一个女人。

那个女人长发飘飘，里面是连衣裙打底，外面裹着一件米白色的大衣，长得颇有姿色，一副温柔知性的样子。

此时她柔和地笑道：“大家好，我叫方芷，在这边上班。领导对你们拍的片子的题材非常重视，所以派我来协助你们，在这边你们遇到什么问题，尽管找我。”

话音落下，大家顿时一个个和她握手问好。

这时人群里有一个围得严严实实的女人拉下了面罩，露出了一张清秀可人的脸，带着明显的情绪道：“你什么问题都能管吗？剧组里有人耍大牌，后来者居上，走后门，你也能管吗？”

空气骤然凝固了。大家都知道，这话根本不是在对姓方的女人说，而是在对她身后的程东原说的。

说话的女人就是原来的女主角，程东原的堂妹——程霏雨。

她这话在讽刺温弦，意味不要再明显了。

众人的心都悬了起来，可隐隐也有些兴奋，这可是一场好戏。

姓方的女人看了一眼温弦，笑了笑道："程小姐，那些我管不了，不过拍戏的时候有人失踪、车子在沙漠里出事之类的都可以跟我说，我跟救援队的人很熟呢，会第一时间叫人来帮大家。"

听到这一番话后，温弦的眉头微微皱了下。她跟救援队的关系好？这边区域的救援，归属于陆枭他们管辖队负责吗？

眼下，程雨霏又忍不住道："来演这种片子的都是实力派演员，可不是靠点流量就能演的，这不比在大城市，荒野沙漠的出点事可怎么……"她说到最后，视线扫向温弦，蓦地卡住了。

她发泄着说了那么多，温弦不但没生气，反而笑眯眯地看着她，笑得她心里都有些发毛了："你、你笑什么？！"

温弦垂了下眼眸，再抬头的时候，笑道："程小姐，对这件事，无论如何我都要跟你说一声'对不起'。"

所有人都傻眼了，不敢相信地看着温弦。这是从一个当红女星口中说出来的话吗？能到达那个位置，哪个不是心狠手辣？

程雨霏也蒙了。

温弦继微笑道："程小姐，我知道你对我很不满，也质疑我的水准，可我想这既然是一部准备冲击国际奖项的电影，应该不会盲目地去选择女主角吧，毕竟……"她看了一眼程东原和李导演，"你哥是金牌制片人，李导演是知名大导演，他们总不能砸自己的招牌吧？我已经试过戏了，我认为我演得会比你更好，虽然你先来，但也不能阻止更合适的演员来诠释这部电影吧？"

她不卑不亢，句句在理，清晰道来。

的确，她是求助了程东原，但她也是有实力的。只是她从未踏入过这种现实题材电影的领域，嫌又苦又累又没钱。

去试镜的时候，她演的效果很好，导演是认可的。并且在导演提出片酬的时候，她全部回绝了，一分钱不要，是真的想用心去拍摄这部西部的片子。

她有演技，又不要钱，导演为什么不用她？

“你！”程雨霏一听这番话，脸色难看起来，一时间不知该说什么是好。

其他人再看温弦时，眼底多了些认可。

没错，虽然温弦后来者居上，可在没开机前，导演永远有权利选择更适合的演员。且在程雨霏当着所有人挑衅温弦这个一线大咖的时候，温弦反而没生气，还跟程雨霏道歉、讲理。

这样一来，谁更斤斤计较、小肚鸡肠，一下子就清晰地对比出来。

程东原看着温弦的眼神深沉复杂了几分，温弦和他分开的这几年还是变了。面对这种局面，明明可以反驳对方，她却不言不语地微笑，等对方说完了再解释。

她变得成熟了，也更让他……心动。

今天，剧组全员先在民宿客栈里休息整理一天，明天开机。

因为温弦是后来的，所以不知道住在哪里，方芷便带着她去民宿找她的房间。

“麻烦方小姐了。”温弦淡笑道。

方芷也微微一笑：“温小姐，没想到您这么厉害的明星，也愿意来这种地方吃苦。”

“这有什么。”温弦摆摆手，突然问道，“对了，方小姐，听你之前说你似乎……和救援队的人很熟？”

方芷不知是想到了谁，微微垂下眼睑，浅笑着说：“还算熟悉，毕竟我有一个别人介绍的相亲对象在里面。”

温弦的表情有些微妙，随后她打趣着：“相亲对象？方小姐长得这么漂亮，还用相亲吗？也不知道对方是什么人。”

“温小姐，您才是大美人，可别调侃我了，我相亲的那个人是家里长辈们撮合介绍的，还没见面呢，应该过两天就去见了。”方芷说着，脑海里想起了那个人的模样，脸上微红了些，“不过我很喜欢他，我曾意外地见过他一次，是一个很好……很好的男人。”

二人走到房间门口了，温弦笑了笑，没再继续多问：“那就好，喜欢最重要，方小姐可得把握住了。”

“他还没见过我呢，但愿如此吧。”方芷将她送到门口，“温小姐，你好好休息，有什么事情我们再联系。”

温弦笑着点点头，关上门后，脸上的笑容顿时消失了。

她揉了揉笑得有些发僵的脸颊，走到床边，直接栽到了床上，摊成“大”字深深地吸了一口气。

总算清净了，不过，她的脑海里又浮现出刚才和方芷的对话。

她皱了下眉头，还真的是巧，方芷的相亲对象竟然也是救援队的，也不知道陆枭认识不认识。

这几天，温弦已经进入了拍摄期。

她饰演的是一个小有名气的女作家，男主角则是一个犯罪团伙里的主要成员之一。然而，男主角是警方的卧底，他所做的一切是为了将这个在西部从事野生动物和文物交易的犯罪团伙一网打尽。其间，坎坷颇多，危险重重，最后的结局是男主角在完成了任务后，被敌方报复牺牲。

而女主角在三年后，完成了一部相关的小说作品引起剧烈轰动，翻拍成电影取得不俗的成绩，让很多人注意到了西部那些伟大而辛苦付出的人。偏偏在一切都要翻篇时，女主角在家里自缢了。她始终深爱着那个男人，无法从中走出来，去天国找他了。

温弦早在看到剧本时，内心就被震动了。她不得不想到陆枭，同是进行着危险的工作，不过电影只是电影，他永远都会平平安安的，不是吗？

剧组拍摄了几天后，车队浩浩荡荡地赶往一个重要取景地。女主角在高坡上被狼群包围，滚落下来，被男主角所救。

温弦现在就在拍这场戏，正一遍一遍地从坡上滚下来。

“Cut（停）——再来一次！”

这个镜头不受人为控制，导演拍不出想要的感觉也不会将就。

烈日灼灼下，程东原看着那抹身影从高坡上滚下来，眼神越发深沉，心底又闷又疼。虽然这是演员应该做的，可她明明有其他更好的选择——而这一切就为了那个男人……

这时，有工作人员连忙赶过来，对他道：“不好了，程制片，我们有两辆车在来的路上遇到了流沙！”

程东原的脸色一变，他连忙道：“人都没事吧？！”

“有一个女助理出现了高原反应，现在我们得赶紧找救援队帮忙。”

程东原：“赶紧将方小姐叫过来！”

当温弦再一次从高坡上滚落下来的时候，腰部不知撞到了哪里，顿时闷哼一声，脸色泛白，眼前变得格外恍惚起来。

导演再次喊了一声“cut”！

她捂着腰，艰难地缓缓起身，额角的发丝早被打湿，黏在脸颊上，阳光刺得她有些睁不开眼。

她微微抬手挡着眉眼，看向了导演的方向，喉结艰难地滚动了下，声音沙哑：“导演，还用再来一条吗？”

李寻一直盯着屏幕，温弦看他没出声以为还要再来，便强忍着浑身上下的不适感，准备原路返回。没什么好说的，这部电影的立意非同小可，身为演员，她就要达到最好的效果！

就在温弦双腿发软、两眼昏花地往上爬的时候，听到有人大喊了一声她的名字。

“温弦！”

她下意识地看过去，只见李寻导演站在拍摄机器前望着她，突然鼓起了掌，随后他周围的工作人员也纷纷鼓掌。

“这个镜头过了，你拍得非常好！”李寻导演大喊着，说罢，赶紧招呼身边的工作人员带温弦去休息。

温弦满身狼狈地站在阳光下，倏然笑了起来。

这一次，所有人都被她的敬业精神给惊到了。本以为是娇气的一线大明星，没想到她既有实力，又比其他演员更能吃苦，再没人用异样的眼光看她。

就在他们看着温弦准备走下来的时候，突然——

“啊……”

有个女人惊呼了一声，只见温弦整个人像是失去了力气那般，直接从坡上滚落下来！

众人见状，顿时冲了上去。

不过有一个人的动作更快，不是别人，正是程东原。

温弦准备下去的时候，只觉得自己双腿一软，眼前一黑，后面什么都不记得了。

再迷迷糊糊地醒来的时候，她听见不远处传来了嘈杂的声音。她缓缓地睁开眼，发现自己是在拍摄区临时搭建的大帐篷里。

“你醒了？”

这时帐篷被拉开，伴随着一抹人影进来，一束刺眼强烈的光线投射进来。

温弦用手背挡着光线，皱眉眯了眯眼睛，声音有些虚弱：“我怎么了？”

来人是程东原，拿了一个保温杯来到她身边，语气认真地道：“阿弦，你不能再这个样子，身体撑不住的时候要直说。”

温弦先接过杯子微微仰头“咕嘟咕嘟”喝了半瓶水，再放下瓶子的时候，皱了皱眉头，呼吸微微凌乱：“外面发生了什么，怎么那么吵？”

程东原扭头看了一眼外面：“有车辆遇到了流沙，救援队的人刚刚赶过来。”

温弦的心头莫名微颤了一下，救援队？是陆枭他们所在的救援队吗？

温弦只觉得现在有些魔障了，任何有些关联的事物她都能想到陆枭。

“大家都还好吧？”她问。

车子是小事，人要是受伤了才是大事，这种地方医疗条件本来就差，又容易缺氧，一旦有个什么，会比平常治疗难度加大很多。

程东原看她用手撑着防潮垫想要起来，顿时阻止：“他们都没事，你不好好躺着想干什么？你的身体本来就不好，你不知道吗？”

说着，他就要让她躺下，可温弦怎么肯？虽然还很虚弱，她这几天高负荷地工作，和陆枭好几天没见了不说，就连信息都很少联络。

他在忙，她也在忙，又累又困，经常在来回拍戏的路上的车里就睡着了。

所以她很想他，很想！万一他也来了呢？

程东原看她执拗地要起来，头疼得很，生气地道：“我看你真的是走火入魔了，不要命地拍戏也就罢了，这种事你什么时候还来了兴趣？躺着休息不好吗？”

温弦置若罔闻，拉开帐篷走了出去。

说白了，她如今拼命拍戏不仅仅是为了陆枭。深入了解这其中的事，她才知道被迫害的动物多么凄惨，没人强迫一个人一定要去爱这些动物，但是也请不要虐待。

她一出来，就看见前方不远处聚集了几辆车，还有十来号人。

这会儿太阳落到西边去了，刺眼的光线依旧明晃晃的，可温度却很低，风一吹，又冷又燥，脑瓜子都被吹得“嗡嗡”的。

她看不太清，只瞥见好几张脸都很陌生。

这时，一个工作人员和方芷过来了。

程东原皱眉，率先开口：“情况如何，今天能不能弄出来？”

方芷看向救援队那边：“情况不容乐观，车子陷进了流沙和‘鸡窝坑’，那个角度没有合适的救援位置，有些难办。”说罢，方芷看向了温弦，脸上有几分关怀：“温小姐，你怎么样了？现在感觉好点了吗？”

温弦冲着她微笑了下：“谢谢，我好多了，不过……”说到这，她突然想到了什么，“你的相亲对象来了吗？”

方芷怔了下，白净的脸上微微泛红，最后点了点头：“嗯，他也来了。”

温弦的嘴角一扯：“走，那我们过去看看，看看他们是怎么把车子弄出来的。”说着她就抬脚过去了。

程东原无语，她哪里“好多了”，都不拿面镜子看看现在的自己，额头都擦破了皮。刚才一个女助理跟他说，看见温弦的衣服下还有撞到的瘀伤，尤其是腰部，都快渗血了。

“该死！到底在搞什么？”程东原低咒一声，也跟了上去。

温弦一边朝着那边走，一边和方芷说着话。这时，一抹熟悉的人影突然映入了她的眼帘。

温弦一愣，这、这人不是噶卓吗？

噶卓都来了的话……她的心猛烈地颤抖起来。

如果他们都来了的话，陆枭肯定也来了！

她的视线迅速地搜寻着，神色格外迫切。

前方那辆车的后半个车身都陷入了流沙中，有人在车身的后面，一帮男人在大喊着什么。

终于，她看到一抹再熟悉不过的身影从车身后方逐渐出现。他的手中拿着一个汽车绞盘在救援，在固定了车子的某个受力点后，他开始往后退，准备用绞盘发动机的动力，转化成缆线的拉力，将陷在困境中的车子拉上来。

温弦看着那抹心心念念的人影出现在眼前，心头狠狠地震了下。一瞬间，她再也看不到其他人或物，眼底只剩下他的身影，

她看着陆枭皱眉对身边的人吩咐着什么，将绞盘交给别人后，又转身去拿千斤顶，在车下的某个地方做支撑，准备将车身顶上来。

因为车身陷得深，连剧组里的男人也都去帮忙了。

噶卓也顶着车，一切就绪后，涨红了脖子开始大喊：“来，大家伙准备好了啊，一、二、三，走起——”

“走起——”

口号一来，一帮男人都在那铆足了劲儿地大喊着，各个脸色憋得通红，要将车给推上来。

西边的太阳还在猛烈地照射着，哪怕温度很低，可一个个男人都被逼得出了一身汗。

陆枭也不例外。

他的外套早丢在了一边，身上只穿了一件深灰色上衣，袖子撸起，露出了修长有力的手臂。他的大掌中握着千斤顶的手柄，扳动手柄，让齿轮转动，从而达到起重拉力的作用。

强烈的光线下，他冷峻帅气的脸上眉头紧皱，咬紧牙关，额角也被逼出了一层薄汗，手臂用力，肌肉强劲。

无疑，他在一帮男人中起着至关重要的位置。

温弦望着他，眼睛再也无法移开。

“天！那个在车轮旁边的男人长得真帅！看那肌肉，太有男人味了。”旁边一个女工作人员的惊叹唏嘘声传来。

温弦的眼神微微闪动了下，不用猜她就知道她们说的人是谁。

随着噶卓铿锵有力的口号声，在最后一次男人们的大吼声中，陷在下面的车子终于被推了上来。顿时，众人发出了尖叫欢呼声。

温弦眼睛一眨不眨地盯着陆枭，只见他也跟着他们轻扯了下嘴角，随后一手攥着衣服下摆，撩起来蹭了下额头，八块腹肌、人鱼线、强劲有力的腰在阳光下一晃而过。

哪怕不是第一次见，还是让温弦眼前一晃，她只觉得格外上头，两股热流仿佛要从鼻子中涌出来。

她的男人，太带劲了。

她耳边也响起了方芷的声音：“就是那个，刚才撩了下衣服的，他就是我的相亲对象。”

烈日烤灼下，一辆车子在陷入流沙后被成功解救出来，众人欢呼。而温弦望着那一幕，怀疑听错了什么似的，停顿了下，追问：“谁？”

身边的方小姐说谁是她的相亲对象？

碰巧，在温弦一直盯着不远处的人群中的陆枭时，后者也发现了她。隔着人群，隔着空气，他的视线直勾勾地盯了过来。

温弦和他的视线在空中相撞，那一刻，空气之中似乎有微波在震荡。而她的耳边继续响起一道女人的声音："就是现在看过来的那个，很帅的那个，是他们救援队的队长。哎？他现在走过来了。"

温弦看着走过来的男人，呼吸一窒，心脏差点停止跳动。

开什么玩笑？！

温弦的表情极为微妙，她迟疑着问："他真的是你的相亲对象？那你们……相过亲了吗？"

方芷看着走来的男人，表情多了几分羞涩，柔柔地道："还没正式见面，前段时间去他们管辖队见过一次，是他们管辖区的一个大爷推荐给我父母的，说他们队长也没对象，让我们刚好相个亲。"

温弦只觉得自己的脑瓜子被当头敲一棒。

一个大爷？收发室的李老头儿介绍的吗？！他成天八卦、啰唆就算了，还想要改行当月老吗？

此时远在可可西里管辖队的收发室的李大爷蓦地打了个喷嚏，莫名浑身一哆嗦。

什么情况，是不是有人在骂他？

李大爷揉了揉鼻子，皱皱眉，现在年纪越来越大了，记忆力也越来越差，他怎么感觉好像有什么事被自己遗忘在天边了呢？

眼看着陆枭就要走过来了，温弦微微咬牙道："这个男人知道方小姐是他的相亲对象吗？"

方芷迟疑了下："介绍人肯定跟他说了吧，而且我曾经在管辖区和他碰过一次面的。"她说着，感觉哪里有些不对劲，看向了温弦，笑着道，"是我的错觉吗？我感觉温小姐对我们普通人的私生活还挺关注的。"

温弦的嘴角一扯，她没再说话了。

现女友和相亲对象？！

好，很好。她倒要看看他如何面对。

陆枭走过来的时候，一直盯着温弦，脸色变得严肃了些。

她额头上的伤是怎么回事？红通通的一片格外醒目，脸色苍白，头发凌乱，浑身弄得那么狼狈。她就是这么拍戏的？

有一个女人主动走过来，对他微笑道："你好，陆队长，我是方芷，你应该还记得我吧？我是你们管辖队李大爷给你介绍的相亲对象。"

陆枭的身躯一僵，皱紧眉头。

而温弦不急不缓地抬起手臂，环胸，笑眯眯地盯着他，死死地盯着。

这是方芷第一次距离他那么近。近距离见的时候，他浑身的荷尔蒙气息扑面袭来，着实让人有些招架不住。

果然，他认出了自己，还专门过来找她了。

她望着他，嘴角带着笑意，脸颊却微微泛起薄红。

岂料，陆枭面色冷漠地道："这位小姐，你认错人了吧，我不认识你。"

方芷愣住了，脸上瞬间浮现出尴尬之色。

陆枭转而盯着温弦，唇瓣紧抿，将全部注意力都放在她的身上。他盯着她，二人的视线在空中交会，似乎隐隐在传递着什么信息。

方芷看了看陆枭，又看了看温弦，面色复杂难看起来。

陆枭盯着温弦做什么？他根本不是来找自己，而是来找温弦的？

温弦看着陆枭的视线越发深沉，她看向方芷，轻扯了下嘴角，耸了耸肩："你们慢慢聊，我就先不打扰了。"

方芷感觉脸上一时间变得火辣辣的，如果她没看错的话，温弦的表情有些微妙。

温弦认识陆枭吗？

陆枭看温弦离开，顿时要跟上去。这里人多，不适合说话，他只能暗示她先离开，不过她说那话是什么意思？打扰他们？

开什么玩笑？！他根本不认识这个女人。

只是他前脚刚迈过去，旁边的女人就叫住了他。

“陆队长，等一下！”

方芷看他定住脚步，回头，眉宇间却浮现出一抹不耐之色：“还有什么事？”

方芷攥紧了袖子，脸色有些泛白：“陆队长，你真的不记得我吗？我去过你们的……”

“不记得。”

陆枭冷声打断她，随后转身，突然又定住脚步，没再回头，只是视线斜睨向后右方，语气淡漠至极：“还有，我有女朋友，所以请你不要再乱说话。”

然后，他头也不回地离开了。

徒留下方芷一个人站在原地，脸色一阵红一阵白，别提多难看了。

他说什么……他已经有女朋友了？

温弦察觉到陆枭没立刻跟上来，脚步还故意放慢了些。

直到确认他的视线捕捉到她的时候，她才迅速走到了刚才休息的帐篷外，拉开门，进去，还不忘拉上，似乎不想理会他。

一顿操作，她费尽了小心机，矫情又做作。

果然，没片刻的工夫，偌大的帐篷外就有了动静。随着拉链被拉开的声音响起，一道光束顿时照射进来。

她背对着帐篷而立，从这个角度清晰地看到一抹高大身躯投下来的阴影，遮盖住了她的。

这是个生活功能居多的大帐篷，男人进来后，将它的拉链拉得严实并且在内部扣住。

他看着背对他站立的女人，她的双手环着胸，似乎在生气。他径直走了过去，握住她的手臂，声音低沉又不容拒绝：“让我看看你哪里受伤了。”

她却避开，哼了声，故意用酸溜溜的语气道：“去陪你的相亲对象呀，别碰我！”

陆枭一怔，强行扣住她的肩膀将她转过来，轻抿了下唇瓣，神色无比认真地道："别乱说！她认错人了，根本没这回事，我都不认识她。"

他的心思都在她的额头上，根本不想在这些无中生有的事情上浪费时间。说罢他直接抬起她的下颌，盯着擦破皮的额头，问："这是怎么弄的？脸色也这么不好，有人欺负你了？"

之前还精神奕奕，看到她变成现在这副狼狈的样子，他的心底像是被一块巨石压住了，又疼又闷。他大概猜出来她是怎么弄的了。

温弦拍开他的手，视线飘忽，还要揪着之前的事情不放："别转移话题，你真的以为这么说，我就不生气了？"说到这，她又咕哝着，"人家可是把你当成相亲对象，还很喜欢你呢……"

她何止生气，酸都要酸死了，自己心心念念想了那么多天的男人好不容易出现，结果成了其他女人口中的相亲对象。

更何况她现在浑身上下都痛，脑袋发晕。她憋屈不憋屈，难过不难过？如鲠在喉，芒刺在背。

不过她自然也清楚，陆枭是完全不知情的。

陆枭听她说这话，深吸了一口气，一时间有些无可奈何。他道："那是别人的事，和我有什么关系？喜欢你的人多了去了，我还能把他们都宰了不成？"

温弦哑口无言，被他堵得无话可说了，失去了反驳的资格。

"一天天的不要胡思乱想，我已经有女朋友了，只要她一个人，其他人都和我无关。"

说话间，陆枭看见帐篷内的一个小医药箱，走过去拎过来，准备帮她再消消毒，处理下伤口。

只要……她一个人？

温弦看着他的这番举动，听着他义正词严地说着那样一番话，心中微微一荡，眼底的神色这才稍微软化了些，嘴角轻扯了下。

陆枭神色认真地拿着棉签和碘酒来给她消毒的时候，她没再躲避。

"是不是拍戏弄的？"他虽是问话，语气却很坚定。

温弦的额头被涂了碘酒，蜇得她"嘶"了一声，倒吸一口凉气，皱紧眉头。她的视线微微闪烁了下："哪儿呀，就是不小心撞到了。"

她生气归生气，但有些事情不敢让他知道。

陆枭一言不发，皱着眉头，没再说话，不知有没有相信她说的那话。

贴好创可贴后，他突然开口："把衣服掀开。"

温弦以为自己出现了幻听，诧异地看向陆枭："干、干什么？"

偏偏他一副认真的样子，漆黑的眼底不带半分情欲之色。

"我要检查一下其他地方。"

"啊，这倒不用了……"她可是弄出了一身的伤痕。

他不废话，直接伸手，温弦被吓得膝盖一软，竟没站稳跌了下去，脸刚好冲着他……穿着黑色休闲裤的腿。

这一幕来得猝不及防，格外突然。

空气瞬间安静了，陷入了一种难以言说的微妙气氛当中。

温弦傻愣愣地跌在那里，没动静，头顶传来某人冷冽的声音："在看什么，还不赶紧起来？"

温弦的脸一红，偏移开视线，她想站起来，偏偏腿还麻了，没力气。

陆枭居高临下地盯着她，整个人的身影都将她覆盖。

温弦觉得周身的空气都变得稀薄了，刚要开口寻求帮助，又传来了他的声音："还不起来？以为用其他手段就能转移我的注意力吗？"

温弦顿时耳根像火烧似的，她抓着他的手臂，挣扎着起身，咬牙小声道："你说什么呢，我想用什么手段啊？"

陆枭反手握住了她的手，稍微一带就将她拉起来，目光直直地盯着她，眼底像是逐渐变暗的天空，声音平添了几分哑："你心底清楚。"

温弦难得被误会一次，又羞又气，嘀咕着："我清楚个……"声音越来越小。

陆枭的脸色微沉了些："你一个女孩子，不要习惯说脏话。"

说着，他将她的身子又转了过去，强行要给她检查。她额头上有伤，有气无力的，走那两步都不稳，一看就知道哪里有问题。

帐篷里有一张小桌子，温弦被迫两手撑在那儿，心底开始有些慌了。

如果被他看到身上的伤，他肯定……

“陆枭，我……”

不等她说完，腰间倏然一凉，顿时让她的身体微微轻颤了下。

她轻咬着唇瓣，素来天不怕、地不怕的她竟然有些羞窘了，隐隐有些担心。

因为她也不知道自己这一场戏拍下来后，身体变成了什么样，只觉得她最后一次从高坡上滚下来的时候，后腰又酸又痛，滋味很不好受。

她能感觉到身后有道视线直直地盯着她的腰间，手指不自觉地扣紧了桌子边沿。

“陆枭？”

他怎么了，怎么还不说话?

她想要转身看向他。

上身的衣服被放下来，她回头撞上了他的视线。他的眼眸此时像是覆盖上了一层迷蒙的雾气，明明一直在望着自己，她却看不穿他到底在想什么。

“怎么了？你怎么这么看着我？”温弦觉得哪里怪怪的。

陆枭望着她，唇瓣微动：“你不疼吗？”

温弦闻言，轻笑了下，故作轻松地说：“不疼，没什么的，不就是摔了一下……”还不等说完，她像是想要证明，掀起衣服一角，低头看向自己的后侧腰处。

这一看，她怔住了，嗓子里的话也噤了声。

只见自己身上，沿着肋骨的地方滚得发青，腰间最不适、最酸痛的地方，此时一片紫瘀，有孩童手掌那么大，还渗着血丝，看起来可怕极了。

她微微咽了下口水，缓缓放下衣服，不敢去看身前的男人了。

气氛变得凝滞起来，陆枭没有出声，也没有动作，双手不知何时攥紧，又缓缓松开，他的指尖轻颤了下，从未有过的钻心痛楚袭上心头，一点点地吞噬麻痹着他。

温弦试探着看过去，看他神色不对，轻咳了声，视线闪烁：“陆枭……”

她伸出手，讨好般触碰他，指尖传来他的温度，他没有握住她，也没有拒绝。

温弦不在意这些，自顾自攥紧了他的手，缓缓道："我、我也不知道会变成这个样子，这是在拍戏，我也没办法，不过我答应你后面我会好好注意的，不会再像现在……"

陆枭淡淡地"嗯"了一声，微微垂下了眼睑，没再有任何声音。

温弦的心像是被什么狠狠击中，仿佛再多的解释都无济于事，毫无用处。

陆枭动了，将医药箱放在了桌子上："坐上去。"

她后退一步，听话地坐在桌子边缘。温弦看着他从医药箱里拿出跌打药酒倒在手心里搓热，掀开她的衣服，落在她腰间的瘀紫处。

她闷哼一声，疼痛传来，可是她死死咬着唇瓣，不敢出声。

他揉着那处瘀紫，还带了些力道，她明白是在给她活血化瘀，可她怎么能不痛？

痛又怎么样，她全部忍了下来，怕让他再心疼。

最后她干脆顺势拉过了他的脖子，将自己的脸埋入他的胸膛。只有当鼻间都充斥着他身上的气息时，她才能短暂地忘却疼痛的滋味。

她微微抬头，在他耳边轻唤了声："陆枭。"

"嗯。"

"其实你刚刚有句话说错了。"她道。

"什么？"

温弦的身子往上凑了些，后背挺直，她在他的耳边落下一句："其实我已经不是女孩子了，而是女人了，上个月和你在一起的某个夜晚之后……"

陆枭手中的动作一顿，过了好一会儿，他才缓缓开口，声音又沉又哑："温弦，那你知不知道身为我的女人应该怎么做？"

她抬起下颌看他。

陆枭眼睛一眨不眨地望着她，声音低哑："她应该活得比任何人都快乐自在，而不是为了另一半一味地委曲求全。"

看到她浑身是伤的时候，他几乎心脏都要停止跳动。她为了能来这里拍戏，为了距离他再近一些，到底都付出了些什么？

温弦的羽睫微微扇动，她努力找着借口："我也不都是为了你……再说，我的戏目前拍完一段，后面要拍别人的，我能好好休养几天的。"

陆枭根本不听她的这些理由，将她打横抱起，然后放到一旁的防潮垫上。他单膝半跪，继续给她涂抹着药酒。

男人的大掌炙热，力度适中，落在她的瘀青处，让她忍不住发出一声难耐的闷哼。

而此时帐篷外，跟过来的方芷脸上血色全无……温弦竟然勾引她的相亲对象？

那一刻，方芷脸色惨白，脚下都有些站不稳了。

纵然陆枭说自己已经有了女朋友，可她分明目睹他跟着温弦，进了这个休息的帐篷。

即使两人想要商量什么事情，可是孤男寡女也不会将帐篷拉得那么严实。

当她心情忐忑地靠近时，听到帐篷里面传来女人难耐的低吟，那声音……分明就是温弦的！

"方小姐！"

远处有人在喊她，方芷浑浑噩噩地转身离开，手紧紧地攥了起来。

一个是大明星，一个是西部无人区的大男人。

方芷做梦都不会想到，这看起来八竿子打不着关系的两人就是一对。

陆枭帮温弦擦好药后，将她的衣服放下来，收拾好一切，这才将帐篷的暗扣给松动。

再走到她身边的时候，他半蹲下来看着趴在毯子上的小女人，指尖微微拨动了下她额角潮湿的发丝，语气坚定，不容拒绝："你现在这个样子根本无法拍戏，必须好好静养休息。"

温弦乖乖地点头，小声道："连续拍了几天，今天这场戏最难也最重要，后面是其他人的戏，我可以休息两天。"后面是卧底男主角和犯罪分子之间的交锋。

陆枭抬起手腕看了一下手表："你在这里躺着，别再折腾了，我去外面看看情况，一会儿再过来找你。"他已经有了其他的打算。

他说着就要起身，温弦一把拉住他的袖子："等、等一下！"

陆枭停下动作，以为她有什么事，可下一秒就见她趴在枕头上，偏着一张脸，眼睛湿润柔亮："陆大队长，你走之前能不能先答应我一件事？"

陆枭神色认真："有什么事直说，和我还绕什么弯子。"

只要不过火，他都会答应的。

温弦顿时像个小孩子似的"嘻嘻"笑了下，大眼睛里闪烁着渴求的光："那陆队长，你可以走上前亲一下你的小可爱吗？"

陆枭随即转开视线，舌尖顶了下腮帮，鼻间溢出一声轻嗤，微微摇了摇头，仿佛无可奈何，彻底被她给打败了。

"真的是拿你没办法。"

话罢，他倾身过去——双唇触碰到的那一刻，温弦的脑海里似有绚烂的烟花绽开，浑身都不疼了，像是飘浮在了云端，旋转，跳跃。

"唰！"

帐篷拉链突然被人从外面拉开，随后，一道男人愠怒的低喝声传来："喂！你在做什么？！"

程东原手中还拿着两份盒饭，此时看着这一幕，瞪大了眼睛。

里面的男人背影倏然一僵，程东原直接冲了进去，一手扣在他的肩膀上。

他刚触及男人，就被人一个转身反手扣住了手腕，手腕呈现一个诡异扭曲的姿态，痛得他脸色都白了几分，皱紧了眉头。在他的视线落在那个男人的脸上时，眼瞳微微一缩。

"是你？！"

程东原震惊了，怎么都没想到这个人竟然是他……

男人正是之前被霍启带去上海外滩西餐厅内，去见自己和温弦的那个保镖。

这人究竟是不是保镖，程东原心底早就有数。可如今，这个男人出现在了这里。

“是我。”

陆枭盯着程东原，手一松，放开他的手腕，望着眼前的这个男人，他的脸色冷了几分。

这不是温弦所谓的前男友吗？

下一秒，陆枭的视线看向温弦。

温弦尴尬地扯出一抹笑，结结巴巴地道：“这、这位是程制片人，我们剧组的总负责人。”

陆枭看着温弦的眼神更犀利了，她以为他的记性那么差吗？

程东原望着陆枭，眼底的神色逐渐变得讳莫如深。

先不管陆枭为什么会在这儿，只是这一刻，他之前所有不解的疑惑都清楚明白了……

显然，温弦之所以来青海拍戏，都是因为他；在电视上当着所有人表白的也是他；她恳求自己帮忙打掩护，不想让媒体注意到，努力想保护的人还是他……

在清楚这一切后，程东原再也说不出话了，唇齿间弥漫了一阵说不出的涩然，心脏上也像是覆上了一层火苗，在放肆地烧灼着。

程东原望着他，哪怕内心掀起何等波澜，再开口时还是一脸淡定：“你好，我是这个剧组的负责人。”说着，他看了一眼温弦，不紧不慢地说，“也是温弦的前男友。”

温弦震惊。

程东原说这话是想送她上路吗？

她都攥紧了虚弱的小拳头，转开脑袋，直接埋入枕头里，恨不得用枕头闷死自己。

她在这边拍戏，程东原是负责人的事她根本没敢和陆枭说。一个霍二就让他生气了，更别提还有个程东原。

温弦等着陆枭发火，反而听到陆枭声音沉稳、不急不缓地说：“我知道你是她的前男友，你们的事情她都跟我说过了，过去的事都过去了，人是要往前看的，我还要谢谢你，在我不在的时候帮我照顾她。”

啊？

温弦整个人都傻了。她什么时候跟陆枭提起过自己和程东原的过去了？那些“过去的事”是什么事？

程东原的眼眸变得更深沉了些，他们都到了这种地步？他伸出手：“哪里，我曾经关心她，现在依然关心她。”

陆枭淡漠地将视线落在他的手上，也伸出手：“嗯，温弦跟我说，她也很关心你这个哥哥。”

程东原差点呼吸停滞，心肌梗死。

哥哥？！

两人都没立刻收回手，盯着彼此，握着的手越发紧，都在暗自较劲，空气中一时间像是弥漫着无声的硝烟。

温弦小声地说：“你们两个大男人干吗呢，手这是黏在一起了吗？”

瞬间，两人的手闪电似的分开。

尤其是程东原，把一手背到身后的时候，只觉得手没办法好好舒展开了，在暗暗较劲的时候，那个男人的力道大得惊人。再看向他时，程东原往半开的帐篷外扫了一眼，道：“你是救援队的？”

毋庸置疑，眼下这里除了他们剧组的人，就是救援队的了。

陆枭微微颔首：“正式认识下，我是救援队的队长陆枭，是温弦的现男友。”

程东原沉默了一瞬才道：“陆枭，我想以后我们应该还会有很多机会见面。”

这句话隐隐在暗示什么？

陆枭神色淡定：“你毕竟是我和温弦的长辈，往后还请多指教。”

程东原的心灵再次遭受暴击。

什么长辈？！他不过三十四岁。

程东原将热乎的盒饭递给温弦，随后和陆枭一起离开。

只是在离开的时候，陆枭看了温弦一眼，淡然地笑了笑，语气难得地温和：“乖，等我忙完回来找你。”

温弦的表情比哭还难看，脊椎都有些发凉，她莫名觉得自己要死翘翘了，他肯定是要收拾她了。

二人离开后，帐篷拉上，一时间没人再进来吵她。

温弦胃口不佳，也没吃饭，只觉得乏意涌了上来，趴在地毯上，没一会儿就沉沉地睡了过去。

她完全不知道在她睡着的这段时间里，天空骤然发生了变化。远处黑云滚滚，阴风怒号，风卷着雪冲着他们的所在地袭了过来。温度骤降，而最后一辆车子的救援陷入了困境之中。

这辆车陷得比第一辆更深，温度骤降导致本就稀松的土冻住了些。风雪来得凶猛，狠狠地吹卷着救援队，哪怕他们满头大汗，手也被吹得冰冷干裂。

众人用上了所有工具，冰镐、铁锹、绞盘、千斤顶，可寒冷的天和高原反应永远是最危险的武器。很快，剧组里一些帮忙的男人就承受不住了，最后只剩下救援的人撑着。

看着远处灰蒙蒙的天，陆枭大喝一声后，众人只得先放下手中的救援，等着后面的指令。

陆枭找到程东原，在呼啸的风中，大喊道：“你们必须先让能回去的车辆离开！到了晚上会有暴风雪，根本拍不了，再不走很多人会承受不住，会出问题！”

程东原没戴帽子，耳朵也被吹得嗡嗡响，听到这话后，他没的选择，随后立刻吩咐众人该上车的上车，立刻赶回影视基地。

最后，他迅速前往一顶帐篷。

温弦还睡得酣然，什么都不知道，突然被人叫醒了。她迷迷糊糊地睁开眼睛，就看见程东原出现在自己面前，对她道：“阿弦，别睡了，赶紧起来，暴风雪要来了，我们快点坐车离开。”

温弦的声音还有些哑，她揉了揉眼睛，下意识地道：“陆枭呢，他在哪儿？”

“他也准备撤离，你跟我们先走。”

温弦立刻起来收拾好东西，他们的车已经在那边等待着。她下意识地在灰蒙蒙的视野中寻找那抹熟悉的身影。

车子准备就绪，要离开了。

温弦发现不远处有一辆车一动不动，也没人下车。她问：“那辆车怎么不走？”

刚打开车门上来的助理听到后，吸了吸冻得通红的鼻子，裹紧了大衣：“别提了，我们那辆车临时出现了故障，走不了。”

“那车上的人呢，大家都上来了吗？”她连忙问。

程东原突然往后看了助理一眼，怎奈后者没发现，继续说：“这不是有救援队嘛，他们把车辆先给我们了，他们有两个人留了下来，在那辆车里。”

温弦顿时蒙了。

什么？

“他们的人留了下来？马上要来暴风雪了，车子坏了走不了，那他们怎么办？”温弦瞪大了眼睛，指尖一点点发凉。

车内的其他人顿时道：“人家是救援队的，肯定会比我们有办法吧。”

“是啊，再说他们不留下，总不能我们的人留下吧。干这行的人，就是为我们百姓服务的。”

“对啊，我们赶紧走吧，别管那么多了，这天气太可怕了，冻死个人。”说着，另外一个女人打了个喷嚏，裹紧了自己的衣服。

听着这一句句的话语，温弦觉得喉咙里像是弥漫着一股子腥甜的滋味。那些声音在她的耳边一声声回荡，她从未觉得如此刺耳。

她的嘴角浮现了一抹讽刺的笑意：“是吗，他们的命就不是命吗？他们做这些，就是专门为了毫不关心他们、毫不尊重他们的人牺牲的吗？”

车厢内骤然一片安静，一个个人面色都僵住了。有人不明白，温弦为什么突然这么说，她一个大明星什么时候还关注这些了？

“没、没有不尊重啊，只是……这不是他们应该干的吗？我们交了税啊……”

“可这不是你们把他们的付出当成理所应当的借口！你们交的那点破钱永远抵不上他们的命重要！”伴随着温弦的愤怒大喊，红了眼睛的她下一秒直接打开车门冲了下去。

“温弦！”驾驶座上的程东原追了下来，要拉住她，“别闹了，快跟我回去！”

温弦一把甩开他的手臂，眼泪悬在眼眶里，似再也忍不住地欲坠下来。她难耐地咽了下：“我的爱人被抛弃在这片荒郊野外，替他们承受暴风雪，有生命危险，你说我闹？”

程东原看了一眼远处那辆车，目光深沉：“你怎么知道他在那车上？再说，大家这也是没有办法。”

“我才不管有没有办法！你们不在乎，我在乎！我不管车上的人是不是他，我都不要别人替我承担危险。”大喊完，温弦再也不管，冲着那辆车子跑了过去。

如果有人留下来，她想都不用想，肯定会有陆枭，肯定会有……

温弦死死地咬紧牙关，可眼泪还是模糊了眼睛，掉落下来。

或许，倘若她不认识他，可能也跟那些人一样不在乎他们的生死，不在乎他们的感受，事不关己，高高挂起。可这一刻，她无比愤恨那些人，也愤恨曾经的自己。

不论他们是救援者，是警察，是消防员，是医生，还是其他的奉献者，他们都是父母的孩子、儿女的父母，是别人的丈夫或者妻子。

从来就没有天降的英雄，有的不过是挺身而出的普通人。

程东原望着她在风雪中奔跑而去的身影，身躯完全僵住了，任凭呼啸的风吹得他耳根生疼，依然久久不能动。

温弦奔着那辆车子跑去，泪眼蒙眬间，她的脑海里突然出现一幅画面。

在巴颜喀拉山失踪的时候，她同样遇到了极端天气。

那时的她像濒临死亡的鱼，呼吸困难，肺都要炸了。她以为就要死在那里了，却有一个人开着一辆车穿过暴风雪，穿过入眼的混沌世界，义无反顾地来救她。

或许对他来说，救谁没有区别，可对她来说，从那一天起他就是她的神祇，是她的信仰。所以，她又怎么会留下他一个人？

就在温弦离那辆车越来越近的时候，有人打开车门下来了。

温弦在一片灰蒙蒙的风雪中，看到那一抹再熟悉不过的身影时，顿时鼻尖一酸，眼泪汹涌而下。

果然，哪怕她猜到了，可是真的看到他的身影出现时，她的内心还是疼痛得要裂开了。

多么讽刺！

别人根本不把他们的性命放在心上，甚至觉得一切理所应当都不会说一声“谢谢”，可他还是义无反顾地留了下来。

陆枭下来后，看着风雪中出现的人影，脸色难看至极。

温弦想跑得快一点，再快一点。她脚下不知被什么绊了一下，整个人向前摔倒在地，狼狈极了。她的膝盖被重重摔了下，疼得她一麻，似乎小腿都没了知觉。

地面覆上了一层薄雪，冻得冷硬的地面有些打滑，可她却什么都不顾，强忍着疼痛和麻木感，再次爬起来，一瘸一拐地冲着他的身影奔去。

她已经看见陆枭冲着自己赶来了。

在温弦脚下快没力气的时候，她终于在风雪中扑在了他的怀里。耳边还有狂风呼啸，可在扑进他怀里的那一瞬，她终于觉得安心了。

不论大雨滂沱，还是狂风暴雪，哪怕天崩地裂，她都要和他在一起，永远不会丢下他一个人……

陆枭紧紧搂着她。

他本想冲着她发火，问她怎么会来，为什么不赶紧离开。在看到她狼狈地一瘸一拐、哭着鼻子、红着眼睛来找他的时候，他却喉咙间一哽，怎么都说不出话了。

风雪越来越大，他搂紧了她，低头轻吻了下她的额头，声音沙哑极了：“听话，你先跟他们回去好不好？这里没事的。”

温弦埋在他的怀里，带着浓浓的鼻音哽咽着，含泪摇了摇头：“不要，我要跟你在一起。”

陆枭心头一颤，一瞬间万千复杂的滋味弥漫上来，充斥在他的心间，他晦涩难明地深深望着她。

最后，他还是和她缓缓拉开距离，再认真不过地对她道：“温弦，现在不是开玩笑的时候，听话好吗？你不该来这里。”

一辆车被陷，一辆车损坏，能上车的人都上去了。而他肯定会留下来，还有没走的队员，他不能把他们丢在这里。

温弦望着他，眼泪大颗大颗地落下，脸色苍白，唇瓣轻颤着问：“所以呢……我不该留下，你们就该留下来吗？我的男人就要留下来吗？”

陆枭握着她的双臂的手紧了些。

风吹得她发丝凌乱，脸上更苍白了，眼泪像断了线的风筝，她继续说道：“别人不在乎，我在乎！这是我男人的命，我无论如何都不会丢下你一个人在这里。”

话音落下，陆枭的心头猛然震动，漆黑的眼底深处像是在翻涌着猛烈的浪潮，最后被他竭力地压制了下来。

这时，车上的另外一个人也下来了，是桑年。

桑年迎着风雪赶来，风吹得他眼睛都要睁不开了。他迅速来到二人身边，结果看到他哭红眼睛的弦姐时，胸口一闷，大概猜到了什么。

他挤出一抹笑，故作几分轻松地道：“弦姐，你快走吧，没事的，我和老大经常面对这种状况，不会有事的，噶卓叔他们会很快再回来接我们。”

岂料，温弦沙哑着嗓音骂道：“你当我是傻子吗？！这里距离最近的服务区都要几小时，救援队怎么可能那么快返回？”

桑年的脸色僵了一下。

她红着眼睛，声音坚定地道：“现在你赶紧去找他们，我的位置空了出来，他们应该还没走，你立刻跟着他们回去！”

桑年不过是一个十八岁的小伙子，放在城里那就是一个高中生，一个孩子。可他都坚持留下来，让队员们离开。

再一对比车里的某些人……

温弦的心尖上疼涩不已，最后她死死咬着唇瓣，移开了视线，不想让他看见自己从眼角滑下来的眼泪。

“弦姐，这不行，还是你……”

“怎么就不行？你的命也是命！别再给我废话，快点去找他们！”她再也忍不住了，歇斯底里地大喊了一声。

桑年的脸色很难看，他为难至极地看了一眼他们的老大。

陆枭一直望着温弦，眼底漆黑深幽，让人无法洞悉情绪。最后，他将视线落在桑年身上，终于开口：“你去吧，跟他们先回去。”

“老大？！”桑年惊住了。

陆枭紧紧盯着温弦，一字一顿地道：“她比你更倔，去吧，她交给我。”

下一秒，桑年看着他们的老大直接将弦姐一个打横抱起，冲着那辆风雪中的车走去。

一辆辆车子都载满了人开走了，还剩下最后一辆。

车里的人在经历过刚刚那一幕后，一时间气氛变得有些微妙了。

谁也不知道这个大明星今天是怎么回事。温弦他们是没接触过，可圈里的内部消息，大家基本上是知道的。

大家都知道温弦表面上看着温柔美丽又性感，在记者面前永远笑眯眯的，可听说私下是另外一种做派。她耍大牌，没同情心，无情冷漠，辛苦当义工的纪录片都是作秀，完事立刻就走，不会多留半分钟。

可如今……这真的是圈里所传言的那个温弦吗？

车内静悄悄的，眼看暴风雪就要袭来，一个女助理终于忍不住，小声地跟驾驶位置上的程东原道：“程、程制片，我们还不走吗？”

温弦擅自下车，他们也拦不住，只是这辆车还停在这里做什么？

身躯一直处于半明半暗的光线下，沉默已久的程东原不带丝毫情绪地蹦出了几个字：“着急你先走。”

那个女助理一怔，随后脸色红一阵白一阵的，尴尬极了。

而在这时，后视镜里逐渐出现了一抹人影。程东原的眼神一凛，盯着那人。

果然，来的人已经不再是她了。

他轻抿唇瓣，见那个小伙子冲过来，这才启动了车子。

桑年一打开车门，立刻弯腰钻了进来，捂着冻得通红的耳朵，道：“谢谢了啊，咱们赶紧走吧，这天气真的是要命！”

车子终于离开了，程东原没吱声，只是看刚上来的小伙子冻得脸色发白，不动声色地把空调温度调高了一些。沉默了良久，他才问：“你多大了？”

桑年搓着冻得冰凉的手，少年的眼底清澈明亮，毫无杂质，笑了下：“问这个干吗？我今年十八。”

全车人陷入了死寂的沉默之中。

他们的车出了问题，他们竟然让一个十八岁的孩子替他们留了下来。

狂风暴雪终究还是袭来了，卷着沙砾、冰晶，噼里啪啦地砸在了车玻璃上。

从外面远远地看去，处于暴风雪的天地间停着一辆车子，而车里散发着微弱的光，仿佛是风雪夜里唯一一处温暖的避风港。

他的胸膛，是她最温暖的归宿。

番外篇

陆铁柱和陆翠花

领证三年多后。

陆枭这次因为工作上的事情离开家一个月，好不容易忙完了工作，现在正赶回来，但没有跟温弦说。

自温弦有了自己的家庭和孩子后，拍戏就少了，一年才接一部，而且她现在拍摄的还都是那种富有深刻社会现实意义题材的作品。

她的演技越发精湛，票房也频频攀升，国外大奖拿到手软，所以她现在更多的是写剧本，投入编剧的工作之中。这样一来，她也能更好地兼顾家庭，照顾小崽子们。

是的，小崽子们。

北京有他们的爷爷奶奶，所以现在一家人都居住在北京。

虽然家里有两个保姆照顾，但温弦没时间看孩子的时候，就会把小魔兽们送到他们的爷爷奶奶的四合院去。

每每那个时候，温弦都会长长地舒缓一口气，觉得自己又活了过来，两个小鬼太磨人了。

而这天下午，温弦在家里写剧本。

两个保姆带着小崽子们出去晒太阳了，陆老爷子安排保镖过来保护他们，所以温弦不会太担心。

此时，一个身躯高大挺拔的男人在火车站随着人流一起走出来，一出站便打了辆的士，报上一个地址。

午后的阳光暖暖的，小区楼下经常会有人带着自己家的孩子遛弯。

一个阿姨推着儿童车，里面正躺着一个白白嫩嫩的小不点，不过才两岁多，长得粉雕玉琢，扎着两个冲天鬏，格外惹人喜爱。她肉嘟嘟的小手正捧着粉色的奶瓶，慵懒地喝着奶。

阳光晒得小不点暖暖的，她惬意地眯着眼睛，穿着袜子的小脚抬了起来，两只小胖脚互相磨蹭着，姿势好不妖娆。

微风轻轻吹拂，就在小不点握着拳头伸了个懒腰时，突然，小家伙不知看到了谁，目光一下子被吸引住了。

那人身躯高大又挺拔，穿着一件黑色冲锋衣、黑裤，正从不远处路过。

小不点看着他，顿时抛弃了奶瓶，开始踢腾着自己的小胖腿：“粑粑（爸爸）……粑粑（爸爸）……”

保姆阿姨还在跟旁边的人唠嗑，听见小家伙的声音，将其抱了起来：“哎哟，这是叫谁呢？你爸爸工作去了，不在的呀。”

小不点更不淡定了，软乎乎的小身子不断地挣扎着，望着那个男人离开的身影，闭上眼睛，下一秒“哇”的一声哭了起来。

“哇——”

嘹亮的哭声一响，顿时让那个往前走的男人脚步顿了一下。随后他一回头，就看见一个小不点望着他，“呜哇哇”地哭着，挣扎着。

小孩子小的时候长得快，变化大，而且他一进小区，路上看见好几个抱着娃的人。

陆枭定睛一看，这才彻底认出来，迅速走了过去。

保姆看见陆枭都惊呆了，没想到一个小娃娃先将自己的爹认了出来，连忙抱着孩子走上前，尴尬地笑了笑：“真的是陆队长啊，您闺女的眼睛太好使了，一下子就将您认出来了，我还寻思她叫谁爸爸呢。”

保姆说话间，小不点还不断地伸着小胖手，陆枭忙将她抱在怀里。

小不点一被自己的爸爸抱住，顿时就抽抽搭搭地不哭了，只是眼泪汪汪地叫着：“粑粑。”

她白嫩嫩的，像是一截藕似的小胳膊搂着陆枭的脖子。

陆队长顿时心软得一塌糊涂。自己家闺女小小的一只，轻巧极了，在他怀里就跟没什么重量似的，让他小心翼翼地都不敢用力，生怕把宝贝闺女弄疼了。

小不点的眼睛大大的，水灵灵的，和温弦的眼睛一模一样，陆枭忍不住亲了亲她肉嘟嘟的脸蛋：“小花，是爸爸，爸爸回来了。”

小花是女儿的小名，温弦给起的。

陆枭抱着自己家的小妞妞回家了。

一路上，素来冷酷的陆队长一边抱着她，一边温柔地问：“小花想不想爸爸？”

小花抱着奶瓶，奶声奶气地道：“想。”

陆枭对自己家女儿宠得不行，不仅仅是因为小妞妞是他的宝贝闺女，更是因为小妞妞和温弦很像，尤其是那娇憨的性格，就像是一个翻版的小温弦。

她爱跟他撒娇，还特别喜欢黏着他，而且像有心灵感应似的，他一出现，才两岁多的小不点就发现了，一般的小孩哪有那么机灵？

温弦刚忙完，捏着自己酸痛的后颈在客厅走着，准备出门接小崽子们。她刚要换衣服，就听到门外传来了窸窸窣窣的声音，还有小孩子咿咿呀呀的说话声。

她以为保姆带着孩子回来了，连忙去开门。

“张妈——”温弦一开门，看见门外的人，口中的话顿时就卡在那儿了。只见自己许久未见的老公手臂上托抱着还含着小奶嘴的小丫头，他望着她，眼睛一眨不眨。

“麻麻（妈妈），爸比回、回来了。”小花闪烁着大眼睛道。

温弦望着陆枭，眼底有光在微微地闪动。

陆枭走进来，一只手抱着小不点，另一只手直接拥住了温弦，在她的额头上轻吻了下：“老婆，我回来了。”

温弦心底掀起一阵阵波澜，惊讶过后更多的是喜悦，她感觉好久没有看见他了，很想很想他。

温弦的眼眸有些湿润，她紧紧抱着他，和小妞妞一起靠在他怀里。

“你回来怎么没有提前和我说？”她喃喃地问。

陆枭：“想给你个惊喜。”

温弦的拳头在他的胸膛上轻砸了下，她瞋瞪了他一眼：“浑蛋，这算什么惊喜？你辛苦了那么久，好不容易回到家里见到我和孩子，总要给你准备一顿热乎饭吧，现在还没有做饭……”

陆枭轻扯嘴角，声音温和：“不要紧，我更想和你一起做饭。”

温弦笑了，看着他的眼底满满都是爱意。

陆枭目光深沉地望着她，两人结婚三年多，还是那么相爱，也很有默契，一个眼神就知道对方在想什么。

温弦踮起脚，陆枭吻上了她的唇。

而小丫头看着这一幕，顿时傻傻地瞪圆了眼睛，然后开始在她爹怀里挣扎起来，软糯糯地道："亲亲，我也要。"

陆枭意犹未尽地和温弦分开，两人相视一笑，随后温弦捏了捏陆小花的小胖脸，两人一起亲她的脸蛋。小花感受到了爸爸和妈咪的爱意，小嘴一咧，露出了几颗可爱的牙齿。

随后，温弦说："哎？亲爱的，你回来的时候，是不是还忘记了什么？"

陆枭怔了下："嗯？忘了什么？"

温弦往门口看了看，只看见张阿姨回来了，问陆枭："咱儿子呢？"

陆枭蒙了。

是的，儿子。

他们家，有一儿一女。

三年前，温弦怀孕，十月怀胎后生下一对龙凤胎，一个哥哥还有一个妹妹，两人差了一分钟而已。

从此以后，老陆家可不得了了。陆老爷子人逢喜事精神爽，腰杆子挺得直直的。

陆枭经常执行任务，所以每次回来后，都会尽可能地陪伴温弦和孩子。对女儿，别提了，他简直不要太宠爱。不过对比儿子……未免有点没家庭地位了。

陆枭反应过来，轻咳了一声："儿子在外面？我没看见他。"

温弦瞋了他一眼："我看你是注意力都在女儿身上了吧。"

这时，门口另外一个保姆抱着一个小崽子出现了，刚到门口便气息微喘道："哎哟，陆先生，您走得可真快，您儿子在我这儿呢，我追都追不上。"

陆枭这才走过去，对着小崽子伸出了手。

小崽子直接扭过自己的身子，拒绝了爸爸，望着温弦小嘴一扁，委屈地哭起来：“呜呜，妈咪……”

温弦哭笑不得，连忙上去哄。

陆枭则蹭了蹭儿子的“小金豆”，语气认真地道：“小小男子汉，怎么说哭就哭？”

“哇”的一声，小崽子哭得更厉害了。

温弦：“陆队长，你的儿子才两岁半！”

小花的确是温弦给女儿起的小名。

因为温弦觉得起这样的名字，孩子比较好养活。准确地说，温弦一开始给闺女起的名字叫翠花，儿子的名字则是在狗蛋和铁柱之间选择。

陆队长这个直男听到这些名字的时候，整个人陷入了深深的沉思。

陆翠花、陆铁柱，她是认真的吗？

不管如何，他叫女儿小花，温弦更喜欢叫翠翠。

不过他们俩的大名，一个叫陆时，一个叫陆熙。出自“时纯熙矣，是用大介”，“时”和“熙”都是光的意思。

这是家里的“权威人士”——陆老爷子给起的，老爷子来回翻了一本诗书，可见对两个小家伙的重视。

陆枭虽然看着对女儿的关爱更多一些，但对儿子也是深爱着的，只是在他看来，男孩子就要坚毅、勇敢。和妹妹小花的调皮捣蛋不同，陆时小可爱是一个寡言少语的小孩，但很会照顾妹妹，还有妈妈。

有一次温弦和孩子俩一起睡着了，哥哥陆时醒来后，看见妈妈身上的毯子掉落了，笨拙地在床上走着，然后小手抓着毯子，给自己亲爱的妈妈盖上了。

陆枭开门进来时，刚好看见这一幕，心底甚是欣慰，看着睡在床上的老婆和小女儿，他给她们掖了掖被子，随后嘴上说着不要吵醒妈妈和妹妹，抱着儿子出去了。

他带着陆时小朋友去玩积木和拼图，耐心地陪伴着自己的儿子。

陆枭回来的这天晚上，温弦刚给孩子们洗完澡，放在床上裹浴巾时，陆翠花小朋友就尿床了，想着妈咪大人一会儿要过来，反应过来后，她顿时就在大床上滚了一圈，和她哥哥换了一个位置。

温弦回来的时候，看见床上可疑的水迹都蒙了，一只手抓了抓头发，另外一只手还拿着宝宝用的爽身粉罐子，凶巴巴地道："谁尿床了？！"

而陆翠花小朋友闪烁着一双萌萌的大眼睛，格外纯净又无辜。陆时小可爱一脸迷惘，摇了摇脑袋，随后看了眼床单，陷入了深深的沉思。

"翠翠，是不是你？"温弦直接问，哥哥陆时在洗澡的时候，分明上过厕所了。

陆翠花小朋友的大眼睛无辜地闪烁着，她一本正经、奶声奶气地道："我、我看见了，是哥哥……"

陆时转过头来看向她。

陆翠花的小胖手抠着自己的胖脚丫，她不觉得自己是在欺负人："是哥哥尿床……"

陆时小朋友扁着小嘴，委屈得眼泪快要掉下来："呜……"最后"哇"的一声，他还是忍不住哭了。

陆队长打完电话听见哭声，走了进来，诧异地看向温弦。

温弦扶额："你儿子被欺负了。"

"欺负？他是哥哥，妹妹还能怎么欺负他？"陆枭看着哇哇大哭的儿子，一脸严肃地将小崽子抱起来。

一个小男子汉，怎么总是哭？

温弦道："你闺女冤枉哥哥尿床。"

小崽子顿时哭得更委屈了，呜呜呜，眼泪汪汪的。

陆枭无奈地叹息一声，不得不将他抱出门，帮温弦哄他。不过陆队长哪里会哄孩子，最常说的话就是："别哭！憋着！"

陆时小朋友一抽一抽地强忍着不哭，哽咽着。

陆队长嘴上严厉，举止还是很温柔的。他让儿子的脑袋靠在自己的肩上，大掌一下一下地轻抚着陆时的后背。

卧室里，陆翠花小朋友在温弦重新换了床单后，奶香奶香的身子窝在妈咪怀里，扁着一张粉嫩的小嘴，也莫名地委屈上了，眼泪巴巴地道："妈咪，爸比不爱我了……"

"为什么呀？"温弦搂着她的身子，有些哭笑不得。都说老二精明，她都把哥哥气哭了，自己还委屈上了。

陆翠花的大眼睛里闪烁着泪花，扁着小嘴，小金豆一下子就掉了下来："因、因为妈咪告诉爸比，小花尿床。"她奶声奶气地说完，"哇"的一声，抓着温弦胸口的睡衣哭起来，委屈得不要不要的。

才这么大点的小孩，就知道害臊了？

"尿床没什么关系的，欺负哥哥才不对。小花，你知不知道？"温弦耐心地跟她说着。

陆小花含着泪，似懂非懂地点了点小脑袋。

温弦开始哄着她睡觉，出差一个月的陆队长此时抱着儿子走进来。

温弦洗完的长发柔软地散落下来，领口微敞，冰肌玉骨。自从她当了妈之后，身材比以前更好了。

陆队长不知看到了什么，目光微微闪烁了下，随后视线移开，将儿子放在了大床上。房间里还有两张婴儿床，不过只有两个小崽子被哄睡着的时候，才会被放在里面。

温弦将一根手指贴在唇边，轻嘘了一声，示意他要动作轻一点，小花睡着了。

陆枭放下儿子后，便将大灯也关了，只剩下了床头的一盏昏黄温馨的小灯。他走到温弦身边，望着她，目光有些暗，声音低哑地道："我去冲个澡。"

温弦点点头，抱着小丫头躺下了，让儿子也靠过来，盖上了一层薄毯，哄着他们俩睡觉。

陆枭看她什么都没说，闭上眼睛准备睡觉的模样，他眼眸深沉了些许，最终还是忍不住俯身，一只手落在床头，一只手撑在她的脑袋边，低声来了句："你晚点睡。"

温弦睁开眼睛，有些不解。随后，看着他眼底深沉而炙热的光，她突然反应过来。再看向他的视线已经染上了一点羞人的媚色，她轻咬唇瓣，觑了他一眼：“那你快去。”

夫妻间的这点默契还是有的。

陆队长立刻转身进浴室了。

十几分钟后，陆枭从浴室里出来，温弦给他留了位置，他掀开被子躺下，床微微陷了下去。他的身躯高大结实，哪怕温弦背对着他，还是感受到了他带来的压迫感。

陆枭穿了一件灰色宽松睡裤、T 恤衫，非常休闲家居，此时搂着她的腰身，轻声问：“孩子睡着了吗？”

温弦小声回道：“再等会儿。”

陆枭搂着怀里娇嫩香软的身子，闻着她身上的馨香，体内的每一个细胞似乎都在躁动。温弦只觉得身后的身躯硬邦邦的，自己身上也很烫。

陆枭忍耐着，被折磨着，好久之后，他又缓缓开口：“孩子睡了吗？”

温弦喃喃了声：“快了。”

陆队长继续耐心地等待，只是浑身已经硬得不行，肌肉都格外紧绷。

这一次他又等待了约莫十分钟，再次低声开口：“老婆，这回他们俩睡着了吗？”

这话音落下，温弦却没有说话，安安静静地躺在那里，一动不动。

“老婆？”陆枭撑起上半身去看她。

而下一秒，他却见一个小崽子缓缓睁开了眼睛，陆时小可爱望着自己的爹地，声音萌萌地道：“爸比，妈咪睡着了……”

陆枭沉默。

半小时后，两个小不点终于睡着了，温弦一直酣睡着，只是她好像做了一个梦。

梦里她和孩子们睡得好好的，结果她突然身子一轻，整个人好像飘在了空中，最后自己又陷入了一个柔软的地方。她蜷缩着身子，觉得身上有些凉。

可很快，她就不觉得凉了。

偌大的客厅里，黑色的皮质沙发上躺着一个穿着白色睡裙的女人，她蜷缩着身子，完美的身形凸显得淋漓尽致。微卷的长发铺散着，她五官精致动人，像是一个香甜多汁的水蜜桃，惹人疯狂。

陆队长一个月没看见老婆了，有些事情不用说得太多。他的大手握住她纤细白嫩的脚踝，俯身，顺着她的小腿一路温柔地亲吻着。

他狭长的眼眸越发深沉，最后他掀开了她的睡裙。

清清冷冷的月光洒落下来，将他们的身上都镀上一层银色的光辉。

温弦看着突然压下来的男人，“嗯”了一声，脸颊绯红。

她像是坠入了深海之中，如一个无助的溺水者，不断地寻求大海里的浮木，到最后，风将海水掀到了半空之中，如烟火般炸开，又像是细碎的沙，倾泻了她满身。

她的余光里，都是他的影子。

两人一夜缱绻，一室旖旎。

（未完待续，敬请期待《越界招惹 2》。）